中公文庫

剣神　水を斬る

神夢想流林崎甚助６

岩室　忍

中央公論新社

目次

主要登場人物

林崎甚助重信　素戔嗚尊に神夢想流居合を授かり、父数馬の仇討を果たした後、廻国修行を続ける。

志我井　重信の母。願掛けの薬断ちにより死去。

深雪　妙穐尼。重信の妻。

森薫　重信との間に元信と幸信を産んで死去。

お咲　法隆寺そばの百姓家の娘。

お道　お咲の長女。重信の養女として柳生兵庫助に嫁ぐが旅の途中で死去。

次郎　お咲の次男。重信に引き取られ、次郎右衛門重任と名乗る。

吉岡直綱　四代憲法で吉岡道場の主。

柳生石舟斎宗厳　柳生新陰流を開いた剣豪。死没。

柳生宗矩　石舟斎の子。将軍徳川秀忠の剣術指南役。

柳生兵庫助利厳　石舟斎の孫。柳生一族で最も強いと言われる。

禅栄坊胤舜　宝蔵院流槍術の若き天才。

阿修羅坊胤鹿　宝蔵院で修行する大坊主。

丸目蔵人佐長恵　タイ捨流を開いた肥後の剣客。

田宮平兵衛重正　重信の弟子。後の神夢想流二代目。

長野十郎左衛門業真　重信の弟子。後の神夢想流三代目。

一宮左太夫照信　重信の弟子。後の神夢想流四代目。

風魔幻海　北条家に仕えた忍び・風魔の一人。

加藤段蔵　上杉家に仕えた忍び・軒猿の頭領。

竜太郎　箱根の馬子の親方。妻お満との間にできた娘たちを三河屋に奉公させる。

三河屋六助　家康に信頼される大商人。日本橋に店を構えるが、今は隠居して本郷台の木鶏庵にお吉と暮らす。

八兵衛　六助の子。三河屋の主。

七兵衛　六助の娘婿。元は秋元格之進という膳所・戸田家中の武士。

大西大吾　将監鞍馬流三代目。

富田五郎左衛門勢源　一乗谷城下に道場を開く盲目の剣豪。

富田越後守重政　勢源の甥。名人越後。

鐘捲自斎　富田勢源の弟子。戸田一刀斎。死没。

伊藤一刀斎　鐘捲自斎の弟子で一刀流の開祖。

小野次郎右衛門忠明　伊藤一刀斎の弟子。小野派一刀流の開祖。前名神子上典膳。

古藤田勘解由左衛門俊直　伊藤一刀斎の弟子。

津田小次郎　富田道場の門弟。巌流。

新免無二斎　黒田官兵衛に仕えた当理流の開祖。

新免武蔵　無二斎の子。力が強く粗野で横暴。

片山伯耆守久安　神夢想流を伝授した岩国の片山松庵の甥。

高松良庵　重信の叔父。武蔵一ノ宮の社家。老病死。

高松勘兵衛信勝　良庵の子。重信の従弟で弟子。

阿国　出雲の巫女神楽を舞う巫女。重信との間に娘可奈を生む。

中村三右衛門　阿国の父で、出雲大社の鍛冶方。

阿菊　阿国とは双子同然に育った妹で、阿国の名を継ぐ。

勧修寺尹豊　紹可入道。天皇の信任厚い「化け物公家」。九二歳で大往生を遂げた。

勧修寺光豊　尹豊の曽孫。権中納言。武家伝奏を担う。

剣神　水を斬る

神夢想流林崎甚助6

一章　熊野の神々

別れの朝

慶長《けいちょう》十四年（一六〇九）秋。

重信《しげのぶ》と阿国《おくに》は畑仕事に忙しかった。

秋の取り入れが終わったら、旅に出ようと重信は考えていた。阿国は時々遠い空を見てボーッとしていることがある。

出雲《いずも》の可奈《かな》のことを考えているのは明らかだった。

重信はどう切り出すか考えていたが、阿国の気持ちをわかっているだけに言い出すのが難しい。

その阿国は心の中では重信と一緒にいたいという気持ちと、出雲の可奈と暮らしたいという気持ちが葛藤しているのだ。

そんなある日、いつものように空を見てボーッとしている阿国の傍に重信が座った。畑の畔《あぜ》に腰を下ろして一休みだ。

「どうした。疲れたか、出雲の可奈のことか？」

「うん……」

阿国はうなずいてから驚いて重信を見た。

「どうして、知っていたの？」

ビックリ顔の阿国をチラッと見てニッと重信が微笑んだ。

「ずいぶん前のことだが、越後《えちご》の上杉謙信《うえすぎけんしん》の家臣に加藤段蔵《かとうだんぞう》という忍びの者がいてな」

「忍者？」

「うむ、越後では軒猿《のきざる》と呼ばれている」

「忍者の軒猿？」

「その頭領が加藤段蔵という老人だ。その段蔵と東海道の駿河《するが》で偶然出会った。その時、段蔵が出雲の阿国が子を産んだと教えてくれた」

「まあ……」

驚いて目を見開き阿国が重信を見る。

「そうだったの、可奈という名も？」

「うむ、そなたが話すまで待とうと思ってな……」

「ご免なさい……」

阿国が重信の腕を摑んで肩にもたれ「もう七歳なの、あなたに似ているのよ……」

と重信の耳につぶやいた。

「迷惑をかけたくなかったから……」

「わかっている。出雲へ戻るか？」

「うん……」

「そうか。畑が片付いたら送って行こう」

「あなたと別れたくないの、ここで一緒に暮らしたいんだもの……」

泣きそうな顔で重信の腕を抱きしめた。

「それはわしも同じだが可奈がそなたを待っているだろう。ここに来てもう二年になるから……」

「うん、可奈が心配しているだろう……」

いつも仲のいい二人をニコニコと老婆が見ている。

水の入った小《こ》瓢簞《ひょうたん》を持ってきて、阿国に手渡すと「奥方さまのお子なら、かわいい子でしょうね……」という。

「そうなの、きっと出雲一の娘になると思うの……」

親馬鹿もいい加減にしてもらいたい。娘自慢もほどほどにしないと。

「幾つですか？」

「もう七歳……」

「それは可愛い盛りで、きっと寂しがっていますよ」

「うん、出雲に帰りたいけど……」

阿国は決心すると性急だ。サッサと旅の支度を始める。心は出雲の可奈のところに飛んで行ってしまった。

数日後、そんな阿国を見て老婆が、「旦那さま、畑はしておきますので、奥方さまを早く出雲にお連れくだせい」と言う。

「うむ、すまぬな。西国を回ってから戻る」

「へい、畑は何年でもしておきますので……」

老婆はやさしい。

重信が必ず戻ってくると信じている。

だが、剣士が旅に出れば必ず戻るとは限らない。

秋も深まって十月になると、重信と阿国は神在月《かみありづき》に出雲へ集まる神々と同じように、出雲に向かって百姓家を出た。

その前日、重信は道場主である高松《たかまつ》勘兵衛《かんべえ》信勝《のぶかつ》の考えを聞いた。

以前から武蔵川越《むさしかわごえ》に行きたいという信勝の考えを聞いていたからだ。

「老師、川越の蓮馨寺《れんけいじ》にまいりたいと考えております」

従兄弟でありながら信勝は重信を老師と呼ぶ。数年前に聞いた信勝の考えは変わっていなかった。蓮馨寺は川越城主大道寺《だいどうじ》政繁《まさしげ》の母の蓮馨によって開基された浄土宗の寺で、孤峰山宝池院《こほうざんほうちいん》という。

「そなたの考えは以前にも聞きました。それがしはそれでいいと思う。後は門人のことも考え時期を選ぶことです」

「道場のことを考えるといつがいいのか迷います」

信勝は多くの門弟を抱えて川越に移ることは無理なので、数人だけにしようと迷っていた。

信勝は数年前に妻を流行《はや》り病《やまい》で失っている。それはあッという間の出来事で、人の命がいかにもろいかを知らされた。

そんな信勝の願いを叶えてやりたいと重信は思う。

百姓家を出た二人は江戸に向かった。六助《ろくすけ》のいる木鶏庵《もっけいあん》と三河屋《みかわや》に顔を出してから江戸を出るつもりだった。

阿国は江戸を去れば二度と戻ることはない。

その阿国には秘かに決心していることがある。阿国にとって、江戸から失踪して重信のもとに逃げて手に入れた二人だけの生活は、楽しいことばかりだった。

人は愛することによって大きな喜びを得られる。

二人は木鶏庵に一晩泊まって、阿国は六助と気の合うお吉《きち》に世話になった礼を述べた。

「旦那さま、出雲って遠いの？」

「そりゃあ、遠いよ。出雲というくらいだから西方浄土に近いところだ……」

六助がお吉に言う。

「まあ、そんなに遠いの？」

真顔のお吉が阿国を見る。六助にからかわれたと思っていない。

「西方浄土よりはだいぶ近いですよ……」

「そう、何日も歩くのでしょう？」

「一ヶ月くらいかな……」

「まあ、そんなに……」

お吉には一ヶ月も歩くなど考えられない。京までは十日以上かかると聞いて知っている程度だ。

「今頃は国中の神さまが出雲に集まっておられるのでは？」

六助が聞いた。

「そうです。神さまが集まって縁結びを相談されるのです」

縁結びと聞いて離縁されたお吉がうつむいた。

「お吉や、神さまも時には間違った縁を結ぶものだ。そなたが嫁に行きたければ考えてやるからな……」

「旦那さま、嫁になど行きたくありません。ここにずっとおいて下さい」

お吉は嫁ぎ先で辛い思いをした。

「わかった。泣くな、泣くな……」

四人の別れの宴は簡素だが楽しい一夜だった。

ところがこの夜、木鶏庵で大事件が勃発した。何を勘違いしたのか、決心したお吉が六助の寝所に忍び込んだのである。

お吉を憎からず思っていた六助が「よく来たな……」と、お吉を迎え入れて抱いてしまった。

重信はそんな深夜の人の動きを感じ取っている。

「お吉殿が……」

傍で阿国が重信の腕を抱いていた。重信は六助とお吉なら間違いなく幸せになれる二人だと思う。

翌朝、上機嫌のお吉と阿国が朝餉《あさげ》の支度を始める。

六助は重信を誘って茶室に入った。

「気づきましたか？」

六助は昨夜の気配を、重信に勘づかれたと思っている。剣客の鋭い感覚は尋常ではないことをわかっていた。

「お吉殿……」

「あれが忍んできたのは昨夜が初めてで、以前から良い娘だと思っていたからつい……」

「六助殿、幸せになるのに、誰にも気兼ねなどなさるな。お吉殿は優しい娘で考えた上でのことでしょう。子どもではないのですから、お二人で好きなようになされればよいことかと……」

「うむ、だいぶ年が違うが。一服どうぞ……」

うなずいて六助が重信の前に茶碗を置いた。

「頂戴いたします」

「ところで、例のくちなわ一味ですが、あの四人の他に三人が捕縛され、全員処刑されたと北町奉行の米津《よねづ》さまから、日本橋に知らせがあったようです……」

「七人が処刑に？」

「そうです。調べに手間取ったようですが、あの一味が殺したのは五十人を超えていたそうです。恐ろしい悪党で……」

「五十人も……」

「どんな大店《おおだな》だろうと、押し込んで皆殺しにするというのだから、何《な》んとも手荒いやり口で手当たり次第ということです」

「なるほど、そういうことでしたか……」

「腕を斬られ、その上で処刑ですから、二度痛い思いをしたことになります。自業自得だと誰もが思いましょう」

六助は北町奉行所に行き、奉行の米津勘兵衛《かんべえ》に事件の経緯を説明した。くちなわの頭で鎖鎌《くさりがま》を使う丹兵衛《たんべえ》を重信が成敗したのだ。六助の説明に奉行は納得して重信には呼び出しがなかった。

「もう一服……」

「頂戴します」

そこへ阿国が、朝餉ができたと二人を呼びに来た。

「奥方さまも一服いかがですか？」

「いただこうかしら……」

重信の傍に阿国が座る。

朝餉を馳走になった重信と阿国は、六助とお吉に見送られて江戸に向かった。

「三河屋さんと何を話していたの？」

阿国が聞いた。

「うむ、例の腕を斬り落とした辻斬りのことだ」

「そう、どうなったの？」

「他に三人が捕まって、七人が処刑されたそうだ」

「まあ、七人も……」

阿国は驚いたが処刑になるのだから相当悪い奴らだと思う。

「辻斬りだから……」

「あちこちで押し込みをして、皆殺しをしてきたようだ」

「なんと酷いことを……」

根《ね》津《づ》権現《ごんげん》の夜の戦いと、不忍池《しのばずのいけ》の決闘を見た阿国は、あの浪人たちがどんな惨《むご》いことをしてきたか想像できる。

「今朝のお吉殿はどうであった？」

「どうっていつもと変わりなかったけど、少しうきうきしていたかな……」

「そうか、うきうきしていたか？」

「何よ、あッ、もしかして……」

女はこういうことには敏感だ。

「そういうことだ。六助殿から話があった」

「そうなの、夕べだったの……」

「お吉殿が決心したのだ。あの二人なら幸せになれると思う」

「うん、大丈夫……」

人殺しの話が、急にめでたい話になって、阿国の顔がパッとうれしさで輝いた。もう会うことのないだろうお吉だが幸せになって欲しいと思う。

二人は木鶏庵から日本橋三河屋までの一里を半刻ほどで歩いた。

主人の八兵衛《はちべえ》と格之進《かくのしん》の七兵衛《しちべえ》、七恵《ななえ》に挨拶し、お小夜《さよ》と話しているとお志乃《しの》と亀《かめ》三郎《さぶろう》が駆け付けた。

大勢の人に見送られ重信と阿国は日本橋から品川に向かう。

人は邂逅《かいこう》と別離の繰り返しで人生を紡《つむ》ぎ出している。阿国には二度と会うことのない人たちだ。

この頃は玉川《たまがわ》こと多摩川《たまがわ》には橋が架かっていた。

後に洪水で橋が流されると、橋を再建しないで六郷《ろくごう》の渡しが設けられる。六郷橋まで行くと重信は六郷橋を越えて神奈川宿辺りで泊まりたいと考えていた。

重信は近づいてくる武家に気づいた。

「おう、左太夫《さだゆう》ッ、左太夫ではないか？」

「老師ッ、これから……」

「うむ、出雲まで行ってくる」

「そうですか、それがしはこれから一ノ宮《いちのみや》へまいります」

「そうか、留守の間、門弟を頼みたい」

「承知いたしました。こちらの方は、あれッ……」

「妻だ。出雲まで送って行くところだ」

「そうですか、老師の奥方さま、もしや、阿国さまではございませんか？」

「まあ……」

阿国がびっくりした。江戸に出て来てからは、誰にも知られていないのにと思う。

「知っているのか？」

「はッ、京で一度、出雲の勧進《かんじん》歌舞伎を拝見しました」

一宮《いちのみや》左太夫は長野十郎左衛門《ながのじゅうろうざえもん》の弟子であり重信の弟子でもある。神夢想流《しんむそうりゅう》の林《はやし》崎《ざき》、田宮《たみや》、長野に並び四代目に名を連ねることになる剣客だ。

彦根《ひこね》では長野十郎左衛門の傍にいたが、京に出てきた時に阿国の踊りを見たことがあった。

その阿国が江戸にいたことで驚き、重信の妻だと聞いて二度ビックリだ。

「ここから出雲までは長旅になります。お気をつけられて、一ノ宮でお帰りをお待ちいたします」

「うむ、大宮宿の脇本陣に行き、それがしが使っていた百姓家を使うといえばいい。その百姓家には何でも心得ている老婆がいる」

「承知しました。そのようにいたします」

「話は戻ってからだな」

そう言い残して重信と阿国は左太夫と別れた。誰でも旅の初めは無理をしないのが決まりだ。

あまり張り切り過ぎると先が続かなくなる。

日本橋から保土ヶ谷宿までの八里九町か、戸塚宿までの十里十八町というのがほぼ一日の里程だった。

阿国はそんなには歩けない。

重信はそこまで足を延ばさず、神奈川宿まで七里歩いたところで旅籠に入ることにした。

長旅の初めはゆるゆるがよろしい。

重信はもう江戸に出て来ることはないだろう阿国のため、あちこちの名所の見物や、美味い物を食べさせる考えでいる。

翌日は早立ちで旅籠を出ると、戸塚宿まで三里十八町を歩いて鎌倉街道に入った。

「義経《よしつね》さまの静《しずか》御前《ごぜん》が舞を舞った鶴岡《つるがおか》八幡宮なんだね？」

などといいながら鎌倉では八幡宮や五山を見物する。歩き回って阿国は疲れてしまい鎌倉に一泊した。

阿国は静御前のような白拍子《しらびょうし》の舞いはしない。阿菊《おきく》が上手だった。

翌朝、二人は江の島に向かって海辺を歩いた。

「鎌倉から江の島までは海辺の道だ」

「稲佐《いなさ》の浜みたい。綺麗な砂浜だこと……」

重信の腕を摑んで、のんびり旅に阿国は大満足だ。遥かに遠い出雲まで何日かかるか分からない。半年ぐらいは一緒に歩きたいぐらいだ。

重信も幼いころから旅をしてきた阿国の、忘れられない旅にしてやりたい。

二人は鎌倉から江の島に回り、海沿いに小田原に向かう。八里余りのところどころ砂の道は歩きづらく阿国は疲れ切った。

旅籠に入って泊まると、翌朝は暢気《のんき》に箱根山から竜《りゅう》太《た》郎《ろう》たちが下りてくるのを待った。

昼前、巳《み》の刻になると馬十数頭に荷を積んだ竜太郎たちが現れた。

「あッ、箱根の竜太郎さまたちだッ！」

旅籠の窓から街道を見ていた阿国が、江戸の三河屋で会った竜太郎を見つけた。

「早く、行きましょ、ねえ！」

「慌てることはない。竜太郎たちは荷をおろして新しい荷を積むまではどこにもいかないから……」

「いいから行こうよ。早くう……」

サッサと支度をすると重信を急かす。昨日の疲れも吹き飛んで、兎《と》に角《かく》、馬に乗って箱根山に登りたい。

楽しい旅にウキウキで子どものような阿国だ。

重信が重い腰を上げて竜太郎たちの荷下ろし場に行った。

「あッ、老師ッ、こりゃビックリだ。親方ッ、老師がお見えですぜ！」

重信をよく知る竜太郎の配下の権左《ごんざ》が店の中に叫んだ。獣革の鞘《さや》に入った鉈《なた》のような山刀を腰にぶら下げて荷下ろしに忙しい。

「老師ッ！」

竜太郎が店先に飛び出してきた。

「奥方さまも……」

「うむ、世話になる」

「竜太郎さまの馬に乗りたいの？」

「それがしは歩く……」

「承知いたしました。権左、一頭だけでいい空《から》にしてくれ……」

「へいッ！」

「これから荷を積みますので、どうぞ、店の中でお休みください」

「いや、仕事の邪魔になるので浜を見てこよう」

重信は阿国を連れて浜辺に下りて行った。

「半刻もすれば出立するだろう。山道で落馬しないようにな……」

「うん……」

竜太郎の配下はいつでも箱根山の追い剝ぎになれる荒くれ者たちだ。付き合いの古い重信はそんな荒くれを何人も知っていた。竜太郎の優れた統率力でまとまっている。

二人は浜の土手に座って海を見ていた。

箱根山からつながる八幡山の麓に小田原城がある。今の城主は大久保《おおくぼ》忠隣《ただちか》で大久保長安《ながやす》はその与力だ。大久保忠世《ただよ》が亡くなり、二代目の忠隣が治める小田原城は六万五千石である。

秀吉《ひでよし》の小田原征伐を迎え討つための小田原城は惣構《そうがま》えの巨城だった。

関東は土塁造りの城が多い中、小田原城は石垣造りの堅牢な城だ。今は北条《ほうじょう》家が滅んだため惣構えではない。

「綺麗な城だね……」

「北条家の城だったが太閤秀吉軍二十万に包囲されて落城したのだ」

「二十万？」

「うむ、松田《まつだ》尾張守《おわりのかみ》さまというご家老がおられ、それがしの若い頃の恩人だったが、八万人の北条軍で徹底抗戦を主張し、戦いに敗れると切腹なさった……」

「そうなの……」

「落城させるのは難しいが、二十万人に包囲されてはいかんともしがたいな」

「老師でも？」

阿国が子どもっぽくニッと笑う。

「二十万はわしでも無理だな。北条氏政《うじまさ》殿は奥州《おうしゅう》の伊達《だて》政宗《まさむね》さまと同盟していたようだが、二十万の大軍を挟み撃ちにするのはほぼ不可能だ。伊達軍は勝機なしと見て秀吉軍に味方してしまった」

「まあ、伊達さまは北条さまを裏切ったの？」

「そうだ。大名というのはお家が一番大切で、そのためには寝返りも裏切りもよくあることだ。関ヶ原の戦いも裏切りの連続で、それがしは九州肥後《ひご》の加藤《かとう》家にいたが、加藤清正《きよまさ》さまは太閤秀吉の一族だから西軍であるべきところを、石田《いしだ》三成《みつなり》さまが嫌いで徳川《とくがわ》さまに味方をされた」

「人だからどうしても好き嫌いがあるよね」

「そういうことだな……」

阿国は重信の話が大好きで、いつも目を輝かせて聞く。海を見たり城を見たり、おもしろい話を重信が阿国に聞かせた。

「老師ッ、間もなく出立しまーすッ！」

竜太郎の配下が後ろから大声で告げた。

雲助参上

阿国が重信に尻を押されて馬の背に乗った。

江戸にくる時、阿国は箱根八里をみんなと一緒に歩き通した。帰りは馬で行くのだから上機嫌だ。

やがて「箱根八里は馬でも越すが、越すに越されぬ大井川《おおいがわ》」と詠われるようになる。

竜太郎一行は毎日のように通る箱根八里で夕刻には竜太郎の家に到着した。またまた腹の大きなお満《みつ》が迎えに出てきた。

「あッ、老師……」

慌てて腹を抱え、照れくさそうにニッと笑う。

「お満、いつだ？」

「来月で……」

「そうか。どっちだ？」

「おとなしい女の子のようでして……」

「それなら、いずれ三河屋だな？」

重信と阿国が家に入ると、一段と背を丸めた幻海《げんかい》が囲炉裏の傍にいる。その見張りのようにお仲《なか》も炉端《ろばた》に座っていた。

「老師、あッ、確か出雲の阿国殿では？」

幻海は江戸へ行くため賑やかに箱根山を越えた阿国たちを見ていたのだ。

「幻海殿、それがしの妻だ」

「ええッ……」

「阿国でございます。驚かせて御免なさい……」

「いやいや、老師の奥方さまとは、何んともかんとも恐縮でござる」

「お仲殿、三、四日逗留したいが？」

「よろこんで、三、四日と言わず、いつまでもいてください。その人がいつもそこから動きませんのです」

困った顔で亭主の幻海を置き物のように言う。

お仲はなかなか炉端を動かない幻海にあきれ返っている口ぶりだ。

「お世話になります」

阿国が幻海、お仲、お満の三人に挨拶した。そこにゾロゾロ子どもたちを引き連れて竜太郎が入ってきた。

百姓ではなかなかこう大勢の子は育てられない。

松田尾張守の頃から小田原城に認められた二十頭を超える馬借《ばしゃく》の親方だから、子どもに不自由をさせることもない。それに北条家の頃より、徳川家が関東に入って仕事も格段に多くなった。

大名家の箱根越えに近在から人を集め人足を出すこともある。

箱根には湯もあり、竜太郎には色々な仕事が回ってきてますます繁盛していた。

翌日から阿国は子どもたちを連れて湯に行き、重信は幻海を誘って初冬の美しい山に入った。

二人で茸などを探してきて茸汁にする。

竜太郎の配下が雉《きじ》や兎など山の獲物を持ってくる。中にはどこからもらってくるのか熊や猪の肉まであった。

だが、阿国は怖がってそういう獣肉は食わない。

なんでも美味いといって食うのは男たちと子どもたちだ。脂ののった猪の肉はことに美味である。

湯疲れして阿国は早々に子どもたちと寝てしまう。

阿国にとって夢のような幸福な日が、三日、四日と過ぎるが、出雲の可奈がいたらもっと楽しいのにと思う。

遂に、八日目に阿国が腰を上げて箱根を出立した。

そんな阿国に重信は何もいわず好きなようにさせている。二人の楽しい思い出作りになった。

箱根峠から三島に下って行くと、二人は三島大社《おおやしろ》に参詣、大御所家康《いえやす》のいる駿河《するが》府中に向かった。

この頃、家康は駿府城《すんぷじょう》で十男頼宣《よりのぶ》と暮らしていた。

頼宣は間もなく駿府城五十万石の城主になるがまだ八歳という幼児だった。

すでに加藤清正の娘八十姫《やそひめ》九歳と婚約している。その頼宣は八代将軍吉宗《よしむね》の祖父になる。

駿府城は、今川義元《いまがわよしもと》が信長《のぶなが》に桶狭間《おけはざま》で負けるまでは今川家の居城だった。だが義元の死後、嫡男今川氏真《うじざね》が今川の領土を守り切れず、武田信玄《たけだしんげん》と徳川家康の草刈り場になった。

信玄の死後に家康のものになって氏真は追放。その後、家康に養われる。

その家康が小田原征伐後に関東に移封されると、秀吉は豊臣《とよとみ》三中老の一人中村一氏《なかむらかずうじ》を駿府城に入れて家康を見張らせる。

中村一氏は秀吉が死ぬと、関ヶ原では家康に味方してしまう。

一氏は戦が始まる直前に病死するが、家康は関ヶ原後にその功績を認め、一氏の子一忠《かずただ》を西国出雲の隣りの、伯耆米子《ほうきよなご》城十七万五千石に移す。

駿府城は再び家康の城になった。

それを家康は十男頼宣に五十万石の領地と共に与えた。頼宣は大坂の陣の後、徳川御三家体制実現のため、家康の死後に和歌山城五十五万五千石の紀州《きしゅう》徳川家を立てる。

頼宣の長男光貞《みつさだ》の四男が後の八代将軍吉宗である。

重信は徳川家の知人と出会い、足止めされることを嫌って丸子《まりこ》宿に急いだ。

この辺りは安倍川餅やとろろ汁など名物が美味しい。丸子宿から宇津ノ谷《うつのや》峠を越えて岡部に出た。

のんびり歩いて藤枝《ふじえだ》宿、島田宿を通過すると箱根以上の難所大井川だ。

長雨の季節も去って川留めは解かれていた。

大井川が雨で増水すると、水が引くまで島田宿で四日も五日も止められてしまうことになる。

旅人にとってその川留めでかさむ旅籠賃が結構な負担になった。

大井川は駿河と遠江《とおとうみ》の国境で、川の流れが変わると駿河領が増えたり遠江領が増えたりした。

水深四尺五寸に達すると川留めになる。

四尺五寸は結構深い。

屋根のない輦台《れんだい》や棒渡し、人夫の肩車で渡河するのは結構怖いものだ。

この旅人の川越を手伝う人夫は適当な寄せ集めではなく、幕府直参の下級官吏の任務としていた。

大井川に橋をかけず、表向きは江戸の大外堀として関東防衛を西国大名に見せているのだ。

実際の大井川は結構水量が多かった。

上流には鵜山《うやま》の七曲《ななまが》りなどという大蛇行があり、増水すると大暴れする箇所があって、橋を架けるには不向きな川でもある。

それに川越人夫を統括する問屋場や、両岸の宿場の利益が莫大だったことも橋を架けない裏の理由だった。

川東の島田宿と川西の金谷《かなや》宿は三日も川留めになると、旅籠で収容しきれないほど旅人が溜まってしまう。


その旅人が落とす銭は一日でも半端ではなかった。

秀吉は東海道に恩顧の大名を並べて家康を見張らせ警戒した。

駿河駿府十四万石に中村一氏、遠江浜松十二万石に堀尾吉晴《ほりおよしはる》、掛川《かけがわ》六万石に山内一《やまうちかず》豊《とよ》などだ。


ところがこの大名たちは関ヶ原では、ことごとく家康の味方をしてしまう。皮肉と言えば何んとも皮肉なことだ。


恩顧の大名などといってもいざとなればその程度の忠誠心しかない。

重信と阿国は輦台で大井川を越え金谷宿に入り、小夜の中山峠を越える際には、重信は阿国のために山駕籠を頼んだ。この駕籠かきがとんでもない男たちだった。

中山峠の子泣き石の辺りまで来ると阿国を乗せた駕籠をおろす。

「旦那、もう少し酒手を弾んでくだせいよ……」

「手間賃は払ったはずだが？」

「旦那、ここは小夜の中山峠ですぜ、この子泣き石の供養に、もう少し酒手を弾んでくだせいよ」

「そなたら街道に出るという雲助《くもすけ》か？」

「何ッ、雲助とは何だッ！」

後棒の男が杖を構えた。喧嘩に自信のありそうな男だ。

「雲助、それがしは神夢想流居合の林崎という者だが、斬られると相当に痛いぞ。いいのか？」

「うるせいッ、刀が怖くて駕籠かき稼業ができるかってんだッ！」

「雲助さん、止めておいた方がいいよ……」

「うるさいッ！」

杖で阿国が乗っている山駕籠を叩いた。首を引っ込めて驚いた阿国が見ている。

「相棒、やめておけや……」

「こ奴を叩き潰してくれるわ！」

先棒が止めるのも聞かない。その瞬間、重信の乱取《らんどり》備前《びぜん》が後棒の胴に鞘走った。

「あッ！」

阿国と後棒の男が同時に叫んだ。男の六尺《ろくしゃく》褌《ふんどし》が斬られてパラッと地面に落ちた。

阿国が慌てて両手で顔を覆った。

「ゲッ、ふ、褌がッ……」

「どうする。そのぶら下がった物を斬り落とすかい？」

「か、勘弁だ！」

男が杖を捨て、褌を拾うと股間を両手で隠した。

「これが居合だ。わかったか。先棒、後棒の褌を結んでやれッ！」

「へ、へいッ……」

斬られた褌を二人で巻き直している。

「先棒！」

「へいッ！」

「これが酒手だ……」

「いただけるんで、ありがていッ！」

「その代わり掛川まで担げ！」

「旦那、この酒手で掛川まではないよ。日坂《にっさか》宿までならあと半里だが、日坂から掛川までは一里二十九町もあるんですぜ……」

「嫌か、ならば袋井《ふくろい》宿までにするか？」

「旦那、袋井まで四里二十七町、死んでしまいますよ。掛川宿まで担ぎますので……」

重信に脅されて先棒が渋々掛川宿まで引き受けた。

「てめえが余計なことをするからだ。馬鹿ッ！」

先棒が後棒の頭を杖でポカリとやった。

「おい、雲助、しっかり担げ！」

重信が後棒を叱るように命じる。

「二度と旅人をいじめるなよ」

「へ、へい……」

乱暴者が猫のようにおとなしくなった。

男の命より大切な魂を、阿国に見られてしまった雲助はしょげかえっている。

「雲助さん、お願いね……」

とんでもないものを見てしまった阿国が後棒をからかった。うれし恥ずかしだが、掛川まで駕籠でいける阿国はニコニコと上機嫌だ。

「クーッ……」

情けない後棒だ。

「雲助、しっかり担げ、呼吸を合わせろ、先棒がフラフラしているぞ！」

「旦那、その雲助というのは勘弁しておくんなせい……」

「雲助を雲助と呼んで何が悪い！」

「人がみな振り返りますんで、へい……」

「悪さをしないと誓うか？」

「へい、なんでも誓いやすんで……」

「本当だな！」

踏んだり蹴ったりで重信に散々に叱られている。

補陀落渡海

散々な目に遭った雲助の駕籠が日坂宿に下りて行った。

「雲助、褌が落ちそうだぞ！」

駕籠をおろして先棒が後棒の褌を締め直してやる。斬られた褌は繋いでも少し短い。

おかしな二人でよく見ると愛嬌のある雲助だ。

駕籠が日坂宿に着くと重信が止めた。

「雲助、ここまでよい。これは褌を買う酒手だ」

「旦那、こんなに……」

「いいから取っておけ、また世話になることがあろうよ」

「へい、申し訳ないことで、奥方さま、忘れてやってくだせいやし……」

「忘れられないわよ」

「てめえ、汚ねえものを見せちまったんだから奥方さまに謝れ、馬鹿野郎！」

先棒が後棒を叱った。

「どうも、あの、出雲の阿国さまで……」

「あら……」

「やっぱり、そうでしたか、思い出したんで……」

後棒が江戸に向かう阿国一行を見ていたのだ。

「そう、元気でね……」

阿国が手を振って別れた。

それに後棒が泣きそうな顔で手を振った。困った雲助である。阿国が小走りに重信を追った。

「ねえ、今日は掛川で泊まろう？」

「どうした？」

「いいから、掛川で泊まろうよ……」

阿国が重信の腕にすがりついてくる。

「いいでしょ、掛川で？」

「うむ、いいだろう」

「よしッ、急ごう！」

阿国は一里二十九町を元気よく歩いた。旅は不思議なことが起きるから楽しいともいえる。

掛川の先の浜松が東海道の京と江戸の半分といわれている。

その浜松の奥山《おくやま》流の休賀斎《きゅうがさい》はもう鬼籍の人だ。

掛川宿の旅籠で早々に休んだ重信と阿国は、翌早朝に早立ちで掛川を出立して浜松城下を通過した。

景色が良かったからか阿国の足は軽やかで舞坂《まいさか》宿まで十里三十三町を歩いた。

のんびり旅ではあるがずいぶん歩いたものだ。

舞坂宿から新居《あらい》宿は今切《いまぎれ》の渡しという。浜名湖と海がつながっている海上一里のことだ。

実際は一里まではなく二十七、八町を舟で渡る。

今切とは明応大地震によって浜名湖の堤防が今切れて、海と繋がったという意でそう呼ばれたという。

明応七年（一四九八）八月の大地震は東海道沿岸を襲い、鎌倉の参道まで津波が押し寄せ甚大な被害を出した。朝廷のお湯殿《ゆどの》の上の日記には、閏十月まで頻繁に余震が続いたと記される。

翌朝、舞坂を発った二人は今切の渡しを渡り、今切の関所を通過し新居宿から二川《ふたがわ》宿に向かった。この二川宿から三河で徳川家の発祥の地であり、特別に将軍秀忠《ひでただ》の天領になっている。

徳川家は三河にあった十八松平《まつだいら》家のうちの一家で、安祥《あんしょう》松平家の家康の要請を朝廷が認め徳川家となる。

他に桜井《さくらい》松平、藤井《ふじい》松平、五井《ごい》松平など十七家があった。後に譜代の家臣の中から奥平《おくだいら》松平、戸田《とだ》松平など八家が松平を許される。

外様大名の中では加賀前田《かがまえだ》家、陸奥《むつ》伊達家、薩摩島津《さつましまづ》家、長州毛利《ちょうしゅうもうり》家、筑前黒田《ちくぜんくろだ》家、安芸浅野《あきあさの》家、肥前鍋島《ひぜんなべしま》家、備前池田《びぜんいけだ》家、阿波蜂須賀《あわはちすか》家、土佐《とさ》山内家の十家が松平の名乗りを許された。

徳川という姓は朝廷から家康一人に下賜された姓で、家康と家康が許した者しか徳川は名乗れない。

家康が生前に許した徳川の名乗りは、江戸徳川宗家のほかは、尾張《おわり》徳川、紀州徳川、水戸《みと》徳川の三家だけで、他の一族一門はすべて松平である。

後に八代将軍吉宗が、自分の子孫が将軍になれるよう御三卿として、田安《たやす》徳川、一橋《ひとつばし》徳川、清水《しみず》徳川をゆるし、徳川宗家と御三家と御三卿の七家だけが徳川を名乗ることになった。

吉宗は宗家が絶えたため、紀州徳川家から入った将軍だが、自分の子孫が絶えて再び御三家から将軍を入れるのが嫌だったようだ。だが、最後の将軍一橋徳川慶喜《よしのぶ》は水戸徳川からの将軍である。

この家康が考えた御三家の体制は、皇嗣《こうし》を絶やさないための宮家の存在と酷似している。

幕府は家康の徳川という血脈で存在できるように作られた仕組みとした。

重信と阿国は御油《ごゆ》宿まで八里十八町を歩いて旅籠に入った。この御油宿の名物は他の宿とは一風変わっている。

名物が猫だという。

何んとも信じがたい名物なのだ。どこから見ても普通の猫でどこにでもいる猫だ。

だが、よく見るととても変わっている。

御油の猫はどの猫も兎のように尻尾が実に短い。

この尻尾の短い御油の猫が愛猫として、爆発的な人気になり全国に広がっていくことになる。

尻尾の短い猫は御油が発祥なのだ。

「阿国は伊勢神宮に行ったことがあるか？」

「ないの……」

「それなら行ってみるか？」

重信が阿国に聞いた。少し遠回りしようと思う。

「うん、行きたい……」

「よし、明日は池鯉鮒《ちりゅう》宿で泊まり明後日は宮《みや》宿に泊まって、宮宿から十里の渡しで四《よっ》日市《かいち》宿に渡ろう。そこが東海道と伊勢街道の追分だ」

宮宿から桑名《くわな》宿までが七里の渡し、桑名から四日市宿まで三里八町ある。合わせると十里になった。

「うん、それで伊勢からどこへ行くの？」

「そうだな。奈良か熊野《くまの》のどっちかだろうな」

「熊野がいい……」

「熊野三山は遠いぞ」

「いいの、一緒にいられるから、熊野からどこへ行くの？」

「うむ、補陀落渡海《ふだらくとかい》だな……」

「補陀落渡海ってどこなの？」

「西方浄土に行くことだな……」

「西方浄土って、そんな遠いところになにで行くのよ？」

「船だ……」

「そんな……」

阿国が重信を覗き込むともう目を瞑って寝ている。

「いつも早いんだから……」

ブツブツ言いながら阿国は重信の腕を抱いて寝た。

正しくは南方の観音菩薩のおられる浄土を補陀落という。そこに渡海するのは修行をした高僧であり、民を救うための捨身行《しゃしんのぎょう》で特別な船にのって南に向かう。それを補陀落渡海という。

翌朝は遅立ちにした。

今夜泊まる池鯉鮒宿から宮宿まで六里二十四町しかない。宮宿は熱田《あつた》神宮の門前で信長の時代から繁盛している。

重信はそこで一日休息をとるつもりだ。

阿国は夕べから補陀落という聞いたことのない言葉に支配されていた。

「あの、昨夜のことなんだけど、補陀落ってどこにあるの？」

歩きながら重信の手を握って聞いた。

「南の海の彼方だ……」

「そこへ行くの？」

「観音菩薩さまがおられる浄土だ」

「嫌だ。浄土って死んでから行くところでしょ？」

「そうだ。船に乗って死にに行く旅だな」

「嫌だよ。死にたくないもの……」

「わしと一緒でも嫌か？」

「可奈はどうするの？」

答えられない答えに可奈を連れてくる。

「可奈は七歳だ。もう一人で生きて行けるだろう。わしは阿国が七歳の時に出会ったのだぞ？」

「そうだけど、死ぬのは嫌だよ。どうしてもっていうなら一緒に行くけど……」

「そうだな。これから阿国は可奈のために生きろ」

「うん……」

二人は池鯉鮒宿に泊まり翌日に宮宿へ到着、早々に休んでその翌日は二人で熱田神宮に参拝し、天下普請の名古屋城を見物に歩いた。

その日、重信は伊勢まで歩くのをやめて、宮宿から船で伊勢の大湊《おおみなと》まで行くことを考えた。

伊勢から熊野に行くのであればその方が良いと判断する。

そこで旅籠の主人に熱田の湊から、伊勢の大湊に行く廻船を探してくれるよう頼む。

伊勢大湊は東国から伊勢神宮に入る年貢、奉納品、参拝客、生活物資の玄関口になっている。

織田《おだ》家、徳川家、今川家、北条家などと縁が深く、大湊の伊勢湾交易は尾張の津島《つしま》や熱田を中心に大いに栄えた。

明応大地震の大津波では千軒が破壊され五千人が溺死している。

その大災害を乗り越えて、大湊は伊勢神宮の全てのものを集積してきた。だが、大湊の宮川河口が土砂の堆積で浅くなるとやがて衰退することになる。

「ご免なさいよ……」

腰の低い宿の主人が部屋に入ってくる。

「お武家さま、船が見つかりました」

「おう、明日の船か？」

「へい、秋の新米を積んだ船で、少々船足が遅いですが大湊まではすぐでございます」

「そうか、米を積んだ船か……」

「明朝、明け六つに北からの風に帆をあげるそうでございます」

「明け六つだな。承知した」

二人の乗る船が決まった。

この頃の航法は山当て航法といって、遠景の陸地にある山の形を見て、自船の位置を確認して進む方向を定めている。

古くからの航法で、これらの船は陸地が見えなくなると航行不能になる不便さがあった。

風向きによって船足は早い。

ちょうどこの季節は北から吹く風で、熱田から大湊は伊勢湾を一直線だった。

「夕《ゆう》餉《げ》を取ったらすぐ寝ましょう……」

「そうだな。風さえよければすぐお伊勢さまだ」

「うん、今日は早く寝ましょうよ……」

阿国は重信に抱いてほしい。いつも乙女のようにそう思っている。

神宮と杵築

翌朝、明け六つに阿国が旅籠を飛び出した。

晴れ上がった空が海の彼方まで続いている。風の塩梅もいい。

「お武家さま、こういう日は渡海日和でございますよ」

「そうか……」

「お伊勢さままで良い旅でありますように……」

「うむ、世話になった」

重信が旅籠を出ると笠をかぶった阿国が湊へ走って行くのが見えた。重信も笠をかぶって後を追う。

船は大きな木造帆船で港から一町ほど離れてとまっている。船までは小舟で行くようだ。客は十人ほどで小舟に乗り込んでいる。

「大きな船だな？」

重信が小舟の綱を握っている日焼けして黒い男に聞いた。

「へい、五百石積めます」

「そうか……」

「すぐ帆をあげますんで……」

阿国に続いて重信が小舟に乗ると、男が綱を小舟に投げて身軽に飛び乗った。凪の海を渡って小舟が沖の船に着くと客が梯子《はしご》で次々と乗り移った。

ずいぶん米を積んでいるようで船の吃水が深くなっている。

干潮を警戒して沖に船を停泊させていた。五百石というと千二百俵あまり積める船ということだ。

この後、江戸幕府は大船禁止令を出し、五百石積み以上の船は禁止にして没収してしまう。

だが、千石船など大型の木造帆船が米を運ぶのに必要になった。

一旦禁止したもののどうしても大型船が必要になり再許可することになる。

帆をあげると船が南に向かってゆっくり進んだ。

歩けば数日かかるところを数刻で船は着いてしまう。だが、海は風向きが変われば急に荒れることがあり、船は木の葉のように流されこの上なく危険でもあった。

重信たちを乗せた帆船は風を一杯に孕《はら》んで南に向かう。

大湊に上陸した重信と阿国は、伊勢神宮外宮《げくう》に向かい、鬱蒼《うっそう》たる森の中の社に参拝すると内宮《ないくう》に向かった。

広大な神域は清浄にして静寂に包まれ神々の気配を感じる。

出雲の大社とはまるで違う佇まいに阿国は驚いた。外宮にも内宮にも出雲の大社のような巨大な建物はない。

白木の簡素な神の住まいが建っているだけだ。

伊勢神宮という呼称はなく正式には神宮とのみ申し上げる。よって伊勢の神宮というのが正しい。

お伊勢さんは愛称であろう。また、神宮百二十五社とも申し上げる。

神宮は神階が授与されたことがない。そもそも神のお住まいだったからである。

天孫降臨の邇邇芸命《ににぎのみこと》は天照大御神《あまてらすおおみかみ》から三種の神器を授けられた。

その時、神器の一つ八咫鏡《やたのかがみ》に「吾《あ》が児《みこ》、此《こ》の宝鏡《たからのかがみ》を視《み》まさむこと、当《まさ》に吾《あ》を視《み》るがごとくすべし」と大御神が仰せられ鏡に神霊を込められたという。

この八咫鏡は神武《じんむ》天皇に伝えられ、代々の天皇がお傍に置かれる。

第十代崇神《すじん》天皇の御世の五年に疫病が大流行して、バタバタと民が倒れその惨状は国の亡ぶがごとくであった。

この危難を目にされた天皇は心を痛められ、翌六年に、宮中の天照大御神と倭大《やまとのおお》国魂神《くにたまのかみ》を皇居の外に移された。

天照大御神は崇神天皇の皇女豊鍬入姫命《とよすきいりひめのみこと》と諸国を回られ、豊鍬入姫命の兄垂仁《すいにん》天皇の御世二十五年に、伊勢の国に入られ五十鈴《いすず》川の畔《ほとり》の神宮内宮に鎮座《ちんざ》された。

倭大国魂神は長岡岬に祀られる。

神宮は以来、原則二十年ごとに式年遷宮が行われ、神々は新造の住まいで力を新たにして国と民を守ってきた。

式年遷宮では正宮や別宮など、六十棟を超える多くの神の住まいが造り替えられるのだ。

神宝七百数種千五百数点、御衣装、須賀利御太刀《すがりのおんたち》なども造り替えられるが、戦国乱世には朝廷がひどく困窮しており式年遷宮が行われず、仮遷宮などで済ませることが多かった。

そんな時、裕福な尾張の織田家は信長の父信秀《のぶひで》の時に、神宮の遷宮のために莫大な木材を寄進したりする。

神宮は内宮、外宮の正宮が二社、別宮《べつぐう》が十四社、摂社《せっしゃ》四十三社、末社《まっしゃ》二十四社、所《しょ》管社《かんしゃ》四十二社の百二十五社で成り立っている。

社殿は神明造りでその様式は弥生期の高床式という。

「外宮は豊受大御神《とようけのおおみかみ》さま、内宮は天照大御神さまでしょ？」

「そうだ……」

「内宮も外宮も杵築大社《きづきのおおやしろ》のような大きな社じゃないんだ。どうしてかしら？」

「さてどうしてかな。二十年ごとの式年遷宮があるからかな……」

重信にもその理由は分からない。神々が新しい力を得るために式年遷宮をすると聞いたことはある。

阿国が言う杵築大社というのは出雲の大社のことだ。

出雲大社という呼び方はなく、杵築大社と呼ばれ、出雲大社と呼ばれるのは明治四年に改称されてからである。

阿国がいうように杵築大社は「千木《ちぎ》は雲を貫く」といわれ、いつも大きな本殿を持っていた。

神代には三十二丈という高さの超巨大な本殿を持っていたという。

平安期には十六丈という高さの巨大な本殿を持っていた。本殿に昇る階《きざはし》は稲佐の浜に向かって伸びていた。

その大きさは数え歌に謡われた。

「雲太《うんた》、和二《わに》、京三《きょうさん》という……」

雲太は出雲太郎で杵築大社の本殿、和二は大和次郎で東大寺大仏殿、京三は京三郎で御所の大極殿だと言われる。

大きさ比べだ。

重信と阿国が神宮を参拝している頃、慶長十四年（一六〇九）に杵築大社では御遷宮御造営が行われていた。

大社は六十年から七十年ほどで本殿が立て替えられることが多い。

この年の御遷宮御造営は重要な意味があった。

杵築大社の建物様式が、伊勢の神宮のような掘立柱高床建物から、礎石建物様式に大変更したのである。

以後、この様式が継承され神代からの掘立柱高床様式には戻らなくなる。

そこで十六丈もの巨大本殿は姿を消し、この年に御造営された本殿はわずか六丈五尺四寸の高さという小さいものだった。

後に寛文《かんぶん》七年（一六六七）の御造営で八丈と平安期の半分に回復する。それでも掘立柱高床様式の神明造りには戻らなかった。

　延享《えんきょう》元年（一七四四）の御造営も八丈となる。

　造営遷宮の歴史は古く、天仁《てんにん》三年（一一一〇）七月、因幡の海岸に長さ十五丈、太さ一丈五尺の巨木一本が流れ着いた。

　これを伐ろうとすると大蛇が絡まって守ったという。

　祈禱の末、その巨木は造営遷宮のためのものという神託が得られ、そこで永久三年（一一一五）に御遷宮御造営が行われた。

　三十二丈や十六丈もの巨大木材を何本も調達するのは容易なことではなく、そのうち無理になった。

　阿国のいう、杵築大社の掘立柱高床様式の巨大神殿はもう出雲から姿を消した。

　重信と阿国は伊勢に三日間滞在して伊勢路《いせじ》を熊野に向かった。

　この伊勢路は以前、今は亡き勧修寺《かじゅうじ》尹豊《ただとよ》と重信が旅した道だ。その時は今回とは逆に熊野から伊勢にきた。

「この伊勢路はだいぶ前になるが、勧修寺さまと旅をした道だ」

「勧修寺さまってお酒飲みの内府《ないふ》さまだったね？」

「うむ、楽しい旅だった」

「そう……」

阿国は勧修寺尹豊の前で踊ったことがある。酒を飲みながら楽しそうに見ていた尹豊を覚えていた。

「あの時は熊野から伊勢にきたのだ」

「今度は伊勢から熊野へ……」

阿国は伊勢でゆっくりしたこともあり元気よく歩いた。

伊勢から熊野に向かう伊勢路は険路である。

海から巨大な怪物に押されたように、海岸沿いに急峻な山々が盛り上がって、海から侵入する敵を防ごうという壁になっていた。

神宮から伊勢路に入るとすぐ女鬼《めき》峠がある。

伊勢路は峠の連なる道だ。

女鬼峠、三瀬坂《みせさか》峠、荷坂《にさか》峠、九十九折《つづらと》峠、平方《ひらかた》峠、始神《はじかみ》峠、馬越《まごせ》峠、八鬼山《やきやま》越え、三木《みき》峠、甫母《ほぼ》峠、二木島《にきしま》峠、逢神坂《おうかみざか》峠、大吹《おおぶき》峠、松本《まつもと》峠と越えて熊野に出て、浜街道に下りて七里御浜《しちりみはま》を熊野速玉《はやたま》大社に向かう。

まさに修験者の通るような修行の道が伊勢路だ。

人々は「伊勢に七度、熊野に三度」といい、伊勢と熊野に行くことを生涯の望みとした。

伊勢、熊野、高野山《こうやさん》、吉野《よしの》大峯《おおみね》は、伊勢と紀伊《きい》に広がる比較的近い霊域である。

誰もが行きたいと願う憧れの聖地だ。

その旅人の信心を試すかのように伊勢路、大峯奥駈道《おおみねおくがけみち》、小辺路《こへち》、中辺路《なかへち》、大辺路《おおへち》が霊域に入ることを拒んでいる。

熊野に辿り着けた者は幸運である。

「ここから熊野までは峠また峠の険しい道が続く、峠が二十もあろうか。ゆっくり行こう……」

「峠が二十も？」

「願いもむなしく力尽きるのが伊勢路なのだ」

「死ぬっていうこと？」

「そう、油断をするとな……」

「嘘だあ！」

重信が大袈裟に言ったので阿国が怯えた。

だが、実際は重信の言葉以上なのだ。あちこちに倒れた巡礼者の碑が残る道なのである。

それを阿国は知ることになる。

女鬼峠が魔界ともいうべき伊勢路の入り口だった。

鬱蒼たる樹林の中に岩盤を開削したような荒々しい道が口を開いている。荷車がようやく通れるような切り通し道は、正邪を丸めて呑み込みそうな狭い道だ。

お堂には如《にょ》意《い》輪《りん》観音が立っている。

「ここはきっと怖いところだよ……」

「そんなことはない。神さまの道だから怖いことなどあるものか」

「そうなんだけど、昼なのに暗いし、物音もしないこの静けさは怖いよ。きっと変なところだ……」

「風の音もないな……」

阿国はブツブツ言いながら、重信の腕を掴んでもう腰が引けている。

林間の石畳の急坂は苔で足が滑る。平坦な道しか歩いたことのない阿国には辛い旅になった。

「箱根山より歩きにくいね……」

「この先には西国一の難所という山がある。這って歩くようになる上、狼や山賊の出る恐ろしいところだ」

「嫌だ。そんなところは、嘘でしょ……」

阿国が怒って立ち止まってしまった。

「戻りたいのか？」

「戻ってもいい……」

「それはできないな……」

「どうして？」

「一度この道に入ったら生きて通り抜けるか、それとも倒れて途中で死ぬか、それが神さまとの約束だ。戻れば死ぬ！」

「そんなこと聞いていないもの！」

「言わなかったか？」

「卑怯者！」

「では戻るか？」

「いい。行きますから、こうなったら行きますよ……」

重信のいったような約束はない。重信は時々純真な阿国を驚かそうと嘘をいう。

「背負ってあげようか？」

「まだいい。歩けなくなったらお願いね」

「よし、生きて熊野まで行こう！」

阿国がじろっと重信を見てニッと笑った。嘘だと分かった顔だ。だが、実は嘘ではなく生きるか死ぬかの旅を阿国は経験することになる。

娘の土鈴

女鬼峠を越えて二人は三瀬の渡しに出た。

渡し舟で宮川を渡って三瀬坂峠に向かう。急坂な上に右に左に折れながら峠に登っていく。

途中の多岐原《たきはら》神社は、倭姫命《やまとひめのみこと》が宮川を渡る時に案内した真奈胡神《まなごのかみ》を祀っている。

この伊勢路には数えきれないほどの神話、言い伝え、怪談、昔話が折り重なっている。

「大丈夫か？」

「うん……」

阿国は無言になって黙々と峠に登り下って行く。

怒っている顔だが意地を張って死んでも熊野に行くと覚悟を決めていた。

荷坂峠を越えて九十九折峠に登って行った。

黙々と阿国は歩く、喋れば疲れるだけだという顔になってきた。

時々重信が阿国の手を引いてやるが、その腕にしがみつく力が阿国から徐々になくなっている。

平安期や鎌倉期に、熊野詣に使われてきた伊勢路は、山と森に刻まれた石畳の古道だ。

幾千、幾万の人々の願いを運んだか知れない祈りの道だ。

本来であれば女鬼峠の前の田丸《たまる》で巡礼姿になるのだが、重信と阿国は普段のままの衣装に大小を腰に差して笠をかぶっている。清冽《せいれつ》な冬の伊勢路を楽しむ余裕は阿国にはなくなった。

前へ前へ、兎に角前へ執念のように阿国は歩いた。

その阿国は九十九折峠で初めて熊野の海を見た。

「海だ！」

「おう、確かにあれは海だ……」

「ここが四つ目の峠ね。あと十六？」

阿国は重信が二十と言った峠の数を数えている。

「元気を出して行こう」

「うん……」

海を見て少し機嫌が直った。阿国は疲れたがまだ生きていた。

古くはこの九十九折峠が伊勢と紀伊の国境になっていたが、天正《てんしょう》十年（一五八二）に信長の次男信雄《のぶかつ》が一つ前の荷坂峠に国境を変更、以来、伊勢への入口と熊野への入口は荷坂峠となった。

「さあ、行こう！」

「下りを走ると転ぶぞ……」

機嫌が直ると子どものような阿国だ。

二人は平方峠を越えて始神峠に向かった。その峠に向かう途中に茶屋があって老婆がいる。

峠を上り下りする巡礼者を休ませる茶屋が各峠にあった。

伊勢路の人々は命がけでこの道に入ってくる巡礼者を尊敬し大切にしている。

「お婆さん、熊野詣の巡礼さんが少ないようだけど？」

「あれ、女の人かね。眼が悪いからお武家さまかと思ったよ。男の格好をした女のお武家さまかい？」

「そうなの……」

「初めてだ。あのな、吉野の大峯山寺《おおみねさんじ》が九月二十三日で戸《と》閉《じめ》をして冬支度だ。来年の五月三日の戸《と》開《あけ》までお山も休みでな、山伏の行き来もなくなったで、わしもうすぐここを閉めるんだ」

「そう……」

「残り物の団子でも食うか？」

「うん、いただきます……」

「あんた、あのお武家の奥方かね？」

「わかる？」

「そりゃわかるよ。ここへ来る男と女はみな同じでな、神さまに会いに行くんだから仲がいいのよ。ホホホッ……」

嬉しそうに笑って阿国に茶と団子を出した。

「怖そうな旦那さまだね？」

「わかる？」

「わかるさ、旦那さまは強いお武家さまだな、きっと……」

「そう、剣を抜くと天下一なんだって……」

「そうかい。そうだろうな。ところで奥方さんはこの辺りでは見かけない美人さんだな？」

「そんなに美人？」

「そりゃあ、この伊勢路にはいないな。京の人じゃないかい？」

「出雲の阿国っていうのよ……」

婆さんの褒め言葉に上機嫌の阿国が珍しく名乗った。

「出雲の阿国、あの念仏踊りの阿国さまかい、あんた？」

「そう……」

「これはおっ魂消《たまげ》たな。本当にあの京の阿国さまなのか……」

阿国の噂は全国に広がっている。

「そう、正真正銘の阿国、主人にお茶を出してくれる？」

「へい、忘れておりやしたで……」

老婆が歯のない口でニッと微笑んだ。重信は黙って山を見ている。腰の小瓢箪にはまだたっぷりと水が入っていた。

「お武家さま、良い奥方さまで……」

「うむ、それがしには過ぎた嫁だ。美人で若い……」

「聞いておられたので、相済みません」

隣に座っているのだから聞くなという方が無理だ。

「本当だからよい」

「へい、お茶をどうぞ……」

阿国は重信の言葉を聞いてニコニコと益々上機嫌だ。阿国がそっと団子の皿を重信に押した。

「今夜の泊まりは尾鷲《おわせ》で？」

「うむ、決めてはいないがそうなるだろうな」

「良かったらこの婆の百姓家に泊まってくださいな。爺さんに天下一の奥方さまを見せてやりたいので、出雲の阿国さまなら閻魔《えんま》さまにおもしろい話ができるでな……」

「ねえ、泊めてもらおう、いいでしょ……」

老婆の話に阿国が飛びついた。

「いいだろう」

「この婆の家は峠を越えたところで、今日はお武家さまで三人目だが、もう誰も来ないから閉めてしまう」

トントンと話が決まって老婆が茶店を閉めてしまった。林間の峠道は落ち葉が舞い落ちて積もり始めている。夕暮れのように暗い。

「行きましょう……」

老婆が歩き始めると腰を前に曲げて速い。阿国が追うが杖を突いた老婆になかなか追いつけない。

坂の途中で阿国を待ち「これを使え……」と杖を渡した。

わずかばかりの銭の入った巾着袋を腰に吊るし、曲がった腰でホイホイと登って行った。

「奥方さま、この峠から志摩《しま》の海が見えます。ほら……」

遥かに志摩半島が見えている。

「まだ、陽が高いな……」

「お武家さま、尾鷲まで行きますか？」

老婆がよほど泊めたいらしく同じことを聞いた。

「いや、今日は婆さんの家に世話になろう。老人と二人暮らしか？」

「へい、親を亡くした孫二人と四人で暮らしております」

「そうか。息子を亡くしたのか？」

「流行り病で息子と嫁を一緒に、あっという間でしたわ」

「それは気の毒なことだ」

「爺さんと元気でいないと、孫はまだ小さいので……」

話をしながら三人が峠道を下って老婆の家に着いた。

老婆のいう孫は姉と弟でまだ七、八歳ぐらいだ。剣を差した阿国を見て二人が仰天している。

剣を腰に差した女など初めて見た顔だ。

「爺さん、出雲の阿国さまと旦那さまが熊野詣にいらっしゃったそうだ」

「ほう、京の念仏踊りかい？」

「そうだよ。綺麗な奥方さまだ。見えるかい？」

「見える。そんなところに立っていないで、囲炉裏の傍にきて座りなさいよ」

「ご免……」

「旦那さまはお武家さまだね」

「世話になる」

「どうぞ、どうぞ。婆さんが夕餉を支度しますで……」

　老人はわずかな田と畑を作り山の仕事もしている。

　この辺りの檜《ひのき》は尾鷲の檜といい、木目が詰まって非常に良質だと珍重されている。

　老婆が始神峠の茶店をやって老人と老婆の働きで生活している。

　あと四、五年もすれば孫娘が手伝えるようになるだろう。

　その夜、老婆から阿国の話を聞いた村人が、一人、二人と集まって来て炉端が半刻もするといっぱいになった。

　阿国は機嫌よく嫌がるそぶりもなく村人に聞かれたことに答える。

　村人は噂に聞く出雲の阿国を見にきた。夜半まで村人が帰らず阿国が横になったのは夜半過ぎだった。

　ほとんど眠れなかった阿国を見て、重信は出立を遅らせて昼前に発って馬越峠に登った。

　阿国は疲れ切って子泣き地蔵尊の前で動かなくなった。

　老婆の家を発つ時、老人も老婆も仕事に出ていたが、孫娘が残っていて八鬼山には熊や狼が出るからと阿国に土鈴をくれた。そのお礼にと優しい孫娘に阿国がわずかな銭を握らせた。

出雲の可奈ぐらいの年だと思った。

阿国はその土鈴を腰に下げていて、指で触るとカラカラと風の澄んだ山に響いていった。

「今日は尾鷲で泊まろうか？」

「少し眠いの……」

「夕べは遅かったからな。歩けなければ背負うぞ？」

「うん、大丈夫……」

阿国はそう言いながらも立ち上がらない。

急ぐ旅でもなく重信も傍の石垣に腰を下ろした。

「まだ越えた峠は七つだよ」

「もうすぐ半分だ。無理をせずに歩けばいいさ……」

「うん……」

旅で寝ていないのは致命傷になる。

二人は下り坂を尾鷲に下りて行き、まだ陽が高いのに旅籠に入って寝てしまった。

夕餉を取ると阿国はまた眠った。この尾鷲の先に西国一の難所と言われる八鬼山越えがある。

八鬼山越え

翌朝、暗いうちに起きた阿国は別人のように蘇生した。

疲れと眠さで峠を一つ越えるのに難儀したが、生き返った阿国はいつものように元気がいい。

朝餉を取ると早立ちで旅籠を出た。まだ薄暗い街道には人がいない。

「伊勢路一の難所の山越えだ。ゆっくり行こう」

「あの山が八鬼山？」

「うむ、八人の鬼がいる山だ」

「鬼ってあの娘さんが言った熊じゃない？」

「そうかも知れない。山賊のことかもしれないな？」

「出たら斬る？」

「それは相手次第だ。できれば悪党でも斬りたくはない」

「そうだね……」

二人の目の前に聳《そび》える八鬼山は高さ三百五十間で急峻だ。後の歌に「ままになるならあの八鬼山を、鍬でならして通わせる」と詠われる。

「あら、こんなところに石仏が？」

「それはここで命を落とした巡礼者の供養碑と石仏だ」

「まあ、死ぬって本当だったの？」

「そうだ。ほら、あそこにもある。向こうにも……」

「可哀そうに……」

阿国は遅咲きの野辺の菊を手折って供養碑と石仏に供える。それを見て重信は柳生《やぎゅう》の荘のお道《みち》を思い出した。

「あそこにも……」

走って行って阿国が花を供えてくる。

それを道端に立って重信が見ていた、阿国は出雲の神々がつかわした祈りの巫女《みこ》なのだ。

「行こう……」

阿国は供養に供える小菊を握りしめている。

あちこちに花を供え八鬼山越えに臨んだ。まるで崖を登るような急峻な石畳の道が延々と続いた。

修験者の道のようだ。

阿国は腰に大小の太刀を差し、土鈴と十足の草鞋《わらじ》を吊り下げている。滑る石畳を這うようにして登っていく。

この辺りは雨の多い土地柄で、大雨になると道が流されてしまうため、それを防ぐための石畳である。

平安期も鎌倉期も巡礼者のために敷き詰められてきた。

「大丈夫か？」

「うん……」

取りついた崖道は這って登るしかない。

いよいよ難所の七曲りにさしかかった。わずか三町しかない道だが急峻な九十九折《つづらお》れで草鞋の鼻緒が切れた。

「待って、草鞋を履き替えるから……」

重信が滑り落ちないように阿国の裁着袴《たっつけばかま》の腰紐を握っていた。油断するとズルズルと滑り落ちる。

苔の石畳を滑落すると、大怪我をするか打ち所が悪ければ死ぬ。

「履き替えた。もう大丈夫、滑らないから……」

阿国の手を握って重信が引き上げる。

「こんな道、これまで歩いたことないよ」

「この上まで行けば少しは楽になるはずだ。もう少しだ」

ところが死ぬ思いで七曲りを登り切ったが、その上もわずかに坂が緩くなるだけで急峻な石畳は変わらない。

蓮華石《れんげいし》とか烏帽子岩《えぼしいわ》などという巨岩、奇岩があり、益々幽玄《ゆうげん》な深山に吸い込まれて行くようだ。

「怖いよ……」

「心配ない。もう少しでこの崖道は終わる」

重信が阿国の手を引いて峠に登っていく。

この八鬼山越えは上り下りで三里ほどだが、実は下りの方が危険なのだ。

この山道を二刻半ほどで踏破するのだから容易ではない。

道には町石が立っていて、尾鷲の矢浜《やのはま》から八鬼山三木峠まで五十町という目印になっている。

「ゆっくりでいいから……」

「うん……」

死ぬ思いの阿国はようやく山頂に近い八鬼山日輪寺《にちりんじ》に到着した。修行僧がいるはずだが人の気配がない。

この山の山頂付近に盗賊が巣を作っていて、そこを根城に巡礼者を襲って金品を奪ったり、命を奪うなどその振る舞いは許しがたかった。

阿国が花を供えた供養碑や石仏にはそういう人たちも含まれている。

村人が困り果てていると修行僧の各真《かくしん》という僧が現れ、日輪寺を建立すると各真は盗賊の退治に取り掛かった。

各真は剣の達人で村人は荒神さまの化身だと崇拝した。

盗賊が一掃されると各真は多くの弟子を育て、天正四年（一五七六）一月二十七日に亡くなったという。三十三年前のことだ。

弟子たちは日輪寺に荒神堂を建立すると、そのお堂に三宝荒神立像一尺八寸二分をお祀りする。

この辺りの人々に各真は荒神さまの化身と信じられていた。

重信は阿国に腰の小瓢簞を渡して水を飲ませる。山頂から三木峠に至る下りが危険だとわかっていた。

「もうすぐ山頂だ……」

「草鞋があと五足だけになってしまった」

「足は大丈夫か？」

「うん、大丈夫……」

「下りは足を怪我しないように、石畳は滑るから……」

いよいよ重信も阿国を連れた命がけの峠越えになってきた。

「さて、行こう」

二人はしばらく歩いて山頂に立った。そこは崖道をのぼるのとは別世界が広がっていた。

数々の峠越えの伊勢路で一番の眺望が遥か彼方まで広がる。

「うわあッ、凄《すご》いッ！」

崖のぼりの苦労も忘れて阿国は大喜びだ。

「海も山も綺麗だ。絶景、絶景だな！」

上々の気分で阿国は大はしゃぎだ。

志摩半島から那智《なち》の山々まで一望できる。だが、いつまでも絶景を楽しんでいる余裕はない。

登りより危険な下り坂が目の前で待っていた。

重信は慎重に、登りとさほど変わらないゆっくりとした速さで阿国を山から降ろしはじめた。

急な崖の道は鬱蒼たる林間で薄暗く、樹木の間の道は登りと同じように滑落すると危険だ。

雨の多い原始の森のようだ。

運よく二人はまだ雨に降られていない。雨が降れば滝のようになるだろうと想像できる石畳の道だ。

木々の幹を摑みながらほぼ二里の道を一刻ほどで歩いた。

八鬼山三木峠、羽後《はご》峠の小さな峠も越えた。すると里には多くの巡礼者の供養碑と石仏が並んでいる。

すべて険しい八鬼山で滑落したり、越えてから倒れた人々だ。

山越えをしてから力尽きる巡礼者が多かったといわれる。

「これも全部なの……」

阿国が道端に立ち止まり、野辺の小菊を手折って供え始めた。もう阿国の足が先に進まない。

「今日はここに泊まろうか？」

「宿はあるのかしら？」

「探してみよう……」

重信は阿国をその場に残して旅籠を探しに村の中に消えた。

「あの山には鬼が棲《す》んでいたの……」

阿国は花を摘んで供えながら亡き人に話しかけている。

「神さまに会いに来たのにね……」

道端に並んだ供養碑や石仏に一つひとつ花を供えた。

出雲で神々と一緒に生きてきた阿国は神の優しさと怖さを知っている。

村に旅籠というものはなかったが巡礼者を泊める百姓家があった。

古くから村人は熊野に向かう巡礼者や、伊勢の神宮に向かう巡礼者の手助けをしてきた。

道端に倒れた巡礼者の悲しみを知り、供養碑や石仏を立ててその魂を鎮めてきたのは、神の道に生きる村人の優しさだ。

この先の逢神坂峠はその名の如く、伊勢の神さまと熊野の神さまが逢う峠だ。

その神さま方の通られる道を、家代々守っているのが街道沿いに住む村人たちである。

粗末な宿だが寝るには充分だ。

「幾つ峠を越えたか忘れた……」

阿国が重信の腕を抱いて話しかけた。

道端に並ぶ供養碑や石仏が浮かんで阿国は寝付けない。

「熊野までもうすぐ？」

重信から返事がなくもう寝ていた。寝つきが良く寝起きもいいのが剣客の技でもある。

「いつもすぐ寝ちゃうんだから……」

阿国は「ふん……」と不満そうに重信の腕を離すと、寝返って重信に背を向けて寝てしまう。

その深夜、重信は聞きなれない物音に気付いて目を覚ました。

「草刈り鎌でも研いでいるのか？」

耳を澄ましていると男の声がした。

「母さん、そんなことやめて寝ないと駄目だ……」

「お前、あのお武家は八鬼山の山賊だぞ。わかっていて泊めたのかい？」

「違うよ。あのお武家さまは熊野に行く巡礼の方だ……」

「お前は騙されている。昔はあのような山賊がきて一家皆殺しにした。朝までにみんな殺される。その前にあいつをおらが殺す……」

老婆が研いでいたのは赤錆《あかさび》の太刀だった。

「母さん、いい加減にやめてくれ……」

「お前はお秀《ひで》を抱いて寝ていろ、あのお武家はおらが殺す……」

「母さん、山賊は日輪寺の各真さまが退治されて、あの山にはもう一人も山賊などいないよ」

「あのお坊さまは偉いお坊さまだったな……」

ザリッザリッと刀を研ぐ手を止めなかった。寝ているはずの重信がひょっこり顔を出した。

「お前ッ、このッ！」

息子を殺されると思ったのか老婆が錆刀を重信に振り下ろした。それを重信が片手で摑んだ。

研ぎ音で斬れない刀だとわかっている。

「放せッ……」

「婆さん、わしは山賊ではない。伊勢から熊野に向かう巡礼の者だ……」

「巡礼の着物じゃねえ！」

「そうか、それは相済まなかった。勘違いさせたようだな。伊勢で着替えてくればよかった。あの八鬼山を越えてきたが山賊は一人もいなかった。婆さんも安心して寝てくれぬか？」

重信をじっと見ていた老婆が刀を手放した。

それを重信が息子の宿の主人に渡す。

「こんなもの斬れないのに、このところ、惚《ぼ》けが酷くなりまして、お武家さまを見ると山賊と間違えてひどく怯えるのでございます」

「なるほど、山の山賊どもにいじめられたのであろう。昔は食う物を奪ったり、娘を連れて行ったり、そんなことが多かったと聞いた。あまりの乱暴狼藉《ろうぜき》に坊さんが退治されたということでしたが？」

「はい、その通りでして母はその頃を覚えているのでございます」

そこに阿国と主人の娘のお秀が起きてきた。

「お秀、婆さんを連れて行って寝かせてくれ……」

「うん……」

「誰も殺さないのだな？」

老婆が重信に念押しをする。

「殺さない。誰も殺さないと約束する」

「うむ……」

老婆がお秀に手を引かれて土間から消えた。

「早立ちの支度を頼む……」

もうそろそろ出立すると重信は阿国に伝えた。

「旦那さん、まだ一刻半はお休みになれますので、どうぞ……」

「いや、今日は熊野まで行きたいので早立ちいたす。世話になった。母上を大切になされよ」

「はい……」

「簡単な朝餉を頼む。湯漬けでよい」

「承知しました」

出立の支度をしながら重信が阿国に老婆のことを話した。八十歳を超えたであろう老婆の深い悲しみを阿国は見たように思う。

神々の渚

曽根《そね》次郎《じろう》坂、太郎《たろう》坂を過ぎるともうすぐ熊野に入る。

あまりの治安の悪さに村人は近江《おうみ》甲賀《こうか》から、佐々木《ささき》宇右衛門《うえもん》という武家を招いた。

その宇右衛門が曽根村に曽根城を築いて、曽根弾正《だんじょう》と名を改めてこの地を治めたという。弘治《こうじ》の頃というから五十年ほど前のことだ。

甫母峠ともいい、古くは志摩の国と紀伊の国との国境で、自領と他領がいつの間にか次郎と太郎になまってしまったという。

伊勢路は石畳が多いことからもわかるように、この辺りは良質の石が採れると知られた。

天下普請の江戸城の石を、この伊勢路からも船で運んでいた。

甫母峠を越えると仁木島峠、逢神坂峠へと続いている。

まさに峠だらけの伊勢路だ。

狼が出るという峠で人々が恐れた。また、仁木島は古くから捕鯨をする里として知られている。

漁師が船と銛《もり》で挑む捕鯨はまさに命がけ、生きるか死ぬか鯨と対決する漁師の戦場だ。

勇猛果敢な戦いを鯨に挑む男たちの里だ。

そこにも力尽きた巡礼者の供養碑と石仏がずらりと並んでいる。熊野を目前にして倒れた人々だ。

その前に立った阿国の眼から涙がこぼれた。

伊勢路に入る前に重信から聞いた話以上の壮絶さに阿国は驚愕する。

人々の死をかけた祈りとはこうなのだと思い知らされる。人は誰かを愛し、何かを信じなければ生きられないともわかった。

伊勢の神と熊野の神が逢う逢神坂峠を越えて二人は波田須《はだす》の里に出た。

悠久の昔、この地に秦《しん》の始皇帝《しこうてい》に仕えていた、徐福《じょふく》という家臣が辿り着き上陸したという。

徐福は始皇帝に東方の三神山に不老不死の霊薬があり、それを手に入れて戻りたいと具申した。

不老不死は始皇帝の願うところでありそれを許可する。

徐福は三千人の若い男女と金銀財宝を賜り船出した。

紀元前二百五十年頃というから古い話だ。

その徐福が辿り着いたのがこの伊勢路の波田須であった。

ここには不老不死の霊薬といわれる天台烏薬《てんだいうやく》の木があり、徐福は秦には戻らずこの地で亡くなった。

近くの熊野川の河口の新宮《しんぐう》に徐福の墓がある。

波田須には徐福ノ宮があって、徐福が秦から持ってきたすり鉢が、ご神宝として祀られていた。

あまりに古い時代のことにて、その真偽は定かではない。

ただ、徐福の伝承はこの伊勢路の波田須だけでなく、各地に徐福の不老不死の妙薬の話は伝わっている。

九州肥前の佐賀では不老不死が訛《なま》ったフロフキこと寒葵《かんあおい》を咳止めの妙薬とし、山《やま》城《しろ》伊根《いね》の新井《にい》では菖蒲《しょうぶ》や蓬《よもぎ》など不老不死の妙薬を探し当てたという。信濃の佐久《さく》や甲斐《かい》の富士吉田《ふじよしだ》に住んだともいう。

薩摩《さつま》の出水《いずみ》や串木野《くしきの》、日向《ひゅうが》の延岡《のべおか》、安芸の廿日市《はつかいち》、尾張の一宮、三河の豊川《とよかわ》、八《はち》丈島《じょうじま》、出羽《でわ》の男鹿《おが》、陸奥《むつ》津軽《つがる》の中泊《なかどまり》などにも伝承が残る。

確かに不老不死の妙薬を探し求めた人物がいたのだろう。それは人々の究極の願いが不老不死だったという証でもある。

「結局、徐福さんは亡くなったんだから、不老不死の霊薬は見つけられなかったということでしょ？」

「そうかも知れないし、見つけても不老不死がそれほど良いことだとは思わなかったからかも知れない」

「そうか。徐福さんは長く生きてみて、こりゃ駄目だと思ったから不老不死をやめた」

「そこに人の生きる意味ができた」

「なるほどね、けじめなくダラダラとは生きていたくなかった。きっとそうだ。そうに違いない。不老不死の薬を見つけたんだ」

人が生きるとはどういうことなのか、阿国はほんの少しわかった気がした。

「そうか。人は死ぬから生きることが大切で値打ちがあるんだ。老師はやっぱり偉いッ。大好き……」

「それはどうもありがとう……」

まるで禅問答のようだ。

阿国が重信の手をそっと握る。

波田須から大吹峠に向かう道々にも巡礼者の供養碑や石仏が立っている。

古代からこの伊勢路に倒れた巡礼の人の数は、あまりに夥《おびただ》しく熊野と伊勢の神のみが知ることだ。

阿国は花を置いてそっと合掌する。

神への祈りの道でもあり、神に会うことなく倒れた仏への祈りの道でもある。悲しくなる気持ちを抑えて、阿国は大吹峠に登って行った。

「ここを越えれば熊野大泊だ。明日には速玉大社に行けるから、もうひと踏ん張りすればいい……」

「そう、ようやく生きて熊野まで来られたか、頑張ったでしょ？」

「うむ、途中で倒れるかと思っていた」

「ふん……」

鼻を振った阿国は感慨無量だ。

八鬼山越えでは本当に死ぬかと思った。あの崖道で転げ落ちていたらと思うとゾッとする。

大吹峠からは大泊の海と美しい白砂の海岸が見えた。

熊野の神々が遊ぶ神聖な海だ。

山を下りると二人は大泊の熊野宮川の傍の小さな旅籠に入った。

　ここまで来れば熊野三山の速玉大社、那智大社、本宮《ほんぐう》大社に参詣して京に向かうだけだ。

　怪我や病気さえしなければ、雪の来る前に出雲まで行けそうだ。

　ようやくたどり着いた二人は相当に疲れている。毎日、十足の草鞋を腰に吊るして歩きに歩いた。

　笠も少し破れているし、袴《はかま》の裾もだいぶ痛んでいる。

　阿国もこれまでそんな汚れた着物や袴を、身につけたことがないというほど悲惨な状況だ。

　下着だけは綺麗にしてきたがいよいよ限界にきている。

　重信は旅籠の主人を呼んだ。

「相すまぬが、熊野詣にせめて下着だけでも新しくしたい」

「ごもっともで、早速、用意させていただきます」

　おそらく、そういう巡礼者が多いのだろう。旅籠の主人は手際が良く、夕餉の前に下着を二人分揃えて持ってきた。

「この辺りに温泉はあるか？」

「はい、ございます。三山のご参拝が終わりましたら、湯《ゆ》の峰《みね》温泉が良いかと存じます」

「湯の峰？」

「はい、古い温泉にございます。ゆっくり疲れを取ることができるかと思います」

親切に道順まで教えてくれた。

古くからこの熊野大泊には多くの峠を越え、半死半生で辿り着く巡礼者がかなり多かった。

中には滑落して大怪我で担ぎ込まれる巡礼者もいる。

そういう巡礼者たちに熊野大泊の人々は親切にしてきた。

熊野大泊までくれば新宮まで十里ほど、松本峠を越え、七里御浜を歩けば新宮の熊野速玉大社だ。

だが、その七里御浜にも命を奪う危険が残っていた。

翌朝、重信と阿国は早立ちで旅籠を出た。

松本峠は熊野速玉大社へ行く最後の峠だった。

峠から海に張り出した岬には奇岩、珍岩の景勝鬼ヶ城《おにがじょう》があり、荒波に削られた大小の洞窟が十町も続いている。

昔、征夷大将軍の坂上《さかのうえの》田村麻呂《たむらまろ》が桓武《かんむ》天皇の命令で、この地に兵を率いて鬼退治に現れた。

その鬼は熊野の海を荒らし回った海賊で、その名を多娥丸《たがまる》といい、またの名を金平《こんぺい》鹿《か》という。

熊野は海賊の多いところでもある。

金平鹿は乱暴な男で船は襲うし、漁村を襲っては娘を奪って行くなど手の付けられない悪党だった。

熊野三山のお膝元での乱暴狼藉を、天皇は放置できず田村麻呂に討伐を命じた。

田村麻呂は船で海から鬼ヶ城の洞窟に迫ったが、荒磯で波がぶつかる岩場に近付くことさえできない。

金平鹿は波の静かな時に出入りしていた。

「田村麻呂は観音に守られている。戦うのは不利だぞ！」

そういうと金平鹿は、配下に水や食料を運ばせると、岩屋を石の戸で閉めてしまい籠城する。

さすがの坂上田村麻呂でも荒波に岩の戸では策がない。

困っていると沖の小島に、弓矢を携えた童子が現れて田村麻呂を手招きする。

「田村麻呂、この弓矢を授ける。船に移って舞を舞うゆえ、軍勢も一緒に舞おう」

童子がひょいっと身軽に船に飛んできた。

軍船を岩屋の前に並べて舞っているうちに、鬼の金平鹿は何をしているのかと岩の戸を開いて海を見た。

それへ田村麻呂が弓で矢を放つと、矢は海上を飛んで金平鹿の左目にグサッと突き刺さった。

「おのれ、これまでだッ。田村麻呂を殺せッ！」

「沈めてしまえッ！」

鬼の配下八百人が岩屋から飛び出した。

「放てッ！」

待っていたとばかりに雨のように矢が鬼の配下に降り注いだ。

「押すなッ、海に落ちるぞッ！」

「この野郎、逃げるなッ！」

海賊たちはたちまち大混乱になり、次々と矢に射抜かれて岩場に倒れ、海に転げ落ちて全滅した。

大将の金平鹿の首は井土《いづち》村の谷に運ばれ、祟り神にならぬよう田村麻呂は呪文で封じ込めたという。

熊野大泊の山奥に観音堂を建立、坂上田村麻呂の一族は京の清水寺の千手観音《せんじゅかんのん》が守り本尊であることから、お堂に千手観音像を納めて寺の名を清水寺とした。

重信が父の仇討《かたきうち》で、京の清水寺産寧坂《さんねいざか》で倒した坂上典膳《さかがみてんぜん》は、この坂上田村麻呂の末裔である。

沖の小島で名は魔見《まみる》ヶ《が》島《しま》といい、童子は光を放つとそこから飛び去った。その童子は田村麻呂を助けに現れた千手観音だったと伝わる。

二人は足元を赤い蟹が歩いているのを見て海が近いからだと思った。

蟹を阿国が草むらに追って行き、「逃げられた」と、本当は怖くて捕まえられないのにニッと笑う。

陽気な阿国は松本峠を越えて、砂の海岸が美しい七里御浜に下って行った。

「なんて綺麗な海なんでしょう。ついに来てしまったね？」

「この浜の向こうが熊野速玉大社、那智大社、本宮大社などの神域になる。この七里御浜も神域なんだろう」

「ここまで来ればもう安心だね？」

阿国は大はしゃぎで砂浜を駆けだしたり、砂に腰を下ろして海を眺めたり、苦労した伊勢路をすっかり忘れている。

冬晴れの七里御浜は白砂青松で神々の遊ぶ渚だ。

重信が傍に腰を下ろした。

「この海の彼方にあるんだ？」

「補陀洛山か？」

「うん……」

阿国は重信から補陀落渡海を聞いてから気になっていた。

「補陀落渡海する高僧が、あまりの苦しさに逃げださないよう、体に百八個の石を縛るらしい……」

「まあ、そんなことまでして……」

この補陀落渡海の風習はあまりにも残酷で江戸期には水葬に変化する。

「行くか？」

「嫌だ。絶対、嫌だからね……」

「この先に那智七本願といい、大きな寺の補陀洛山寺があって、そこに海を渡る船がある……」

「嫌だもの、見なくていいもの……」

「そうか。見ないか、では今日は新宮で泊まろう。この先にまだ難所があるから……」

「難所？」

阿国は難所と聞くと敏感に反応した。

難所という言葉が怖い。立ち上がると二人は砂を払い歩き出した。しばらく行くと阿国が立ち止まった。

「あれ、こんなところにも供養碑がある。どうして？」

「それは、ほら、そこの河口を渡る時に、海からの波にさらわれて亡くなった巡礼の供養碑だ」

重信が指さした河口は志原《しはら》川が海に注ぎ出る場所だ。

海が荒れている時に、無理に河口を渡ろうとして、急な高波に何人もさらわれることがあった。

この七里御浜に注ぐ河口はこの志原川だけでなく、市木《いちぎ》川、尾呂志《おろし》川、井田《いだ》川、神内《こうのうち》川など大小の川がある。

浅瀬を渡ったつもりでも、海の波は力強くアッという間に人をさらっていくのだ。

「もう、神さまが見えそうなのに、かわいそう……」

阿国は砂浜を駆けて行って花を摘み、倒れた巡礼者の供養碑に花を供えて戻ってきた。

「渡るぞ……」

「うん！」

「油断すると流されるから気を付けろ……」

「大丈夫！」

「ほら、海の波だ！」

「怖いよ……」

阿国が重信の腕をつかんで広い河口をそろそろと渡った。

次の市木川の傍にも供養碑は立っている。神さまのすぐ傍まで来ても厄介なのが河口の波だ。

まさに神々が人々の信心の強さを、最後まで試しているかのようでもある。

阿国は「怖いよう、怖いよう……」といいながらすべての河口を渡り切った。

やさしい阿国を出雲の神々と、路傍に倒れた名もなき巡礼者の魂が守ってくれたのかもしれない。

こんな苦しい旅があるとは思わず阿国は伊勢路に入ったのだ。

最後は熊野最大の川である熊野川を渡し船で渡って新宮に着いた。

「お参りするのは明日にしよう。明日は速玉大社、那智大社に参拝して本宮大社まで行くから……」

「うん、旅籠に入ったら、寝ましょう」

こういう時の阿国は抱いてほしいのだ。

「疲れたか、砂は歩きにくいからな?」

「川が怖かった」

「天気が良かったから水が少なかった。雨が降れば増水してすぐ渡れなくなる」

「伊勢からずっといい天気だったもの、助かった……」

重信は熊野川の畔の旅籠に宿を取った。

新宮に入ると伊勢路ではほとんど見かけなかった山伏や巡礼者が大勢いた。

熊野三山に入る道は伊勢路だけではなく、大辺路、中辺路、小辺路、大峯奥駈道などがある。

スサノオとの約束

翌朝、重信と阿国は夜が明けると旅籠を出た。

熊野三山は速玉大社、那智大社、本宮大社からなる。二人は熊野川沿いの速玉大社に向かった。

主祭神の速玉之男神《はやたまのおのかみ》はもともと神倉山《かみくらさん》の磐座《いわくら》に祀られていたが、いつの頃か定かではないが熊野川河畔に祀られた。

そのため神倉山の磐座を元宮《もとみや》、熊野川河畔の社殿を新宮という。

昔、奈良期に穂積朝臣濃美麻呂《ほづみのあそんのみまろ》が都から下り、速玉大社の神職になり、その次男の穂積朝臣忍麻呂《おしまろ》が初めて速玉大社の禰宜《ねぎ》となり、以来、その子孫の穂積家が禰宜を世襲している。

速玉大社は上四社、中四社、下四社の十二殿十四宮で成り立っている。

二人は半刻ほどで速玉大社を参拝、那智大社に向かった。だが、那智大社は天正九年（一五八一）に支配を強化する新宮城主で熊野水軍の大将堀内氏善《ほりうちうじよし》と戦い、一殿から六殿までを焼失した。

二十八年前のことで、再建された社殿だった。

堀内氏善は関ヶ原で石田三成に味方し敗れて逐電《ちくでん》するが、積極的加担ではなかったため家康に許された。

九州肥後熊本の加藤清正に二千石で仕えている。

那智大社は上五社五殿、中四社と下四社を第六殿とする六殿八社殿から成る。正殿は上社の第四殿で主祭神は夫須美大神《ふすみのおおかみ》という。

「あッ、滝だ！」

「あれが那智の滝だ」

「大きくて綺麗だ……」

「高さは四百四十尺というから大きい。あの奥に大きな森があるから那智川は水も豊かだ」

「あの滝で修行するの？」

「那智には修行する滝が四十八もあるといわれ、那智四十八滝というそうだ」

「四十八もあるの？」

「その四十八滝には名前がついている。見えているのが那智の大滝、他に如意輪の滝と馬頭《ばとう》観音の滝、この三つを那智の三滝という。後は文覚《もんがく》の滝、持国天《じこくてん》の滝、弁財天《べんざいてん》の滝、広目天《こうもくてん》の滝、念仏《ねんぶつ》の滝、月夜見《つきよみ》の滝、九頭竜《くずりゅう》の滝、多聞天《たもんてん》の滝、増長天《ぞうじょうてん》の滝、毘沙門《びしゃもん》の滝、帝釈《たいしゃく》の滝、新宮の滝、後は知らない」

「凄い、十五も知っている……」

「数えたのか？」

「そう……」

「では布引《ぬのびき》の滝、北辰《ほくしん》の滝、陰陽《いんよう》の滝、琴糸《こといと》の滝、奥《おく》の滝、もう思い出せないな。十五童子《じゅうごどうじ》の滝に天津《あまつ》の滝、内陣《ないじん》の滝、もう駄目だ……」

「二十三だからあと一つで半分だけど？」

「うむ、文覚はいったし九頭竜もいったな。月夜見はいった。月夜見の滝といえばそうだ。思い出したぞ。夜見《やみ》の滝、別の名を久良雅里《くらがり》の滝という」

「やったッ、二十四だ。凄いよ老師さまやっぱり、尊敬します。大好き……」

「ありがとう……」

　大騒ぎの阿国を山伏と巡礼者が笑って振り返った。何んとも騒々しい阿国だ。神域で騒々しいと神さまに叱られる。

　那智大社を参拝すると二人は本宮大社に向かった。

本宮大社までは十里ほどあって、かなり遠いため途中で宿を取った。無理をすることはない。

その夜、重信は阿国が寝静まると宿を出て一人で如意輪の滝に向かう。この滝は別に二の滝とか木葉返しの滝と呼ばれていた。那智の大滝からはだいぶ上流になる。宿から半刻あまりも歩くと滝の音が聞こえてきて、木の間に月明かりに浮かんだ滝が見えてきた。

斜面の杣道《そまみち》を下りて行くと月に輝く飛沫と滝壺がある。

修験の者たちが滝行をする神域だ。冬涸れなのか水量は多くなかった。

重信は腰の乱取備前と二字国俊《にじくにとし》を鞘ごと抜いて傍の河原に置き、着物を脱いで裸になり那智川に入ると清水に身を沈めた。神域から流れ出る水は身を切るほど冷たい。

重信は滝を見ながら冷水で禊《みそぎ》をしてから熊野のスサノオさまに、授かった神伝の居合を披露しようと思っている。

「スサノオさま、ご照覧下さるよう……」

下帯に乱取備前だけを差して滝壺に歩いて行った。

常なら腰ほどもあるだろう水量は膝上までしかない。この滝に打たれて多くの修験者が修行をする。重信は白く優美な滝の流れを見ていたが如意輪の滝に合掌した。月の明かりに美しい滝だった。

その瞬間、乱取備前が鞘走って流れ落ちる水を横一文字に斬った。

滝の水が一瞬流れを止めたかに見える。斬られた水だけが滝壺に落ちたと重信は思う。

神伝居合抜刀裏一本秘剣月光《げっこう》である。重信が裏の剣を抜くことはこれまでなかった。深山幽谷の神域の静寂の中でスサノオに披露する秘剣だ。その返す刀で滝壺に落ちる水を逆袈裟に斬り上げた。神伝居合抜刀裏一本秘剣竜神《りゅうじん》である。

振り向いた重信が水に映る月を一文字に払った。

さざ波の月が水面で真っ二つに斬られている。神伝居合抜刀表一本水月《すいげつ》だ。

重信は乱取備前を鞘に戻すと河原に歩いてきた。なんだか水に濡れて急に寒くなったと思う。急いで着物を着ると大小を腰に戻して如意輪の滝に合掌する。確かに静寂の中にスサノオの気配を感じた。あの奥の院で感じる気配と同じだった。

目を覚ました阿国が隣に重信がいないと大騒ぎするかもしれない。

寝起きの良くない阿国は寝ぼけることがあった。ことに疲れているとそういうことになりがちで、わけのわからないことを口走ったりする。われに返ってニッと恥ずかしそうに笑う。そんな阿国を重信はいつまでも子どものようだと思う。

如意輪の滝から重信は急いで宿に戻る。阿国は平和に寝ていた。

翌朝、暗いうちに宿を出て本宮大社に向かった。

熊野川沿いに上流に向かうと幅が五、六町もあろうかという、とてつもなく広い砂利の河原の中に、そこだけがポツンと緑の中州があり本宮大社の森なのだ。

不似合いなほど大きい鳥居《とりい》が立っている。

「凄い、川の中州にある神社だ……」

「川幅が広いから洪水の心配がないのだろう」

「こんな山奥にどうしてこんなに広い河原があるのかしら？」

「川幅が二、三町以上あるな？」

「不思議なところ……」

阿国はあまりに広大な砂利の河原に驚いている。

確かに、山奥に忽然と広がる広大な河原で、陽の光に石が白く乾いている不思議な光景だ。

周囲は山々に囲まれている。

本宮大社の主祭神は家都美御子大神《けつみみこのおおかみ》という。この主神の正体こそ素戔嗚尊《すさのおのみこと》なのだ。

重信に神夢想流居合を神伝した林崎熊野明神のスサノオだ。

荒ぶる神スサノオは重信が神との約束を忘れた時、母志我井《しがのい》を奪い、愛する薫《かおる》を奪い去った。

今また、愛する阿国を奪おうとしている。

二人は気付いていない。

「わしに神夢想流居合を伝授下さったスサノオさまがここにおられる」

「スサノオさま？」

「ご祭神の熊野坐大神こそスサノオさまなのだ」

「そうなの……」

「わしはまだ、スサノオさまとの約束を果たしていない」

重信は必ず約束を果たすと祈った。

阿国は愛する重信の大願成就を願った。その時、阿国はスサノオの声を聞いた。ハッと胸を押さえ、その神の言葉を胸の奥にしまい込んだ。誰にも言えない神との約束である。

本宮大社には不思議な神殿があり、神殿の縁の下に籠縁《こもりえん》という、巡礼者が腰を下ろして休める場所がある。

「不思議、神社の縁の下にこんなところがあるなんて聞いたことがない」

「ここに五十日も百日も座り続ける人がいるそうだ」

「百日も？」

「うむ、わしは子どもの頃、出羽の熊野明神で百日参籠をしたことがある」

「子どもの時に？」

「その時、一度死んだ。それをスサノオさまが生き返らせて下さった」

「まあ……」

「おそらく、ここに座ることはその参籠と同じなのだ。三日参籠、七日参籠、二十一日参籠、百日、千日、三年……」

「ここに三年も座るの？」

「座ってみるか？」

「嫌だよ。あッ、神さまご免なさい……」

阿国が慌てて合掌し神に謝罪する。

籠縁から出て二人が参道に戻ろうとした。その時、呼び止められた。

「お師匠さまッ！」

「おうッ！」

重信が立ち止まった。そこに二人の山伏が近づいてきた。

「蒼覚坊《そうかくぼう》殿だな？」

「はい、お久しゅうございます。このようなところでお師匠さまにお会いできるとは、これこそまさにスサノオさまのお導きにございます」

「いかにも、覚浄坊《かくじょうぼう》殿は達者ですか？」

「残念ですが、昨年亡くなりました。蓮覚坊《れんかくぼう》さまは元気にございます」

「そうか、元気ですか……」

覚浄坊、蓮覚坊、蒼覚坊の三人は出羽三山の山伏で、林崎熊野明神の奥の院で出会った剣の弟子だ。

もう数十年会っていなかった。

「これは光禅坊《こうぜんぼう》といい弟子にございます」

「ほう、まだ若い修験者ですな？」

「二十三歳にございます」

「出羽の生まれかな？」

「はい、酒田の生まれにございます」

「ところでお師匠さまはこれからどちらへまいられますか？」

「伊勢から来て京へ行く旅なのだが？」

「それは良かった。光禅坊と二人で京へまいり、それから出羽に向かいます。醍醐寺《だいごじ》の三宝院《さんぼういん》さまへご挨拶にまいります」

三宝院というのは秀吉が醍醐の花見をした寺だ。

山伏は真言宗当山派の醍醐寺三宝院か、天台宗本山派の聖護院《しょうごいん》に所属している場合が多い。

この四年後の慶長十八年（一六一三）に幕府から修験道法度《しゅげんどうはっと》が触れ出され、山伏は本来、山伏は地方の山岳信仰と結びついて、地域の山を信仰する里山伏など、かなりの数が各地にいた。それを幕府は管理したい。

「奥方さまで？」

「うむ、わしの妻だ」

「お二人で伊勢路を来られたのですか。よく怪我もなく？」

「そうなの、死ぬかと思った……」

阿国がニッと無邪気に笑う。

「あの、間違っていたら申し訳ないのですが、京の阿国さまではございませんか？」

「そう、出雲の阿国です」

「やはり……」

蒼覚坊は京の賀茂《かも》川で男装の阿国を見たことがある。

「お師匠さまは京へどの道をまいられますか。大峯奥駈道は大峯山寺が九月二十三日に戸閉しました。それに七十五靡《なびき》のうち阿弥陀《あみだ》ヶ《が》森《もり》、小篠《おざさ》の宿、山上《さんじょう》ヶ《が》岳《たけ》は女人禁制です。この時期、もし、山で雪に降られますとどこにも出られず死にます」

「小辺路で高野山へ出るのも女人禁制で駄目となれば、遠回りでも中辺路へ出て京に向かうしか……」

「そうです。紀伊田辺《きいたなべ》から和歌山を通って京へ行くのが無難かと思います」

「中辺路には湯の峰温泉があると聞いたのだが？」

「はい、ずいぶん古くからある温泉のようで良いところです」

「そこで二、三日ゆっくりしたいが？」

「結構でございます。修験者や巡礼者の使う温泉にございますので……」

「よし、今夜は湯の峰温泉だな？」

「では、まいりましょう」

四人は蒼覚坊の案内で一気に中辺路に向かった。いよいよ京に戻る道だ。

阿国は遅れまいと急ぎ足で山伏を追った。どんな道でも歩くことが修行の山伏は健脚だ。

「急ぐと疲れるだけだぞ」

重信が阿国に言うと蒼覚坊は振り返って急に歩調を緩めた。

「どうぞ……」

光禅坊が金剛杖《こんごうじょう》を阿国に差し出した。

「いいの？」

「どうぞ……」

二十三歳の若者は美人の阿国に見つめられ眼をそらした。

「ありがとう」

「いいえ……」

小さくうなずいて蒼覚坊を追って行った。まだまだ未熟な修験者だがやさしい若者だ。

「借りちゃったけど……」

「あの若者は良い山伏になる」

「わかるの？」

「わかる。あの若者は純粋だから厳しい修行に耐えられる。あと十年もすれば出羽三山の良い山伏になる。村人にも信頼されるだろう」

「うん、そんな気がする」

破《や》れ笠に金剛杖で男装の阿国だ。

いつもは衣装や身なりを気にする阿国だが、女鬼峠に入った時からまったく気にしなくなっている。

本宮大社から湯の峰温泉までは一里ほどで四人は温泉宿に落ち着いた。

四村《よむら》川に湧き出た湯の峰温泉の開湯は古く、倭国が朝鮮南部に任那府《みまなふ》を建国した頃、まだ仏教の伝来はなく神々の国で、巨大古墳が盛んに造られていた。

そんな昔だ。

熊野国造《くにのみやつこ》の大《おお》阿《あ》刀足尼《とのすくね》が河畔に滾々《こんこん》と自噴する湯筒《ゆづつ》を発見、沸騰している湯は触れられないほど熱く、四村川の水と混ざってようやく良い湯加減になる。

以来、熊野の薬効の湯として大切にされてきた。

やがて、法皇や上皇、門院の熊野御幸が始まると、湯の峰は京まで知られるようになる。

熊野御幸は宇多《うだ》法皇が初めてだが、白河《しらかわ》上皇が九回も御幸するに及んで、熊野信仰は天下に公認され爆発的、熱狂的になった。

熊野信仰は全国に広がり、修験者によって全国津々浦々まで熊野権現は勧請されていった。

出羽の林崎熊野明神もその一つである。

熊野信仰の広がりは湯の峰温泉の繁栄でもあった。

御幸も増えて鳥羽《とば》上皇二十一回、後白河《ごしらかわ》上皇三十四回、後鳥羽《ごとば》上皇二十八回、待賢《たいけん》門院《もんいん》十二回、七條院《しちじょういん》五回、美福門院《びふくもんいん》四回、修明門院《しゅめいもんいん》十一回などと、宇多法皇から亀《かめ》山《やま》上皇まで百回の熊野御幸があった。

ただ、天皇の熊野行幸は一度もない。

天皇家の祖先神は伊勢の神宮で、熊野へ行幸するのは差し障りがあった。

天皇の周囲の公家はほとんどが藤原不比等《ふじわらのふひと》の北家《ほっけ》の一族である、それに伊勢の神宮は藤原一族と深い関係があり、熊野御幸には反藤原の色合いもあった。

そのため天皇を譲位して上皇に退いてから、より自由な身分で熊野御幸を行っていたと思える。

ちなみに天皇が御所から出られることを行幸といい、上皇になると御幸ということになっていた。

湯の峰温泉は開湯が古いため色々な伝承が残る。

熊野本宮大社で百日参籠をした一遍上人《いっぺんしょうにん》が霊威を授かり、自らの爪で経文を刻んだという爪書き岩が残っている。

応永《おうえい》の頃というから二百年ほど前のこと、小栗判官《おぐりはんがん》という武将がいた。伝説の人物で実在は定かではない。

藤原兼家《ふじわらのかねいえ》の息子で藤原正清《まさきよ》とも言う。

この小栗判官が照手姫《てるてひめ》を妻に迎えた。だが、照手姫を愛したがその一族とはうまくいかなかった。

よくある話だが、これが拗《こじ》れにこじれて判官は一族の男を殺してしまう。

その報復で判官は毒殺され埋められた。

小栗判官は閻魔大王の前で非のないことを訴えると、大王は弁明を認め「熊野の湯の峰の湯に入れば元に戻るだろう」といい現世に戻した。

見るも無残な小栗判官は大王の言う通り、湯の峰に来て四十九日間湯につかると、その霊験あらたかにて判官の病は完治したという。

「この湯の峰の名物はあの中辺路にあるつぼ湯だそうよ……」

「そのようだな」

「あれでしょ？」

阿国が宿の窓から道の傍に建つつぼ湯の小屋を指さした。

「入りたいのか？」

「まあ、話の種にね、千年も前からのお湯だそうだから……」

「そんな古い湯に入れるのか？」

「ん？」

「もうすぐ暗くなるから、それからだ」

「二人で入る？」

「いや……」

「どうして？」

「わしは外で見張りをしよう……」

「そんなの嫌、一緒に入りたいんだもの、駄目？」

「駄目、見張りがいないとな」

「ふん……」

話がかみ合わない。阿国がクックックッと鳩のように笑った。こういう頓珍漢《とんちんかん》を阿国は大好きだ。

夕刻、陽が落ちると山は急に寒くなる。

「ね、行こうよ」

「夕餉の前に行くか……」

重信は部屋を出ると蒼覚坊の部屋に顔を出して「つぼ湯に行ってまいる」と声をかけた。

神の湯

つぼ湯は二人が入るとちょうどいい小さな岩の湯舟だ。

「一緒に入ろうよ……」

「いや、わしがここで見張りをするゆえ、ゆっくり入って来なさい」

重信は腰の乱取備前を鞘ごと抜くと、小屋の傍の岩に腰を掛けた。こうなると岩を砕かない限り動かない。

「一緒がいいのに……」

ブツブツ言いながら阿国が小屋に入って行った。つぼ湯の湯舟は川底と思える低いところにある。

日に七回も湯舟の湯の色が変化するという名湯秘湯だ。

まさに千年の神の湯だ。阿国は大胆にも湯衣《ゆかた》を着ず素っ裸になると湯加減を見た。

「熱ッ、これじゃ入れないよ……」

阿国は小屋の入口に「熱いよッ、水ッ！」と叫んだ。わがまま娘だ。

「どうした？」

重信が顔を出した。

「凄く熱いの、入れないよ」

「そこの桶で水を汲め……」

「汲んで！」

素っ裸の阿国がかなり暗い小屋の湯舟の傍で重信をにらんだ。黙って重信が湯舟に下りて行き桶で水を汲んだ。

「湯をかき回して……」

「ねえ、一緒に入ろうよ」

「仕方ない娘だな。困ったものだ」

「よし……」

阿国が重信の首に抱きついた。

このつぼ湯は湯舟の底から熱い湯が湧出している。

そのため湯舟の底にびっしり玉砂利を敷いて足を保護していた。硫黄の匂いがつぼ湯を包み込んでむせ返るような暑さだ。

かけ流しの湯は高温で水を相当入れないと湯舟には入れない。

湧出する源泉は無色透明なのだが、数刻すると湯は自然劣化して白濁に変化するのだという。

そんなところから日に七回色が変わる秘湯と誰もが思った。

最古にして、まさに天下一絶品の湯、それが熊野の神々が入浴するつぼ湯という秘湯だ。

初めて二人は一緒に湯に入った。熱いのに阿国が腕をつかんで放さない。

のぼせて死にそうになる。

阿国に引きずり込まれた重信は下着姿で、着物や大小の太刀を抱えて小屋から出てきた。

阿国も上気して顔が赤い。

順番を待って小屋の前に立っていた巡礼の夫婦に頭を下げる。

「お先にいただきました」

「熱いそうですが？」

「水を入れないとずいぶん熱いです」

「やはりそうですか？」

「ご免なさい……」

　阿国は人によっては熱い湯が、ひどく苦手だというのを知っている。その阿国は宿に戻り湯あたりしたように力なく座り込んだ。

「いい湯だったけど、もう寝ましょう」

「もうすぐ夕餉が来る」

「それを食べたら寝よう。いっぺんに疲れが出てきたもの……」

「そうだな」

　まだ、出雲までは半月以上かかりそうだ。重信たち四人は湯の峰温泉に二泊して出立した。

　湯の峰から紀伊田辺まで中辺路を歩いて紀伊路に出た。

　熊野三山から摂津《せっつ》大坂までを、熊野街道または小栗判官にちなんで小栗街道ともいうが、本宮大社から紀伊田辺までを中辺路、そこから先、摂津の渡辺津までを紀伊路と区分することもある。

紀伊路は紀伊田辺から御坊、湯浅を通って和歌山城下に入り、紀ノ川を渡れば和泉に入る。紀ノ川を遡れば高野山に行ける。

四人は和泉に入り堺《さかい》に向かった。

重信は蒼覚坊と並んで歩き、その後ろを阿国がお気に入りの光禅坊と並んで歩いている。

堺は摂津、河内、和泉の三国の国境が接していることから堺という。

堺から京街道を目指して北上する。蒼覚坊と光禅坊は伏見の醍醐寺三宝院に行き、重信と阿国は京まで行き出雲へ向かうことになる。

「枚方《ひらかた》辺りで京街道に出れば淀、伏見、京とすぐでございます」

「良い旅でしたな……」

「はい、是非、出羽にもお出で下さい」

「いずれそうしたいと思っているところです」

重信はやがて出羽楯岡《たておか》城下に戻ろうと考えていた。そこが最期に行くべきところだと分かっている。

出雲に戻る阿国に、生涯の思い出を残そうと重信は伊勢と熊野に参拝してきた。

そこで蒼覚坊と出会ったことは、スサノオが奥の院に戻ることを示唆しているように思う。

「蓮覚坊殿にお会いできる日を楽しみにしているとお伝えくだされ……」

「承知いたしました」

四人が伏見に到着した時は夕刻になっていた。

重信と阿国は尾張の宮宿で東海道を離れ、伊勢に渡海してからようやく東海道に戻ってきた。

男でも厳しい熊野詣の旅を阿国は耐え抜いた。

京に戻れば三右衛門《さんえもん》たち一行がいるはずだ。阿国が再び一行に戻るならそれでもいいが、阿国の様子からその気は全くないようだ。

「お師匠さま、ここで失礼いたします。奥方さまもお元気で……」

「出羽まで気をつけて……」

「そのうち出雲にもお出で下さいね？」

「ありがとう存じます」

「光禅坊さまも？」

阿国に誘われて若い山伏が顔を赤くした。

「楽しい旅でしたよ」

「はあ……」

子どもっぽく阿国がニッと微笑んだ。醍醐寺に行く山伏と別れた二人が京に急いだ。

五条河原《ごじょうがわら》の小屋に着いた時にはもう夜になっていた。

「よく頑張った」

「うん、鷹ケ峰《たかがみね》に行くのは明日にしよう？」

「そうだな」

「早く、出雲に帰りたいの、可奈が待っているから……」

「分かった。そうしよう」

二人が小屋に入ると三右衛門や阿国こと阿菊たちは起きていた。

「老師！」

「姉さま！」

横になっていた者も「阿国さま！」と飛び起きた。二年ぶりに会う一行だ。

「父上、可奈が待っている出雲に戻ります」

「うむ、それがいい。七歳になって可奈はいい娘になった。巫女舞《みこまい》もできるようになったぞ」

「そうなの？」

「江戸で急にいなくなるんだもの……」

阿菊が怒った。

「ご免ね……」

「怒るな阿菊、何も言わなかったがわしは知っていたのだ」

「お師匠さまのところに行ったって？」

「うむ……」

「そうか、知っていたのか……」

拍子抜けしたように阿菊がニヤリと笑う。重信と一緒なら仕方ないという顔だ。

「お師匠さまとどこに行ってきたの？」

「うん、武蔵一ノ宮《むさしいちのみや》から伊勢と熊野にお参りしてきたの……」

「いいな、二人旅なんて……」

「老師、ご苦労さまでした」

三右衛門には阿国に対する重信の気持ちがわかる。出雲にいる可奈の傍に阿国を戻す旅だと直感した。

その夜、重信は珍しいことに小屋に泊まった。

「明日の朝、鷹ヶ峰に行こう」

阿国が重信の腕を抱いてささやいた。

「京でしばらく休養してはどうか？」

「いいの、早く出雲に帰りたい。可奈に会いたいもの……」

「そうか」

「疲れていないから……」

阿国は可奈に会いたい気持ちでいっぱいだった。重信はもう寝ていた。

「早いんだから……」

いつものように阿国は重信に背を向けて寝た。怒っている。

翌朝、重信は暗いうちに目を覚ますとそのまま起きる。三右衛門がもう起きていた。

二人は暗い五条河原に歩いて行った。

東山にまだ朝の光は届いていない。あと半刻もすれば山の稜線が白くなってくるはずだ。

「老師、この勧進歌舞伎も難しくなりそうです」

「所司代《しょしだい》から何か？」

「幕府は女歌舞伎を気にいらないようでございます」

三右衛門は京の所司代から何を言われたかは言わず、女の歌舞伎を幕府が嫌っていると話した。

「男ならいいということかな？」

「そのようです。大きな大名は城下に色里などを作り始めておるそうで、そこでの遊女歌舞伎は許すが勧進でも女歌舞伎は取り締まるようです」

「なるほど……」

「勧進は巫女舞などだけになるのでしょう。歌舞伎は男に限るということになるかと……」

「男歌舞伎か？」

「女歌舞伎は風紀《ふうき》を乱すということでしょう」

「江戸に開幕して数年、幕府はどのようにして民心を掴むつもりか、何ごとにも厳しくというところであろう」

「男歌舞伎に切り替えれば勧進歌舞伎ではなく、芝居歌舞伎ということになるだろうと思っております」

「芝居か？」

「勧進とは別物になりましょう」

勧進歌舞伎は出雲の杵築大社の修復、修繕などに使う銭を集めるためだが、芝居となればそれは商売としてやることで勧進とは名分がまったく違う。

二人が話していると阿国が河原を走ってきた。

「父上……」

「阿国、早く出雲に帰れ、可奈が寂しがっているぞ」

「うん……」

「老師、厄介をおかけします」

「一旦、鷹ケ峰に顔を出しますが、すぐ京を出立します」

「お願いいたします」

既に十一月に入っている。これ以上遅くなると山陰道に雪が来てしまう。

二章　新しい城下

可奈の願い

重信と阿国が鷹ヶ峰の将監《しょうげん》鞍馬《くらま》流《りゅう》の道場に現れると大騒ぎになった。大西大吾《おおにしだいご》とお清《きよ》、弥右衛門《やえもん》とお登喜《とき》の夫婦が道場に現れて挨拶する。久しぶりに重信が帰ってきた。

「これから出雲まで行くのだ。一晩だけ世話になる」

重信は大吾、弥右衛門、お清と旅の話や剣の話をした。阿国はお登喜と江戸のお志乃やお小夜、箱根の竜太郎とお満の話で忙しい。

話が一段落すると重信は道場に出て弟子たちの稽古を見てやる。

阿国はお清とお登喜が産んだ二人の娘と庭に出て遊んでいる。京の冬が深まろうとしていた。

翌朝早く、重信と阿国は今出川《いまでがわ》兵法所で吉岡憲法《よしおかけんぽう》に挨拶し、御所の宜秋門《ぎしゅうもん》の勧修寺家に立ち寄って権中納言光豊《みつとよ》に挨拶した。

五条まで下って三右衛門に会ってから七条まで下り丹波口から京を出た。

阿国が幼い頃から出雲と京を行き来した山陰道だが、出雲に帰ればもう京に出て来ることのない最後の旅になりそうだ。

三十年は長い長い旅だったように思う。

出雲の大社のために巫女舞をし、勧進歌舞伎を踊ってきた。

可奈が巫女舞はしても勧進歌舞伎のために、京へ出てくるようなことはないように思う。

阿国には江戸で踊った時に勧進歌舞伎が終わるような予感がした。

この後、幕府の意向によって中村《なかむら》三右衛門は勧進歌舞伎を、急速に若衆歌舞伎や野郎歌舞伎に変化させていくことになる。

京を出た二人は亀山城下から福知山城下を通って但馬《たじま》に入った。

「もうすぐ城崎《きのさき》だな？」

「うん、温泉に入りたい？」

こういう時は阿国がゆっくり温泉に浸かりたいのだ。

但馬の次が伯耆でその西が出雲だ。旅に目途が立ってゆっくり湯に入りたい。阿国が毎年三右衛門たちと立ち寄ってきた城崎は特別なところだ。

京からの帰りの旅で一番楽しい場所が城崎温泉だった。

円山《まるやま》川の支流大谿《おおたに》川沿いに七つの外湯が点在している。

鸛《こうのとり》が温泉で傷を癒していたところを発見されたとか、養老《ようろう》元年（七一七）頃に道《どう》智上人《ちしょうにん》が千日修行後に湧出させたなどといわれる古い温泉だ。

後に天下一といわれる一の湯、道智上人が湧出させたと伝わるまんだらの湯というのがある。

他には後堀河《ごほりかわ》天皇の姉君邦子《くにこ》内親王こと安嘉門院《あんかもんいん》が入湯された御所の湯、近在の庶民が好んだ里の湯、柳の下から湧出した柳の湯、鸛が傷を癒した鴻《こう》の湯、地蔵の湯などがある。

出雲に帰る阿国たちはこの七つの湯めぐりが、唯一の楽しみといってよかった。

みんな大はしゃぎで四、五町の中にある七つの湯めぐりをした。宿に戻ると欲張った祟りで湯あたりしたり、疲れ果てたりゴロゴロと倒れてしまう。それでも入りたいのが温泉だ。

入らないと損をした気分になる。

だんだん慣れてくると欲張らなくなった。

そんな楽しい思い出だけの城崎温泉だ。二人はのんびりと二晩を過ごしてから西に旅立った。

出雲に近づけば近づくほど二人の旅が終わる。

そう思うと阿国は言いようもない淋しさに襲われた。

親子三人、出雲の神々の傍で暮らせたらどんなに幸せか、だが、まだ修行の旅を続ける重信には無理なことだ。

それを阿国はわかっている。

二人が出雲に帰ってきた時、十一月も半ばを過ぎていた。

重信は大社に参拝して中村家に向かった。稲佐の浜に出る道を歩いて行くと、可奈が遊びを放り投げて走ってきた。

「可奈ッ！」

阿国が走って行って可奈を抱きあげた。

「母上……」

「大きくなったね。可奈じゃないみたい……」

「うん、寂しくなかったよ」

「ご免ね、その代わりお父上を連れてきたから……」

「父上？」

体をひねって「降ろして……」と地面に立つと、重信の傍に走って行った。

黙って立っている重信の指を摑んで、「お父上さまですか？」と聞いた。見上げた顔はお道に似ていた。

「可奈か？」

「はい、お帰りなさい」

ハキハキと賢い子だ。

「もう、杵築大社の巫女さんか？」

「はい……」

「よし、抱いてやろう」

重信が軽々と抱き上げた。

「幾つになった？」

「七歳、正月が来ると八歳です」

「ほう、父も母もいないのに大きくなったな」

「はい、婆さまと京に行っている爺さまがいますから……」

重信は可奈の口ぶりから三右衛門夫婦に大切に育てられたことがわかる。

「京で爺さまと阿菊殿と会ってきた」

「叔母さまは元気でしたか？」

「うむ、みんな元気だった」

重信は片手で可奈を抱き阿国と歩き出した。初めて揃った親子三人だ。

三右衛門のいない鍛冶場は静かだ。

「ご免！」

静かな中村家に人の気配がした。

「あら、お師匠さまに阿国、可奈も……」

突然のことに家の者たちもびっくりした顔だ。

「ただいま戻りました」

「お帰りなさい。可奈は重くなりまして……」

「母と子にそれがしまで厄介になります」

「お師匠さまは中村家のお人ですから、どうぞ上がってください。可奈、お水を
……」

「はい、お父上さま、また抱いて下さい」

「そうしよう」

可奈は阿国から父上は剣の強いお武家さまだと聞かされてきた。

その重信と阿国が一緒に現れたことで可奈は大興奮なのだ。怖い武士かと思ったが
母から聞いたように優しい父で安心している。

その夜、出雲に雪が来た。

旅が一日遅れていれば酷い目に遭っていたかもしれない。その雪は二日ほどで消えた。重信は年内に京に戻りたいと考えていたが、可奈の顔を見てしまいそうもいくまいと思う。

そこに雪が降って来春まで出雲から出るのが危険になった。

その雪が十日もしないでまた降った。重信は出羽の生まれだから雪の怖さをよく知っている。

十二月になると本格的な雪になり、吹雪で稲佐の浜が見えなくなることもあった。

「もう、出雲からどこにも行けないから……」

阿国が嬉しそうに言う。

「可奈のために来春までここにいてね、出雲の神さまがそうしなさいって？」

可奈のためという切り札で阿国は重信と別れたくない。ここで別れるともう会えないような気がしている。

「出雲で年を越すか、可奈のためにな……」

可奈のためだと言い訳するように重信が念を押した。

「春まで？」

「うむ……」

「五月まで？」

重信がジロッと阿国をにらんだ。

「四月まで？」

「そうだな……」

「よし！」

重信は天気のいい日は可奈を連れて出雲の神社を回って歩いた。

縁の薄い父と娘の濃厚な刻が過ぎていく、それを阿国は微笑ましく見ている。

慶長十五年（一六一〇）の正月を、重信は出雲で阿国と可奈の親子三人で迎えた。

正月が過ぎると数日吹雪になった。

「お父上さまは京に戻るのですか？」

「そうだ。京から江戸まで行くつもりだ」

「江戸は将軍さまのお城があるところ？」

「誰に聞いた。お婆か？」

「はい、母上がお父上を迎えに行ったと……」

「そう、遠いところだからな、江戸まで行くのに一ヶ月はかかる」

重信はすぐ会えなくなる娘と、あえて濃厚な刻を過ごそうと心掛けていた。

強風と吹雪が過ぎ去ると、重信は神社巡りを再開、可奈は見れば見るほどお道と似ている。

そんなある日、阿国が杵築大社に踊りを奉納することになった。

もう、踊ることのないだろう最後の踊りを、杵築の大神に捧げ重信と可奈に見せようと決心した。

稲佐の浜から彼方の海まで晴れ渡った日、珍しく白拍子《しらびょうし》姿の阿国は白い水干《すいかん》に紫の菊綴《きくとじ》、紫の袖括り紐に緋色の長袴と黒の立烏帽子、下げ髪で腰に細身の太刀を吊るし蝙蝠《かわほり》を持って神殿に現れた。

阿菊の得意な白拍子の男舞だ。

その美しさは天下一の美女と言われたままである。

正月で三十九歳になったとは思えない若々しさで、神々も驚くだろう美貌でゆっくり神殿に入ってきた。

息を呑んで皆が見守る。

母親の笛の音に合わせ、蝙蝠を開いて男踊りが始まった。

平安の大相国《だいしょうこく》平清盛《たいらのきよもり》に寵愛《ちょうあい》された祇王《ぎおう》を思わせる。故郷の村人が干ばつに困窮すると、水路を作ってほしいと清盛に懇願した優しい祇王だ。

その祇王も清盛の寵愛を失うと仏門に入る。その時二十一歳だった。障子に一首を書き残す。

萌え出づるも枯るるも同じ野辺の草いづれか秋にあはで果つべきと、嵯峨野往生《さがのおうじょう》院祇王寺《いんぎおうじ》に入り性如禅尼《しょうにょぜんに》という。

阿国は神が憑依したような神々しさで踊る。

「母をよく見ておけ。もう見られないからな……」

「はい……」

可奈はあまりに美しい阿国を神さまが現れたのだと思う。

自分が踊る巫女舞とはまるで違う優雅な踊りだ。可奈は初めて母の踊りを見た。踊りの名人と聞いてはいたが、重信の手を握りびっくり仰天で眼を見張っていた。

「母上はもう踊らないの？」

「そうだ。だからよく見ておくのだ」

阿国の白拍子姿はこの世のものとは思えない神聖なものだった。

その白拍子が絶えて二百年以上が経つ、確かに可奈の目に映ったのは、出雲の杵築大社に現れた古《いにしえ》の神だったのかもしれない。

四人は奉納が終わると家に戻った。

重信は阿国との約束通り四月まで出雲にいた。それが可奈の願いで三右衛門が戻るまでと日延べになった。

五月に入るとその三右衛門たちが出雲に戻ってきた。

「可奈、大社の良い巫女になれ……」

「お父上さまはいつ帰ってきますか？」

「可奈が会いたいと念じればきっと帰ってくる」

「ほんとですか、じゃ、毎日、大神さまにお祈りします」

「うむ、そうしてくれ……」

重信に三右衛門は「可奈を京に連れて行くことはない」と言った。出雲の勧進巫女舞が大きな曲がり角に来ていることを二人はわかっている。

「三右衛門殿、阿国と可奈をお願いいたす」

「老師、ご心配なく、なにとぞ、本願を成就できますように祈っております」

三右衛門は重信が倒れるまで旅を続けるだろうとわかっていた。阿国もそう思っている。

神の剣士と言われる重信が、スサノオと約束していることをわかっていた。

憲法の兵法

重信は出雲を去る前に阿国を誘って杵築大社に詣でた。

「一ノ宮に戻るの？」

「そのつもりだ。そなたはこれからどうする？」

「うん、可奈も大きくなったし、出家したいと考えているの……」

「そうか……」

重信は何も言わず阿国が握ってきた手を握りしめた。

「熊野でスサノオさまとそう約束したから……」

そうだったのかと阿国の唐突な決意を重信は納得した。阿国が熊野で決心した秘密だった。密かにスサノオとした約束でもある。

「苦労をかけたな」

「うん、小さい時から好きだったんだもの……」

「可奈と約束はしたが、ここに戻ることは難しいと思う」

「分かっています」

阿国は永遠の別れになるような予感がしている。出会いには必ず別れがある。邂逅と別離は表裏だ。

「一緒にいたいけど……」

「すまない」

阿国は重信に抱きついて泣いた。美しい花の命は長くない。

その数日後、重信は阿国と可奈に見送られて出雲を去った。三右衛門が二里ほど送ってきた。

「京に戻り、武蔵一ノ宮まで帰ります」

「お気をつけられて……」

三右衛門と別れ、重信は京に急いだ。

その頃、片山松庵《かたやましょうあん》の弟子で、重信の神夢想流居合の弟子でもある片山久安《ひさやす》三十六歳が、後陽成《ごようぜい》天皇に招かれて参内《さんだい》し居合の秘太刀、磯波《いそなみ》を天覧に供すると従五位下伯《ほう》耆守《きのかみ》に叙せられた。

重信が京の鷹ヶ峰に戻るとその片山久安が道場に現れる。

久安をお登喜が源光院《げんこういん》に案内してきた。

「老師、出雲から戻られたばかりとか？」

「岩国《いわくに》にまいろうかと思ったのだが、岩国に行くと九州に行きたくなるのでな……」

「岩国は九州に近いですから……」

久安がニッと微笑んだ。

「実は老師、先日、天子さまから思し召しがございまして……」

御所でのことを重信に話した。

「ほう、天子さまに磯波を……」

「お褒めに与り、従五位下伯耆守を賜りましてございます」

「それは良かった。伯耆流ということになるのかな？」

「片山伯耆流居合と考えております」
「結構なことだ」
「老師にこそ相応しい官位かと……」
「いやいや、それがしは官位など無縁でござる。それで西国へ……」
「はい、しばらく京で修行し、廻国もと……」
「それは結構、それがしは武蔵一ノ宮に戻りますので、鷹ヶ峰や今出川兵法所に顔を出してくださるように……」
「遠慮なく、そうさせていただきます」

この後、片山伯耆守久安は修行を続け、六、七年後に安芸広島に行き弟子を育て、周防《すおう》岩国で吉川《きっかわ》家の客分となって弟子を育て七十六歳で死去する。

重信も六十九歳になり、武蔵一ノ宮に戻れば、再度、京に来ることはできないかも知れない。

そんな年になっている。

重信は道場にも出たが勧修寺家を訪ねたり、今出川兵法所で吉岡憲法と会ったり忙しくしている。

京に長く住んだ重信が会わなければならない人は多い。

いつの間にか暑い夏が過ぎ、京の山々に秋の気配が来ている。

重信がいよいよ江戸へ出立しようというその矢先、ひょっこりとお清の父吉岡憲法が寺に重信を訪ねてきた。

一ヶ月半ほど前に重信が今出川兵法所を訪ねて憲法と会っていた。

吉岡道場の今出川兵法所は弟子の数も多く、忙しいはずだと思いながら寺の若い僧に案内されてきた憲法と座敷で対面する。

「時々、孫娘の顔を見たくなるものです」

憲法がニッと微笑んだ。

「二人目もそろそろ……」

「そう願いたいものですが、こればかりはなかなかに……」

重信は憲法の用向きを考えてみた。

一ヶ月半前に会った時に出なかった話を考えてみる。憲法は江戸幕府よりは大坂城の秀頼《ひでより》に近い人物だ。

その大坂城の秀頼は十八歳になり評判は悪くないが、その実態は大坂城の奥深くにいて城外に噂が漏れて来ることは滅多にない。

駿府の大御所や江戸の将軍とうまくいっていないことだけは伝わってくる。

京や大坂では秀吉人気が根強く、家康は豊臣家から権威も領地も掠め取った狡《ずる》い男という評価で人気がない。

そのような狡猾さは権力者にはつきもので、秀吉にも信長の死後に織田家を乗っ取ったという悪評はある。

憲法が鷹ヶ峰にわざわざ出向いてくるほどの話題はないように思う。

やはり、孫娘可愛さに出てきたのかと重信は思った。

茶も白湯《さゆ》も出ない重信の修行の寺だ。

「京の山々も間もなく錦に包まれる季節になりました。ところで、老師は吉田兼見《よしだかねみ》卿をご存知ですか？」

「吉田神社の神主の吉田さまは、ずいぶん前に勧修寺尹豊さまに紹介された記憶があります」

「ほう、内府さまに……」

重信が憲法の曽祖父吉岡憲法直元《なおもと》に会ったのも尹豊のお陰だった。

「勧修寺家でしたが……」

「その兼見卿がこの二十日に亡くなりました。ところが、この世には不思議なことがあるもので、その兼見卿と同じ八月二十日に従兄弟の細川幽斎《ほそかわゆうさい》さまが亡くなられたと評判でございます」

「あの細川さまと吉田さまが同じ日に……」

「はい、幽斎さまは七十七歳、兼見卿は七十六歳だったと聞きました」

「確かに、奇怪なことで、細川さまと言えば将軍義昭《よしあき》さまを興福寺一乗院から救出、明智《あけち》さまなどと織田信長さまに仲介された方。吉田さまは上洛された信長さまや明智さま、秀吉さまや家康さまとも親しかったと聞いております」

「そうです。兼見卿は信長さまの推挙で堂上家《とうしょうけ》にもなられた。その兼見卿が書いておられた日記があるのですが、その日記の天正十年分が書き直され、その書き直された別本はあるが正本が見つからないと問題になったことがあります」

「天正十年と言えば、本能寺《ほんのうじ》で信長さまが亡くなられた年ですが？」

「その本能寺の事件の真相が書かれていたとも言われています。信長さまや明智さまと親しい方でしたから……」

「なるほど、そういうことですか……」

「その上に、禁裏《きんり》のお湯殿で書かれるお湯殿の上の日記という、秘書ともいうべき日記があるのだそうですが、その中の天正十年六月二日の前後、数日分が欠損していることが最近になって分かったと聞きます」

「ということは本能寺の事件がまだ終わっていないと？」

「真相がわからない以上、永遠に未解決ということになりましょうか……」

「あの事件の中心にいたと思える二人が、同時に亡くなったということですか、不思議です」

「おそらく、あの本能寺の事件の真相を知っておられたと思われます。従兄弟同士で最近まで行き来があったそうです。幽斎さまは京の三条の自邸におられ、兼見卿は京の吉田神社と互いに近くですから……」

憲法は細川幽斎と吉田兼見の従兄弟同士が、同日に亡くなったことに奇怪さを感じている。

それはおそらく憲法だけでなく多くの人が感じていることなのだろう。

重信も憲法の話を聞き不思議なことがあるものだと思っている。

「あの頃、事件の近いところにおられただろう正親町《おおぎまち》天皇、誠仁《さねひと》親王、勧修寺尹豊、村《む》井《らい》貞勝《さだかつ》、細川幽斎、吉田兼見、真相を知りえただろう太閤秀吉、黒田《くろだ》如水《じょすい》などは亡くなり、生きておられるのは近衛《このえ》前久《さきひさ》さまと徳川家康さまだけに……」

「徳川さまが？」

「おそらくご存知でしょう。明智さまほど聡明な方がなぜあのようなことをなさったのか……」

「確かに不思議な事件です」

「老師は武蔵一ノ宮へ？」

「そのつもりです。未だ道遠く……」

「老師の剣こそまさに天下一、神夢想流居合は広く知れ渡っております。やがて各流派が居合を取り入れましょう」

「そうであれば良いのですが……」

重信が最も願うところだ。

居合は人を斬るに非ず、己の邪心を斬るものなり。それは神夢想流の神髄だ。多くの流派に取り入れられることを重信は願っている。

「大坂と江戸の衝突がないようにと思っています」

「何か動きでも？」

「大坂城の秀頼さまが十八歳になられ、ずいぶん立派になられたと聞きますので、駿府の大御所さまが黙っていないのではないかと、戦いを仕掛けるのが上手な方だから、警戒をしているようで……」

「関ヶ原のやり直しという話ですか？」

「そういう人もいますが、あのような大軍同士の衝突にはならないでしょう。どちらかといえば江戸の大軍が大坂城を踏み潰しに来るかと……」

吉岡憲法は今出川兵法所というぐらい兵法に執着している。大坂城に指南に行っているとの噂もある。

重信は言葉を選んだ。

「江戸の大軍は？」

「二、三十万人……」

「それで難攻不落といわれる大坂城は落ちますか？」

「わかりませんが、秀吉さまが落とし方を家康さまに教えたとの噂もあります」

「何んと……」

「豪気な秀吉さまが攻めて来るなら攻めてみろと、何かの折に大見得を切ったのではと、あり得ないことではないような」

「なるほど、考えられますな。あの太閤さまですから……」

「いつでも落とす自信があるので、大御所は大坂城が弱るのを見ている」

「それは太閤の残された黄金？」

「そうです。莫大な黄金が秀頼さまを守っている。三十万人で攻めても二十万人が大坂城を守ればさすがに戦上手な大御所でも落とせない」

「二十万人の浪人が集まる？」

「黄金次第で西国筋の元西軍がいくらでも大坂城に入りましょう。問題はそれをまとめられる大将です」

「そのような御大将がおりますか？」

「一人おります。徳川軍を二度まで破り、大御所が最も恐れる大将です」

「それは、高野山の……」

「はい。関ヶ原の後、家康さまは死を命じたが蜻蛉切《とんぼきり》の本多平八郎《ほんだへいはちろう》と、その娘婿真田《さなだ》信之《のぶゆき》の助命嘆願で死を免じ、高野山に流罪にした真田昌幸《まさゆき》、この人物ならおそらく大御所に勝てます」

この時、真田昌幸は息子の信繁《のぶしげ》こと後の真田幸村《ゆきむら》が、妻を連れていたために女人禁制の高野山に入れず、麓の九度山《くどやま》にいて紀州藩主の浅野《あさの》幸長《よしなが》に監視されていた。後に家康が「黄泉に行ったら昌幸と酒を飲んでみたい」と、いったことが伝わっている。

才能を認めた武田信玄は、母方の一族に昌幸を養子に入れるが、長篠《ながしの》の戦で二人の兄が信長の鉄砲に撃たれて亡くなり、昌幸は真田家に戻った。

昌幸の妻の妹が石田三成の妻で二人は義兄弟だった。

その真田昌幸が大坂城に入れば、家康に勝てると憲法の兵法は見ている。重信はさすがに名門吉岡憲法だと思った。

二十万が十万の兵でも、真田昌幸が大坂城に入れば家康にはほぼ勝ち目はない。それは家康が一番わかっていることだと重信は思う。

何んとも厄介な話になる。

「その時、それがしは大坂城に入ります」

憲法は重信にそう言い切った。

「老師は徳川軍に？」

「いや、それがしは二度、戦場に出ました。一度目は相模《さがみ》北条家、二度目は肥後加藤家ですが、三度目の戦場は考えておりません」

「老師ほどの方であればどこの大名でも仕官を……」

　重信を大坂城に呼びたいような口ぶりだ。

「どこの大名家でも戦場に出るのはご容赦願う考えにございます」

「そうですか……」

　重信は戦場に出て人を斬ることはもうしないと考えている。

　戦場に出れば何の罪もない人を敵というだけで斬らなければならない。神夢想流の剣はそういう殺人剣ではないし、そういう剣にはしたくないと思っている。

　弟子たちが大名家に仕えて、戦場に出ることは仕方ないことだ。

　憲法が訪ねてきた用向きはいざという時は、大坂城に入って欲しいとのことだと重信は理解した。だが、それはできないことである。

「この先、上洛できますかどうか？」

「老師はそろそろ廻国を終いに……」

「そうなるかも知れません。もし上洛できればお訪ねいたします」

「それは、是非にも……」

二人はあり得ないかも知れない再会を約して別れた。

智月尼

数日後、重信は京を発った。

「お登喜、達者で暮らせ。お登喜を頼むぞ……」

「はい！」

重信は弥右衛門とお登喜を道場に残し、大吾とお清の三人で道場を出た。

勧修寺家に立ち寄って参内前の権中納言光豊に会い、大西大吾の後見をお願いして別れを告げた。

父数馬《かずま》以来、親子で世話になった勧修寺家である。

ことに重信は尹豊、晴右《はるすけ》、晴豊《はるとよ》、光豊と四代にわたって世話になった。

尹豊の支援がなかったら父数馬の仇討もできなかったかも知れない。大恩ある勧修寺家に暇乞《いとまご》いをする時がきた。

「権中納言さまにはご壮健にてお過ごしくださいまするよう……」

重信は権中納言光豊に平伏する。この時権中納言は三十五歳だった。だがその命は長くなかった。

二年後、三十八歳にして光豊は亡くなる。この年生まれた教豊《のりとよ》がわずか三歳で勧修寺家十六代目になる。

その教豊は六歳で早世してしまう。

そこで勧修寺権中納言晴豊の四男で、坊城《ぼうじょう》家に入った参議坊城俊昌《としまさ》の子である経《つね》広《ひろ》を、勧修寺家に入れて十七代目とする。

皇室を守るために存在する公家は家が絶えないようにしていた。

そのため、藤原一族という大きな家系で守られている。百数十家の公家のうち数家を除き、すべての公家が藤原不比等の末裔である。

この仕組みを考えた不比等こそ偉大な政治家といえるだろう。

その末裔を藤原北家流という。

勧修寺や一条《いちじょう》、近衛、鷹司《たかつかさ》、四辻《よつつじ》、坊城、甘露寺《かんろじ》などは屋号でしかなく、勧修寺家の娘晴子《はるこ》が誠仁親王の妃になった時は藤原晴子であった。

藤原というのは源平藤橘《げんぺいとうきつ》の四姓の一つで最も繁栄した氏族である。

信長は藤原信長、秀吉は藤原秀吉、家康は藤原家康と名乗ったことがある。

藤の付く姓である斎藤、佐藤、首藤、近藤、加藤、武藤など五百数十の姓は藤原の分枝だという。

中には藤好みで名乗った苗字もあるようだ。

あちこちに藤原好みの人が多いのも事実である。

重信は長々と世話になった感謝を述べ、永の暇乞いをして勧修寺家を後にした。

大吾とお清は瀬田《せた》の唐橋《からはし》まで見送ってきた。

「お清殿、そなた子ができているのではないか？」

「老師さま……」

「やはりそうか。大切にしなさい。憲法殿が気にしておられたぞ」

「すぐ父に知らせます」

「それが良い。二人には弥右衛門とお登喜のことを頼む。見送りはここまででよい」

「老師……」

大吾は重信と旅に出たそうな顔だ。

「達者で暮らせ！」

重信は瀬田の唐橋を渡って行った。向かうのは彦根城下だ。琵琶湖を渡ってくる風はもう冬の風だ。

琵琶湖畔の膳所《ぜぜ》城下の古藤田《ことうだ》勘解由左衛門《かげゆざえもん》には会わずに彦根へ向かった。

彦根藩は井伊《いい》直政《なおまさ》が亡くなり子の直勝《なおかつ》が継いでいた。

だが、直勝は病弱で江戸幕府のため西国を見張るという役目は、とても無理と家康は見ている。

そのため、将軍秀忠の近習だった直孝《なおたか》をこの後二代目藩主に立てる。

直孝は弟だが直勝とは同じ年生まれの兄弟だった。その直勝には安中《あんなか》三万石が与えられた。

重信の弟子長野十郎左衛門五十六歳は井伊家の家臣であり、剣術師範として彦根城下にいた。

「老師、左太夫から出雲へ向かわれたと知らせがございました」

「留守を頼んだのでな……」

「六郷橋でお会いになったと、江戸の井伊屋敷には左太夫の知り合いが多いのです。それがし宛の書状が半月後には届きます」

一宮左太夫は十郎左衛門の弟子なのだ。十郎左衛門は神夢想流の三代目、左太夫は四代目に名を連ねる重信の弟子でもある。

重信は半刻ほど十郎左衛門と話をして辞すると、東海道に戻ることなく中山道《なかせんどう》を信濃に向かった。

錦秋の中山道には冬の気配が漂っていた。

その頃、出雲の阿国は出家を決心、智月尼《ちげつに》となり杵築大社から稲佐の浜に向かう右手の森に智月庵を結んだ。

道の左側の中根《なかね》太鼓《たいこ》原《はら》には中村家の墓所があった。

やがて阿国寺智月庵とか連歌《れんが》庵と呼ばれるようになる。

智月尼は重信の大願成就と可奈の成長を祈り、読経三昧の日々を過ごし、時には人を招いて連歌の会を開いた。

智月尼は連歌が好きだった。

発句を立てて次々と歌を詠む連歌は社交的で楽しい。

京へ行くうちに覚えた連歌である。

熊野でスサノオと約束した出家を実現し、もう愛する重信と今生では会えないと覚悟した。

可奈と母親が杵築大社からの帰りに立ち寄る。

巫女として可奈を杵築の大神に捧げる決心もした。そんな智月尼は時々死の予感を感じることがあった。

そう遠くない日にスサノオに召されるのだと思っている。

重信と可奈と一族の繁栄のために神に召される。幼くして巫女になった阿国の本懐なのだ。

毎日、可奈が来て杵築の幼い巫女が大社でのことを話す。

それをニコニコとうなずきながら智月尼が聞いている。話が終わると可奈はバタバタと近くの家に走って帰って行った。

智月尼は幼くして杵築大社の巫女になり重信と出会って愛した。

その愛を貫き重信と過ごした武蔵一ノ宮での生活と、二人で歩いた長い旅の楽しい思い出がすべてだ。

それに宝物の可奈を授かったことも感謝だ。

その気持ちは重信に伝えた。

もう思い残すことはない。

その頃、中山道を急いでいた重信が、大宮宿の百姓家に戻ってきたのは十一月に入ってからだった。

その百姓家には一宮左太夫が住んでいる。

老婆に畑仕事を教えてもらい、やったことのない仕事を手伝って冬支度を終えていた。

「久しぶりに中山道を来たゆえ彦根に寄ってみた」

「師匠は達者にしておりましたでしょうか？」

「うむ、井伊家は新しい領主になると、忙しそうだったゆえ半刻ほどで辞した」

「そうでしたか、直勝さまの弟である直孝さまはまだ二十一歳と若いのですが、大御所さまの命令で藩主になられるのではと聞きました」

左太夫は江戸の彦根藩邸に立ち寄って、いずれそうなるだろうと聞いていた。

実際、直孝が継ぐ段には、大御所の命令ということで井伊家の家中に混乱は起きなかった。直勝の病弱という理由が理由だけに、井伊家の使命の重大さを考えれば、誰もが大御所の命令を納得したのである。

赤備えの直政以来、家康に信頼されているという自負が井伊家にはあった。

その信頼に応えるにはお家騒動など起こしている暇はない。

西国で変事が起きれば、大御所と将軍が到着するまで、井伊家の存亡をかけて戦わなければならない。

家臣たちはわきまえている。それを考えると十郎左衛門の責任も重い。

「井伊家は東海道と中山道、北国街道の根元を押さえる重要な彦根城だから、当主にそれなりの力量がないと難しいであろう」

「はい、そう思います」

その夜、重信と左太夫は彦根や高松道場のことを話し、翌朝、まだ暗いうちに百姓家を出て氷川《ひかわ》神社に参拝してから道場に向かう。

重信が道場に姿を見せると稽古に熱が入る。

一人ひとりを見て回り指南する重信を門弟たちは尊敬している。従弟の勘兵衛信勝も重信を師として大切にしている。

数日後、重信は左太夫を連れて江戸に向かった。

日本橋の三河屋八兵衛と七兵衛を左太夫に会わせておこうと思った。二人は本郷台の木鶏庵に立ち寄って一泊した。

何もすることがなく暇を持て余している六助とお吉は大歓迎で二人を迎えた。酒を飲むでもない重信と六助は旅の話に花が咲いた。

だいぶ前のことだが、六助は三河から船で伊勢の神宮へお参りに行ったことはあるが、熊野に行ったことがない。

重信の熊野詣を興味津々で聞いた。

だが、伊勢から熊野までの峠越えを話すと、お吉の顔を見て「駄目だな?」という。それにお吉がうなずいた。この暇な老人はそのうちお吉と熊野へ行こうと思っていたのだ。そんなことをしたら二人とも生きて江戸には戻れない。

重信の旅の話が一区切りすると「ところで老師……」と大切な話を切り出した。六助とお吉の様子から大よその見当はついた。

「その、なあ、お吉……」

「うん……」

「という次第で、老師の帰りを待っておったのですがのう……」

「それはめでたい。物事は収まるべきところに収まるものです」

「そう言っていただけると有り難い。そこでけじめをつけるためにも、ささやかな盃ごとをしたいと老師の帰りを待っておりました。なあ、お吉……」

「はい、よろしくお願いいたします」

お吉がはっきりと重信に挨拶した。

「良いことは早い方がいい。ここでやりますかそれとも日本橋で？」

「日本橋の予定なのだが、これの親たちの都合を聞いていないので、お吉、明日でいいか聞いてくるか？」

「すぐ行ってきます」

「一宮さま、相すまぬことですが帰りは夕になりましょうから、お吉をこの下の川の傍にある実家まで送っていただけますかな？」

「承知しました！」

何んとも急な話だ。

左太夫は何か聞かれたくない話でもあるのだろうと直感して、刀を握って立ち上がった。

せっかちな老人二人の話を聞いて、孫ほど年の離れた二人の結婚話だとわかる。

天下の剣豪一宮左太夫の用心棒付きでお吉は黙って先を歩いた。年は左太夫の方がだいぶ上だが、二人は似たような格好で互いに遠慮して何も話さない。

二人を送り出すと六助は重信を茶室に誘った。

「何か大きな動きがあるような気がしてならぬのです」

「幕府ですか？」

「いや、大久保長安さまです」

「何か噂でも？」

「真偽のほどは分からないのですが、伊達さまと非常に近いということと、もっと大事なことは金銀の採掘量が減少しているという噂があります」

「それは容易ならざる事態……」

「体の方も無理が祟っているようです」

「どれも厄介な問題のようだが、金銀の減少が最も大きい問題でしょう」

「その通りでして、幕府はいくら黄金があっても足りないほどで、採掘が減少すると小判などの金の含有量が問題になります」

「小判の価値が下がる？」

「そういうことです」

金銀は鉱脈が涸れれば掘りたくても掘り出せない。

鉱脈が涸れないまでも細ることはよくあることで、新たな鉱脈を探す必要があるが易々と発見できるものではない。

この六助の危惧は的中する。

やがて、天下の総代官と言われ、多くの役職を独占してきた大久保長安は、金銀の枯渇と共に家康の信頼を失う。

次々と役職をはく奪されるだけでなく、死後に長安の一族は家康によって皆殺しにされ滅亡する。この事件は本多正信《ほんだまさのぶ》の謀略ともいわれ、長安の隠し金を大坂の戦いの戦費に必要としたからともいう。

長安が不正蓄財と難癖をつけられるが、確かに百万両を超える黄金を持っていた。

続いて大久保忠隣も本多正信との権力闘争に負けて、名門大久保一族は姿を消すことになる。

徳川幕府内では激しい権力争いが起きていた。

そのあたりの幕府内部のことは六助に噂が入る。ことに金銀のことは三河屋の両替という商売にもかかわることで敏感だ。

夕刻になって両親の了承をもらったお吉と、用心棒の左太夫が木鶏庵に戻ってきた。

早速、お吉が江戸に出かける支度を始める。

重信と左太夫は木鶏庵に泊まり、翌朝、六助とお吉、お吉の両親と六人で日本橋の三河屋に向かった。

お吉の両親は小石川の畔に小さな田畑を持ち百姓をして暮らしている。

身内だけが集まっての祝言は、その日の夕刻から始まり一刻半ほどで終わった。既に、お吉は日本橋の三河屋に何度も顔を出して一家とは馴染んでいた。

重信は八兵衛と七兵衛に左太夫を紹介し、先々のことを頼みたいと頭を下げた。左太夫が三河屋と懇意になることは、力強い後見人を得たようなものである。

三河屋八兵衛は江戸の日本橋では実力者だ。

武家から商人になった七兵衛も、商売を覚えるのはまだまだ遠いが、ずいぶんそれらしくなってきている。

その夜、六人は三河屋に泊まって、翌朝、本郷の木鶏庵に戻ってきた。重信と左太夫は一休みしただけで中山道を大宮宿に向かった。

後陽成天皇

慶長十六年（一六一一）の正月は雪になった。

暮れに木鶏庵で六助から聞いた話が気になっていた。

金銀の産出量が減少していることは、大久保長安だけでなく色々なところに影響が出てくる。

だが、幕府内の動きなど重信は知るよしもない。

権力のあるところに争いはつきものだ。

ぎが起きていた。

重信と左太夫はいつものように百姓家を出て、氷川神社に参拝して道場に行くと騒ぎが起きていた。

三人の武芸者が玄関に立ち「一手、指南を所望！」と門弟たちと言い争っている。

高松道場は紹介状がないと立ち合いはしない。無頼の武芸者を一々相手にしていては切りがなかった。

そういう手合いの多くは銭が目当てで、数人で徒党を組む者はほぼ間違いなく無法者だ。武芸者と言いながらやっていることは強盗と何ら変わりない。

「何をしておる？」

「あッ、老師！」

「老師だと？」

三人の武芸者が振り返って重信を見る。

「当道場は紹介状のない者とは立ち合わない決まりだが、書状がないまでもどなたかの紹介はござるかな？」

「ふん、武芸者の立ち合いに一々紹介などいるか！」

「そなた、そんな格好で武芸者だと思っているのか、それがしは強盗かと思ったのだが……」

「何ッ！」

「糞爺ッ、喧嘩を売る気かッ！」

「それはこっちのいうことだ」

重信は相当に質《たち》の良くない男たちだと見た。

あちこちの小さな道場で人を傷つけたり、銭を脅し取るなど悪さをしてきたに違いないと思う。

「老師、この者はそれがしにお任せ願います」

「そうか、いいだろう」

重信の傍にいた左太夫が前に出た。

「老師の弟子、一宮左太夫という。うぬらごときを神聖な道場に上げるわけにはいかん。抜けッ！」

道場の玄関前で立ち合いになった。

「くそッ！」

「叩き斬るッ！」

二人が左右に開き中央には、腕の立ちそうな男が槍を立て黙ってにらんでいる。左太夫は斬らなければならないのは真ん中のその男だとわかっていた。

鯉口を切って抜刀の構えを取った。

重信は二間ほど離れて見ている。玄関前には道場主の信勝と門弟たち十数人が出ている。

庭の雪は消えているが泥で滑りそうだ。

左太夫は足場を確かめ敵の攻撃を待っている。刀は鞘の中だ。

「居合だぞ、気をつけろッ！」

「この野郎ッ！」

右が先だ。その敵が動くと同時に左太夫が後の先で動いた。

左太夫の剣が鞘走って右から踏み込んできた男の胴を抜き、左から踏み込んできた男を逆袈裟に斬り上げた。

凄まじい悲鳴を上げて男二人がほぼ同時に顔から泥に突っ込んだ。

「やるな……」

男が短槍の鞘を取るとポイと傍に捨てた。

「死ねッ！」

いきなり槍が左太夫を襲った。だが、一瞬早く「シャーッ！」と左太夫の剣が男の右手首を斬り落とした。

絶叫すると浪人が槍を放り投げヨロヨロと逃げた。先に倒された泥まみれの二人は軽傷で、三人は転がるように逃げて行った。

左太夫は強い。

「あのような質の良くない者たちは仕返しをしようとする。道場の者は油断しないようにしなさい！」

重信が門弟に命じた。斬り落とされた手首がすぐ穴に埋められた。

重信は手荒なことをせずに済ませようかとも思ったが、近ごろは、武芸者と言いながら四、五人で徒党を組んで歩き、悪さをする名ばかり武芸者が増えていた。

浪人が急増したことに幕府も困っている。

武芸者といえば聞こえはいいが、多くは西国の食い詰め浪人で見境なく悪さをする輩だ。

脅しや略奪は当たり前で、女を奪い人殺しも平気な奴らが多い。

その頃、京では後陽成天皇の譲位が持ち上がっていた。この譲位は後陽成天皇が自ら希望されたもので理由があった。

四年ほど前のことだが、公家の中に天下無双の美男といわれ、光源氏《ひかるげんじ》か在原業平《ありわらのなりひら》かといわれる左近衛少将で、猪熊教利《いのくまのりとし》という男がいた。

これが無類の女癖の悪さだった。

美男を鼻にかけるとんでもない男で、光源氏気取りだから始末が悪い。

人妻に手を付けるのは朝飯前、宮中の奥深くにいる女官にまで手を出し、乱行随一といわれる酷い公家だった。

慶長十二年二月に女官との密通が露顕すると、後陽成天皇は激怒され猪熊は勅勘《ちょっかん》を蒙《こうむ》り京から追放された。

天皇に勘当され出奔したのだが、蜜の味が忘れられず京に舞い戻ってきた。

その上、素行は改まることなく逆に仲間の公卿を誘って、女官との不義密通、乱行を繰り返し仲間の数も増える。

このような乱行が露顕しないはずがない。

密通乱交の現場を詳しく聞いていた女官がいて、そのことを後陽成天皇に逐一言上した。

これには天皇も仰天され、遂に逆鱗に触れて天皇の怒りは凄まじかった。

それを察知した猪熊は朝鮮に逃げようと九州に逃亡する。逃足が早くまんまと悪党に逃げられた。

激怒した天皇は乱交に加わった公家を捕らえさせる。

全員を死罪に処するように命じたのだが、公家を取り締まる法には死罪という制度はなかった。

朝廷には慣例として死罪というものはない。

その上、この事件は大御所家康の耳に入り、京の所司代板倉勝重《いたくらかつしげ》が調査に当たることになった。

幕府の力が公家の支配にも及んできた。

調査権を幕府が持つということは、処分も幕府がするということになる。

所司代が調べるとこの乱交に加わった者はあまりにも多かった。天皇のいうように全員を死刑にすれば、朝廷が大混乱に陥る危険が出てきた。

暇な公家たちはこういうことをしがちである。

後陽成天皇の生母で、国母でもある新上東門院《しんじょうとうもんいん》こと勧修寺晴子の、寛大な処分をという嘆願が所司代板倉勝重に伝えられた。

天皇と国母の意見が割れる。

京から駿府城の大御所のもとに板倉勝重が自ら駆け込んだ。

どのように処分するか重大な判断で綿密に検討が繰り返される。天皇の怒りも理解できるのだが、国母の助命嘆願もあった。

その間に九州の日向に潜伏していた猪熊が、捕縛されて京に送られてくる。

慶長十四年九月二十三日に、駿府城から戻った所司代板倉勝重によって、大御所家康の処分が発表された。

その処分内容は公卿や女官など十四人だけだった。

死罪は左近衛少将猪熊教利と牙医者の兼康備後《かねやすびんご》の二人である。

流罪は左近衛中将の大炊御門頼国《おおいのみかどよりくに》が甑島《こしきじま》、左近衛権少将の花山院忠長《かざんいんただなが》が蝦夷《えぞ》、左近衛少将の飛鳥井《あすかい》雅賢《まさかた》が隠岐《おき》、左近衛少将の難波《なんば》宗勝《むねかつ》が伊豆、右近衛少将の中御門《なかみかど》宗《むね》信《のぶ》が硫黄島である。

女官も処分された。

新大典侍《しんおおすけ》の広橋局《ひろはしのつぼね》、権典侍《ごんてんじ》の中院局《なかのいんのつぼね》、中内侍《なかないし》の水無瀬《みなせ》、菅内侍《かんのないし》の唐橋局《からはしのつぼね》、命《みょう》婦《ぶ》の讃岐《さぬき》ら女官たちは全員伊豆新島《にいじま》に流された。

恩免は烏丸《からすまる》光広《みつひろ》と右近衛少将徳大寺《とくだいじ》実久《さねひさ》の二人だけである。

この処分に後陽成天皇は大いに不満を持った。

だが、大御所家康の決定で天皇といえども不服は言い難い。それに国母を始め朝廷の面々は処分に納得している。

何ごとも穏便にというのが公家の考え方だ。

後陽成天皇の全員処刑は家康によって握りつぶされ、天皇は絶望して譲位を口にするようになった。

天皇は弟宮の八条宮《はちじょうのみや》智仁《としひと》親王へ譲位しようと考えた。

ところが智仁親王は秀吉の猶子になったことがあり、大坂城の秀頼の存在を考え幕府は同意しない。

ついに天皇は譲位もできない窮地に追い込まれた。

しかも、家康は将軍の娘和子《まさこ》を、後陽成天皇の皇子政仁《ことひと》親王に入内させる画策を始める。

後陽成天皇の譲位は延ばされた。

家康は政仁親王を取り込もうとしたのだ。当然、天皇と政仁親王は不仲になった。

もう一つ、家康には狙いがある。

幕府にとって厄介な天皇と朝廷を、公家の乱脈を引き締める名目で統制する法を定めることだ。

朝廷を幕府の管理下に置きたい。

二年後の慶長十八年に公家《くげ》諸法度《しょはっと》、その二年後に禁中《きんちゅう》並《なら》びに公家諸法度を制定し朝廷を抑え込むことに成功する。

覚悟された後陽成天皇は家康の反対を押し切って譲位をすることにした。

この時、天皇は四十一歳、政仁親王は十六歳だった。

慶長十六年三月二十七日に譲位すると決まる。家康はもう七十歳になり先々が不安になってきている。

江戸の幕府が長く続く保証はどこにもない。

家康の懸念は二つあり、一つは大坂城の秀頼の処遇、もう一つは幕府を長期政権にする仕組みだ。

そこで家康が考えたのは皇室の仕組みだった。

天皇は必ず皇子に譲位するとは限らない。弟や叔父や従兄弟や甥に皇位が譲られることがある。それは天皇家が断絶しないよう伴走している宮家がかならずあるからだ。

問題は徳川宗家に後継者が生まれない場合だった。

できるだけ混乱しないように幕府を維持する必要がある。それを皇室は宮家という仕組みで補う。

家康はその宮家に当たるものを、御三家という仕組みにしようと考えた。

自分の直系を将軍家の周りに置いて、万一の時は御三家から将軍を立てるという考えである。

将軍家は徳川宗家となり、将軍の兄弟を御三家にする仕組みだった。

宗家に後継者がいない時のためだ。そこで家康が選んだのは将軍とは大きく年の離れた三人である。

九男義直《よしなお》十二歳、十男頼宣十歳、十一男頼房《よりふさ》九歳である。

家康が年取ってからバタバタとできた幼い三人だ。この構想を家康は以前から持っていた。

それを実現する時がきている。

七十歳になり家康には死の影が見え始めていた。

四年ぶりに駿府から上洛した家康は、三月二十日にこの幼い三人を高い位に昇進させた。

義直は従三位参議左近衛中将で三位以上は公卿である。

その義直は尾張徳川家になる。弟の頼宣も同格の従三位参議左近衛中将で紀州徳川家になる。

頼房は二段低く正四位下左近衛権少将で水戸徳川家になる。

この時、家康が重視したのは大坂城の秀頼との対面だった。家康との対面は秀頼が断って流れたことがある。

秀忠が将軍職に就任した時だ。

今回は豊臣恩顧の大名たちの説得もあり、再び、家康との対面を断れば重大なことになりかねない。

そんな情勢にあると茶々姫《ちゃちゃひめ》も判断して二人の対面を了承した。

その日は三月二十八日に予定され、会見場所は京の二条《にじょう》城である。

家康は上洛する前から信長の弟織田長益《ながます》と、秀吉の正室北政所《きたのまんどころ》お寧《ね》こと高台院《こうだいいん》に働きかけていた。

それが実現した秀頼との対面だった。

どんな男に育ったかどうしても見ておかなければならない。一目見れば家康には秀頼がどんな男かわかる。上洛した家康が最も会いたい人物が秀頼だった。

二条城の会見

三月二十七日に後陽成天皇が政仁親王こと後水尾《ごみずのお》天皇に譲位した。

後水尾天皇の即位の礼は四月十二日に予定される。

その夜、未明に秀頼は船で大坂城を出た。城を出るのは十二年ぶりだ。

秀頼は十九歳になるが、秀吉が死んでから大坂城にいれば安心と考えどこにも出ていない。豊臣家のたった一人の後継者なのだ。

「若君、どうぞ、ご心配なくご上洛のほどを……」

「うむ、少将、行ってまいる」

「大坂城はそれがしがお守りいたしまする」

秀頼が少将と呼んだのは福島正則《ふくしままさのり》で、正則は豊臣正則として左近衛権少将になっている。

正則は加藤清正と一緒に家康との対面を茶々姫に納得させた。

秀頼と茶々姫を安心させるため、正則は病だと称して京には行かず、一万人の兵で京街道を固めて大坂城の留守居を務める。

船には秀頼、織田長益、片桐且元《かたぎりかつもと》、大野治長《おおのはるなが》ら三十人だ。

浅野幸長、加藤清正、池田輝政《いけだてるまさ》、藤堂高虎《とうどうたかとら》らが秀頼に随伴している。秀頼一行は淀城で一泊した。

家康に代わって義直と頼宣が伏見鳥羽まで迎えに出ている。

翌二十八日に竹田街道を北上して上洛、京に入ると片桐且元の屋敷に入って衣装を正装に改める。

その片桐屋敷から行列を整え、二条城に到着したのは辰《たつ》の刻だった。

秀頼は大御所に対する礼儀として、門外で輿《こし》から下りると歩いた。家康は玄関まで出てきて迎えた。

その家康が秀頼を見て引っくり返りそうなほど仰天する。

あの幼い秀頼が六尺を超える大男で少し太った巨漢だったのだ。

母親が大きいと子も大きいというが、大女の茶々姫の子とはいえ小男の秀吉の胤《たね》とは思えない。

将軍秀忠など秀頼と並んだら貧相に見えるだろう。

威風堂々の秀頼を見て家康は少なからず焦った。その振る舞いも礼儀正しく水際立っている。

「この男を殺さないと幕府が危ない……」

あまりにも立派な秀頼を見て家康は焦りと同時に殺意を抱いた。

この対面は秀頼の正室である千姫《せんひめ》の祖父に会うという名目だった。

対等にという家康を立てて、控えめに一歩下がる秀頼の堂々たる振る舞いに、年老いた家康は恐怖すら感じる。

「この男は生かしておけない……」

家康が七十年で築き上げた江戸幕府が、自分の死後に崩壊する恐怖を感じた。

だが、そんな心の中を見せる家康ではない。狸とか狡猾とかいわれ天下を握りしめた大御所だ。

ニコニコと愛想笑いで心を隠す。

二人が席に着くと秋元泰朝《あきもとやすとも》の媒酌《ばいしゃく》で三献の祝いが行われた。

家康から大左文字《おおさもんじ》の太刀と脇差が秀頼に贈られ、秀頼から一文字《いちもんじ》の太刀と左文字《さもんじ》の脇差が家康に贈られた。

そこへ立会人のように尼僧の高台院が現れる。

秀頼の従者たちは別室で接待を受けたが、加藤清正は警戒して秀頼の傍から離れなかった。

この席での清正の立場はなんとも微妙である。

秀吉の一族としての立場と、この時、清正の娘八十姫は家康の十男頼宣と婚約していたのである。

高台院を入れた会見は一刻ほど続いて和やかに終わった。

二条城を辞した秀頼は午後未《ひつじ》の刻、父秀吉の廟である東山の豊国《とよくに》神社に参拝する。慶長伏見地震とその後の失火で失われた方広寺《ほうこうじ》の大仏と大仏殿の再建を監督、三条から舟に乗って伏見の加藤清正屋敷に入った。

一休みすると秀頼は正則が待つ大坂城に帰った。

秀吉が建立した方広寺の再建には莫大な費用を使っている。

この秀頼と家康の会見は、秀頼が家康に臣従したと見る者と、秀頼は対等の立場を守ったという者に分かれた。

難しい評価だが、この会見で秀頼を見た家康が初めて明確に殺意を持った。

茶々姫を始め大坂城の秀頼側近が、家康に秀頼を見せたことは大失敗というしかない。

堂々たる秀頼を見せたかったとすれば浅知恵だ。

病だといって秀頼を隠すべきだった。それが兵法というものだろう。あまりにも威風堂々の秀頼を見てしまった家康は殺すしかなくなる。豊臣家の滅亡はこの会見で決まったようなものだ。

朝廷は豊臣家を五摂家と同等に、関白になれる身分の家と考えている。

だが、そんなことはできないと、秀頼を見てしまった家康は厄介なことだと思う。

大坂城はもう放置できないと覚悟を決める。そうなると問題はどのようにして秀頼を追い詰めるかだ。

大坂と江戸の局面がガラッと変わったのがこの会見だった。

そんな重要な局面で家康が最も恐れる真田昌幸が、六月四日に紀州九度山で亡くなった。六十五歳だった。

その知らせはすぐ浅野幸長から家康に伝えられた。だが、家康は昌幸の謀略ではないかと信じなかった。昌幸はそういう謀略の名人なのだ。

家康が最も恐れていたのが真田昌幸に大坂城へ入られることだ。徳川軍が攻めて二度までも負けた唯一の大将が昌幸である。

家康が最も尊敬する武田信玄が見込んで、一族の養子に迎えたほどの能力を持つ昌幸だ。油断はできない。

信玄がわが眼の如しといい信頼、秀吉は表裏比興《ひょうりひきょう》の者といい警戒、家康は希代の横着者といい嫌忌、人々は生得の姦人といい畏怖した。強者に媚びず、権力を恐れず、矜持《きょうじ》を貫く男が昌幸なのだ。

その怖さを知っているのが家康だ。

この後、大坂と江戸が手切れになり戦うしかないとなった時、大坂城に真田が入ったと聞き家康はガタガタ震え、「親父の方か、息子の方か！」と聞いたという。

家康は何をするかわからない真田昌幸が、本当に死んだとは思っていなかったのである。

それぐらいの謀略は平気で使うのが昌幸なのだ。昌幸の死は隠されていたのかもしれない。

「息子にございます！」

「信繁か？」

「名を真田幸村と名乗ったそうにございます」

「くそッ、村正か……」

信繁が家康の嫌いな妖刀村正の村を名乗ったと思う。

だが、昌幸の息子と聞いて震えが止まっている。家康はそれほど昌幸を忌み嫌っていた。

家康の言う横着者とは一筋縄ではいかない嫌な奴というほどの意味だ。

ところが二条城での会見の二十日後の二十四日に加藤清正が亡くなった。

清正は秀頼と家康の会見が無事に終わると、船で肥後熊本に帰ったがその船中で倒れた。五十歳だった。

この清正の死因については憶測を呼んだ。

家康に一服毒を盛られたというのが最もおもしろく語られた。

だが、三月二十八日の二条城の会見の膳に、毒が仕込まれたというのはかなり無理がある。

三月の膳の毒が六月という三ヶ月後に効いて命を奪われる。

そんな気の利いた毒など考えにくい。さすがの家康でもそんな毒を持っているとは思えない。毒は鳥兜《とりかぶと》の毒や河豚《ふぐ》の毒のように即効性のものが多く、数日遅れの遅効性になると茸の毒など限られてくる。よく知られている遅効性の毒は砒霜《ひそう》と呼ばれ、銀の毒とか石見《いわみ》銀山ねずみ捕りとして古くから知られていた。多量に摂取すればコロッと死ぬが、微量をじわりじわりと食わせるとその効果はかなり遅れて現れる。

南蛮では遺産相続の殺人によく使われたことから、相続の粉薬とか愚者の毒などともいったそうだ。だが、清正にはそんな毒を長期間食った形跡はなかった。

確かに家康は三要元佶《さんようげんきつ》から学んだ薬草学や漢方薬には詳しかった。だが清正の死はむしろ毒殺より、朝鮮出兵で妓生《キーセン》遊びをした武将が、好色病の唐瘡《とうがさ》に罹《かか》ったという説に真相がありそうだった。

唐瘡とは梅毒のことである。

朝鮮に渡海した武将の中で、四、五十歳ぐらいで亡くなった者が多いのでそう言われた。朝鮮出兵で秀吉が手にしたものはその梅毒と清正人参、いまのセロリだけだったともいう。

もちろん清正の確かな死因は分からない。

二年後に浅野幸長が同じ病で亡くなり腎虚《じんきょ》とされた。毒殺も幸長がらみの話であろうか。

この真田昌幸と加藤清正の死は、夏に重信が木鶏庵を訪ねた時、六助から聞いた。

六助は関ヶ原の時に、重信が肥後熊本で剣術師範をし、清正の傍にいたことを知っている。

「大坂城の秀頼さまと大御所さまが京でお会いになったので、その場に同席された清正さまの死の原因が、あれこれと語られているようです」

「秀頼さまに何か？」

「格別なことは何もありません」

六助は家康贔屓《びいき》だから毒殺したという噂に怒っている。

その清正の死に隠れて昌幸の死はほとんど噂にならない。重信は昌幸の息子の信繁が、宝蔵院《ほうぞういん》流の十文字《じゅうもんじ》鎌槍《かまやり》を使うことを聞いていた。

それも信繁が使う十文字鎌槍は柄が撓《しな》って、使うのが難しいと言われている鎌槍のようだった。

その撓る槍に重信は興味を持った。

十文字鎌槍は鎌があるため穂先が重く、なれないと使いにくい。その上、柄が撓ったらなお使いにくいはずだ。だが、反動がついて殺傷力が増すことも考えられる。

「野次馬は無責任におもしろいことを好みますから、どんな噂が飛んでも仕方ないことかと思います」

「西国には秀吉贔屓が多いそうですから……」

「ことに浪人たちは再仕官を望んで、江戸と大坂の間に事あれかしと思っていると聞きます」

「確かに浪人がずいぶん増えて、関ヶ原のやり直しなどと馬鹿なことをいっているようですから、その浪人どもが大坂に集まるようになると放置できなくなる？」

「それは考えられます」

重信が以前から危惧していたことだ。

幕府はこの増え続ける浪人問題を解決できないでいる。人は集まるとその集団自体が力を持つようになる。人が集まると何もしないのに勢いというものがでてくる。この勢いというのが曲者で暴走すると手に負えなくなるのだ。

その中心に大坂城があり、秀頼がいるということになると厄介だ。

大坂城に十万人の浪人が集まるようだと、攻め落とすのは困難になる。籠城されると十倍の兵力が必要だという。

ましてや大坂城は信長が十年もの間、攻めあぐねた石山本願寺の跡に、築城された難攻不落といわれる巨城であった。

易々と落ちるような城ではない。

加藤清正の死はそんな浪人たちの期待も込められている大いなる噂なのだ。大坂城は苦しく貧しい浪人たちの最後の望みである。

「大坂城の秀頼さまもそう易々とは動かないでしょう」

「千姫さまもおられますから……」

「そうです。将軍さまは秀頼さまの義父ですから、大坂のことは大御所さまもお考えかと思います」

「そのために京で秀頼さまにお会いになった？」

「大御所さまの孫ですから……」

二人の話は江戸と大坂の和解のような話で終わったが、この話はそんな温《ぬる》い話ではなかった。

大御所家康にとって最も大切なのは徳川家であり幕府である。

その存立に恐怖と思われるものは、自分の生きているうちに取り除いてしまう。

そうしないことには、安心して死ぬこともできない、というのが家康の偽らざる心境なのだ。

家康は誕生したばかりの幕府の脆弱さをわかっている。

三河以来の譜代の家臣などといっても、戦には強いが文治《ぶんち》はからっきし駄目という武将が多い。

自分の米の勘定すら人任せという頼りなさだ。

そんな幕府の奉行は勘定奉行の大久保長安、寺社奉行の三要元佶などみな外様というべき人たちだった。

ようやく、北町奉行に三河以来の旗本米津勘兵衛を就任させた。それまでは町奉行も大名の板倉勝重や青山忠成《あおやまただなり》、内藤清成《ないとうきよなり》などが務めていた。他にも多くは信玄が育てた家臣を家康が使っていたほどである。急に大きくなった家は人材難に陥りやすい。

もし、自分の死後、大坂の秀頼にゆさぶりをかけられたら、幕府がたちまち瓦解しかねない不安がある。

二条城で会見した秀頼はただ大男というだけでなく、信長の血を引いているからか眼光鋭く聡明さを感じさせた。家康の殺意は徐々に膨らんできている。

「油断できない。わしが死ぬのをこの男は待っている。今、倒さなければ江戸の将軍はいずれこの男に負ける……」

家康は幼くして父秀吉を亡くし、大坂城の深窓で女たちに育てられたにしては、秀頼はしっかり育った男だと思った。

将軍のように何かあればわしを頼るような弱さはこの男にはない。

むしろ高貴な気品すら漂っている。将軍のように田舎臭い男ではない。それが家康の秀頼評なのだ。江戸が危ない。

弱冠十九歳の秀頼を家康は高く評価し恐れる。

そして秀頼に強烈な殺意を持った。

茶々姫のような強情な母親を見て、秀頼は沈黙して考えていたのだとわかる。その思慮深さが顔に出ていた。

千姫のこともあって生かしておきたいと思う反面、家康は絶対に生かしておいてはならない男だと思う。状況は良くないというのが家康の判断である。

そんな魅力と恐怖を感じさせる男が巨漢の秀頼だった。

それは大将に必要な資質だと家康はわかっている。

秀頼は決して見掛け倒しではない。若さに似合わず粘り強い。それは茶々姫のような気の強い厄介な母親を持ったからだ。

追い詰めるとすれば秀頼より強情な茶々姫の方がやり易い。狡猾さでは天下一品の大御所である。

秀頼の弱点は母親の茶々姫だと見抜いた。

やがて、大御所家康は大坂城の茶々姫に猛攻を仕掛け、強引な言いがかりを押し付けて戦いに持って行くことに成功する。

ここで重要になるのが大坂城の黄金だ。

方広寺の再建などで、秀吉の七百万両とも言われる莫大な遺産金が、急激に減少していた。だが、七百万両ともなるとなかなか使い切れない。大坂城の金蔵の梁が折れそうだったともいう。秀吉は法《ほう》馬《ま》金《きん》という分銅型の金塊で残したというから七百万以上あったと思われる。

秀吉の供養のためと家康が茶々姫に浪費をけしかける。

その一方で自分は天下普請と称して外様大名に城を作らせる。自分の銭は使わない狡猾だ。

やがて戦いのため浪人を雇い、戦支度をするために大坂城の黄金は底をつくことになる。

豊臣家を潰すための家康の謀略である。

江戸と大坂の関係は、重信や六助が考えていた方向には向かわず、厳しさを増していくことになった。

北町奉行

重信は江戸に出ることもあったが、一ノ宮の道場で左太夫と稽古をして過ごした。

夏が過ぎ、秋になって日本橋の三河屋八兵衛から使いが来た。

「恐れ入りますが、老師さまに日本橋の三河屋までお出でいただきたいと、主人八兵衛からのお願いにございます」

「他には？」

「ございません。必ず一緒に戻るようにと、それだけにございます」

「承知しました」

理由もいわずただ江戸に出てきてくれという。重信は異変を感じ取って左太夫と支度をして、使いの若い衆と百姓家を出て江戸に向かった。

急ぎ旅で、木鶏庵に立ち寄って日本橋に着いた時は夜半近くになっていた。

八兵衛が起きて重信を待っていた。

「急にお呼び立てしまして申し訳ございません……」

「それは構わぬが、何かありましたか？」

「それが少々厄介な話でございまして、七兵衛の昔の仲間が食い詰めたようで……」

「七兵衛殿が脅されている？」

「そうではないかと心配しています」

七兵衛が浪人に呼び出されたのを、店の者が気づいて八兵衛に知らせた。

三河屋の仕事は金銀銭を扱う両替で信用がもっとも重要だ。

怪しげな連中など近づけてはならない。ましてや店の辺りをウロウロするなど言語道断だ。日本橋の大店だからうろつかれると目立つのである。

「わかりました」

重信は日にちからして、まだ深入りはしていないはずだと判断した。

それに武家から商人になる修行中の七兵衛に動かせる銭など一文もない。八兵衛の動きは早かった。

店の者から話を聞いてすぐ重信を呼びに使いを走らせた。

「今度、現れるのを見逃さないように、あまり大袈裟にならぬよう……」

「承知しました」

七兵衛に近づく浪人を待つことにする。

重信と左太夫は三河屋の離れに泊まり夜も交代で警戒した。

追い詰められた浪人どもが盗賊に豹変しないとも限らない。大御所名指しの両替商が盗賊に入られては目も当てられない。

翌朝、夜が明けると間もなくお吉を連れた六助が現れた。六助は八兵衛から事の次第を詳細に聞いた。

「老師、厄介をおかけします」

「七兵衛殿のことはそれがしの責任ゆえ……」

重信は七兵衛こと格之進を三河屋に連れてきた。その上、本多平八郎から七兵衛の後見を命じられている。

今さらながら、武家が商人になるということは、こういうこともあると平八郎が見抜いていたように思う。

重信と六助が額を寄せて解決策を話し合った。

六助は相変わらず七恵を甘やかしていて、二人に傷がつくことを恐れている。こういうことは七恵の知らぬ間に解決したい。

「ご府内のことは町奉行に届けておく必要があるのでは？」

「町奉行に……」

「はい、場合によっては浪人を何人か、斬らなければならぬことにもなりますが？」

「なるほど、それでは北町奉行の米津さまにお会いしてきましょう」

「七兵衛殿には知られぬように願います」

「承知しました」

六助はすぐ北町奉行所に使いを出した。

すると米津勘兵衛がすぐ会うという返事で、紋付袴に着替え、正装して左太夫を護衛に六助が奉行所に出かけた。

北町奉行の米津勘兵衛田政《ただまさ》はこの時四十八歳、家康の小姓を務め将軍秀忠の使い番を経て、北町奉行に就任した三河以来の譜代の家臣だ。

家康にも秀忠にも信頼され家康が関東に入封すると、上総印旛《かずさいんば》などに五千石を知行した大身旗本だ。

信玄が育てた吏僚《りりょう》が多い中で、期待されている頭の切れる三河出の吏僚である。

「老人、久しいのう」

眼光鋭く才気走った切れ者だ。

慶長九年に初代北町奉行になって七年になるが、六十二歳で亡くなるまで二十一年間も奉行を務めることになる。

「その顔ではよい話ではないようだな。盗賊に入られたという話も聞かぬが、悪党にでも脅されたか？」

大御所と将軍が見込んだだけの男だ。なかなかの眼力である。

「当たったな。望月《もちづき》ッ、いるかッ？」

「はッ！」

隣室から若い家臣が入ってきた。

「老人、余の内与力を務める望月宇三郎《うさぶろう》だ」

「望月さま、今は隠居して六助と名乗っております。お父上のことは存じ上げております」

「三河屋殿のことは父から聞いております。よしなに願います」

なかなかの若者で米津奉行の期待の家臣だとわかる。

「宇三郎、そこで聞いておれ！」

「はッ！」

奉行は望月に任せるつもりのようだ。

「では、聞こうか？」

「何んともみっともない話で、米津さまもお聞き及びと思いますが、本多の殿さまから拝領いたしました三河屋の婿殿が、食い詰めた古い仲間になにかと無心されているようで……」

「それは老人の孫に惚れて本多さまを袖にしたという乱心者の男だな？」

「さようでございます。商人になる修行の最中でして、どうも昔の浪人仲間につきまとわれているようです」

「それは厄介なことだな」

「本多さまから後見を命じられました林崎甚助《じんすけ》さまが乗り出されまして、ご府内のことはまず米津さまにお知らせするようにとのことにございます」

「そうか、神夢想流の剣豪だな……」

米津勘兵衛は重信が浪人を斬るかも知れないという考えを察知した。それで事前に奉行所へ知らせておくようにということだ。

「望月、この一件をやってみろ。なかなか得難いことだぞ。神夢想流の兵法を学んでまいれ……」

「はい、畏まりました」

「老人、酒がいいか、茶がいいか？」

「それでは、茶を頂戴いたします」

「望月、支度せい……」

六助は米津勘兵衛が何か話したそうだと感じた。望月宇三郎が部屋を出て行くと勘兵衛が六助に傍へ寄れと言った。

「三河屋、商売の話だが金銀銭は問題なく回っているか？」

「はい、今のところは滞ることもなく、過不足もございませんが……」

「そうか、何か噂を聞いていないか？」

「これは、申し上げていいものか、金銀の産出が減っているのではと……」

「やはり、聞いていたか……」

幕府にとって最大の問題が大坂城の秀頼と金銀の産出減だった。すでに家康の殺意が将軍にも伝染している。家康が秀頼を倒すといえばそうなるのだ。それにあちこちの山からどれだけの金が集まるか。

江戸が大きくなればなるほど、際限なく金銀を呑み込んで行く。

それは江戸が繁栄しているということだが、金銀が不足すれば混乱しかねない危険がつきまとう。

「小判の金を少なく？」

「いや、そこまではまだ考えていない。大御所さまは裕福だ。だが、先々のことはわからぬな。このことは他言無用だぞ」

「承知しております。金銀は鉱脈が消えるとパタッと産出しなくなるかと……」

「それが怖い。ことに江戸は金で動いている。西国は銀だがな」

西国は銀貨が流通しているが、東国では金貨が流通していた。最も多く流通しているのは銭貨だった。

慶長小判の金の含有は四匁《もんめ》七分六厘と決まっている。

庶民は滅多にお目にかかれず、従って庶民が使うことはないのが小判で、その小判には両替屋の刻印なども刻まれる。

幕府によって慶長の小判は千四百万両が鋳造された。また慶長一分判金や二分判金もかなり多く造られていた。

家康が残した遺産金が六千五百万両だから、いかに家康が金を蓄積したか、それを助けた大久保長安の功績が実に大きいかがわかる。

この小判が幕末の頃、安政《あんせい》小判になると金の含有が二匁四分と半減。最後に鋳造された万延《まんえん》小判に至っては、金の含有が少なく八分八厘しかなく、小判の大きさも慶長小判の三分の一以下だった。

鋳造量も六十六万両と少ない。こうして幕府の力が尽きていくのだ。

金貨の一両一分一朱《しゅ》という単位は、武田信玄の甲州金の単位を踏襲したものだった。

まさに小判の金の含有量は幕府の力を表わすものだが、やがてその金銀は多くの山で掘り尽くされてしまう。

茶の支度が整うと二人は部屋を変えた。

町奉行は寺社奉行、勘定奉行とで三奉行といい、幕府の評定所の一員で幕政にも参与している重い役職だ。

大身旗本から選ばれ、旗本が就く役職としては最高位である。

ほぼ毎日、江戸城に登城して老中と打ち合わせをする。その職務は江戸城下の行政と司法と治安を行い多忙である。

奉行が屋敷を出る時は駕籠に乗り、二十五人ほどの同心や従者の供揃えが格式と決まっていた。

一人で出歩くことは絶対になかった。

町奉行が裁決できるのは罪人の中追放までで、死罪、遠島、重追放は老中の裁決で、場合によっては将軍の決裁を必要とする。

奉行を支える与力や同心は将軍家の家臣で代々世襲、望月のような奉行の直臣は内与力という。

内与力は与力より格下だが奉行の側近であることから上席与力とされた。

幕臣の世襲の与力は足軽大将がなり、奉行所の仕事を熟知していて大きな力を持っている。

それは奉行が赴任しても二年から五年程度で交代することが多かったからで、世襲の筆頭与力が奉行所を仕切っているようなものだった。

奉行は与力に気を使って自腹で夏冬の着物を贈ったり、多忙な時は奉行が自腹の差し入れをしたり、出動の時には自腹で弁当を振る舞うなど、幕府から与えられる奉行職の役料より足が出る。

奉行があまりケチだと与力や同心の働きが鈍る。これは世の常で上に立つ者の難しいところだ。

米津奉行は五千石の知行を持っていて、少々、裕福だったのが幸いした。

米津勘兵衛の二十一年のように長きにわたって町奉行を務めたのは、南町奉行の大《おお》岡越前守《おかえちぜんのかみ》二十年と、同じ南の根岸肥前守《ねぎしひぜんのかみ》の十七年の三人だけである。

町奉行になると実に費用がかかる上に、町奉行は激務で在任中に亡くなる奉行が多かった。

大岡越前守などはわずか千九百二十石で南町奉行になる。

八年後に二千石を加増され三千九百二十石になるが、主人の将軍吉宗が財政難で、木綿の着物を着ろと言うようなケチ将軍だから、二十年もの長い間、町奉行を務め非常に苦労した貧乏奉行である。

町奉行は北町と南町の二つの奉行所で月ごとの交代であった。後に北町は八重洲《やえす》、南町は銀座の近くに置かれた。

この頃の北町奉行所は呉服橋御門内にあった。

各奉行所に与力二十五人、同心百人が配置され、江戸城下の五十万から百万人以上の庶民を差配するのだから激務である。

与力や同心は歩くことが仕事だ。

兎に角、割り当てられた区域を歩いて歩いて歩き疲れて奉行所に帰る。これが一生の仕事だからきつい。

　武家を監察するのはこの後に別に目付というものができる。

だいぶ後になるが他には、特に凶悪な者を取り締まるため、臨時の役職として火付《ひつけ》盗賊改方《とうぞくあらためかた》というものが置かれ、幕府の御先手組《おさきてぐみ》から選ばれる加役、兼務であった。

後に有名になる長谷川平蔵《はせがわへいぞう》はわずか四百石の旗本だった。

「三河屋、この七月に南町奉行の土屋《つちや》殿が辞めて南町は奉行が不在なのだ。知っているな？」

「存じ上げております」

「なかなか奉行所の手も回らぬ。この度は望月に命じるが神夢想流の林崎殿の力も借りたいのじゃ……」

「はい、まだ事件が起きているわけではございませんのでそのつもりでおります」

「そうか。三河屋は大御所さまお声がかりの三河の両替商だ。万一のことがあれば大御所さまにも将軍さまにも合わせる顔がない。わかるな？」

「恐れ多いことにございます」

「幕府の威信にも傷がつく、それがしの腹一つ斬っても足りぬぞ……」

　米津勘兵衛が茶碗を六助の前に押し出した。

「はい、この皺首《しわくび》も覚悟してございます。では、頂戴いたします」

「うむ、本多さまに信頼された神夢想流だ。林崎殿に任せていいな？」

「はい、間違いないご仁《じん》にございます」

南町奉行の土屋権右衛門《ごんえもん》重成《しげなり》と米津が奉行になるまでは、江戸は大名が町奉行に就任して取り締まっていた。江戸の発展があまりにも早く、大名の体制では仕事が滞って無理になった。

そこで家康は町奉行を南北の二人体制にした。八年目になる。

やがて、それでも足りずに中町奉行所ができて三人体制にするが、それは長続きせずにわずか十七年で中町奉行所は閉鎖されることになる。

すぐ次の南町奉行が決まるかと思われた。

ところがこの南町奉行の不在が、次の島田《しまだ》弾正忠《だんじょうのじょう》利正《としまさ》が就任するまで二年も続くことになる。

七兵衛の古傷

六助が北町奉行所から戻ったその夜、夜陰に紛れて目立たぬように望月宇三郎が三河屋に現れた。

その望月が何者かは秘密にされ、家人にも知られず庭から三河屋の離れに案内された。

「遅くなりました」

六助に連れられて望月が離れに入る。

「老師、奉行所の内与力望月さまにございます。よろしくご指南いただきたく存じます」

「これは、お奉行さまの内与力にお出でいただけるとは心強い。弟子の一宮左太夫でござる」

「よしなに願います」

挨拶が済むと四人が額を合わせて対策を検討した。

重信は無闇に人を斬りたくないが、七兵衛の将来を考えると禍根を断っておく必要があると思う。

どんな相手かわからないが、話してわかるような連中とは思えない。

七兵衛の周りに胡乱《うろん》な者がいたのでは、間違いなく両替商三河屋の信用に傷がつくだろう。

「見た者がいうには、その浪人者が現れたのは三日前だそうですから、近々、また現れるかと思います」

六助が説明した。

「痩せ浪人であれば懐が寂しいはずです。二、三日中には現れるのでは？」

望月が重信を見た。

「おそらく、そうでしょう。七兵衛殿は何んとか自分で解決しようとしているようだが危ないな」

「望月さま、三河屋のため全員捕縛を？」

「そうしたいが、武家ということになると捕縛は難しいかと思う……」

「斬り合いに？」

「刀を持っている浪人はそうなることが多い。相手が何人いるか、捕縛するのは難しいと思います」

望月は斬り捨てるしかないと思っている口ぶりだ。浪人は持っている刀を抜けば、それは決闘であり武家の戦いだから当然斬られても仕方ない。

「七兵衛殿に聞けば何人ぐらいか分かるだろう。自分で決着をつけようと考えているとすれば、そう大人数だとは思えないが……」

重信は楽観的に三、四人だろうと考えている。できれば斬りたくはない。妻子のいる者がいるかも知れないからだ。

「浪人が現れたら後をつけることにします」

「そうしましょう」

重信は望月の考えに同意した。

「それがしは毎日、こちらへまいります」

「お願いいたします」

打ち合わせが済むと望月が帰って行った。呉服橋御門の北町奉行所から日本橋の三河屋までは半刻もかからない。

二日後、昼が過ぎて申《さる》の刻に入った頃、数日前に番頭が見た質の悪そうな痩せ浪人が現れた。およそ両替をしそうな浪人には見えない。

すぐ、六助が離れに現れると重信、望月、左太夫が太刀を握って立ち上がった。

「七兵衛が呼び出されたようです」

「林崎さま、それがしが奴らの後をつけます」

「お願いします。少し離れて追います」

「承知しました」

望月が三河屋の裏口から出る。

浪人と七兵衛は日本橋から、日比谷入江の埋め立て地に向かっていた。その後を重信と左太夫が追った。

しばらく行くと埋め立て地の原っぱに出る。

七兵衛を取り囲んだ浪人は六人。望月は藪に身を潜めて隠れている。そこに重信と左太夫も隠れた。

「林崎さま、この原っぱでは隠れるところがありません……」

「ここでは少し遠い。近づいて決着をつけるしかなさそうだ。望月殿はそれがしが話をしている間に七兵衛殿の救出を……」

「承知しました」

「場合によっては斬りますが？」

「やむを得ません」

重信は立ち上がると半町ほど歩いて浪人たちに近づいた。

「何者だッ！」

一人が叫ぶと浪人たちが重信を見る。

望月は迂回して浪人たちの後ろに出ようとしている。左太夫は少し遅れて重信を追った。

「それがしはそこにいる七兵衛殿の後見人だ……」

「格之進の後見人だと？」

「さよう、本多平八郎さまに命じられた者だ」

「格之進、本当か？」

「本当だ……」

「そなたら食い詰めているようだがいくら欲しいのだ。それがしは三河屋殿に任されてここに来ている」

「三河屋に任されてだと？」

「いかにも、七兵衛殿を三河屋に紹介したのはそれがしだ」

六人が警戒して重信を取り囲もうとする。そこに左太夫が寄っていった。

「それがしを心配してついてきた弟子だ」

「弟子だと？」

「武芸者のようだな？」

「そうだ……」

「一人頭、百両だ！」

「ほう、六人だから六百両ということか？」

「出すか？」

「ずいぶん大金だな。この中で妻子のいる者は誰だ？」

「馬鹿野郎ッ、そんな者いるか！」

「正直に言った方が良いぞ」

「娘がいる……」

「そうか、そなたは下がっておれ……」

その時、七兵衛を押さえている浪人に後ろから望月が体当たりした。その瞬間、傍の浪人が刀を抜いて七兵衛を斬った。

「老師ッ！」

左太夫が叫ぶなり敵に突進して、七兵衛を斬った浪人の首を刎《は》ねる。

「野郎ッ、油断するなッ！」

浪人たちが一斉に刀を抜いた。

左太夫の剣は素早い。神夢想流の秘剣万事抜《まんじぬき》で次々と浪人を倒した。

重信と望月が斬られた七兵衛の傍に寄る。

「大丈夫かッ！」

「はいッ……」

「肩だな？」

「浅手です……」

重信が振り向くと立っている浪人二人が左太夫に一瞬で斬られた。

「人を呼んできます！」

五人が倒れたのを見て望月が猛然と駆け出した。重信は七兵衛の血止めをして枯草に座らせる。

深くはなかったが結構大きな傷だった。

戦いに参加しなかった娘のいる浪人が一瞬の出来事に茫然としている。逃げようとはしなかった。

「しばらく動くな」

「老師、終わりましてございます」

「うむ、腕を斬り落としたあの者は助かりそうだ。手当てを……」

「はい！」

即死が二人、胴を抜かれて虫の息が二人、腕を斬り落とされた重傷が一人だ。左太夫が近づいていくと腕を斬られた男が、苦悶の顔で怯え逃げようとする。

「逃げるな。手当てをしてやる」

「あう、あわ……」

あまりの恐怖で口がきけない有様だ。左太夫が紐で斬られた二の腕を縛り上げた。

「これは酷いな……」

重信が傷を見てそういうと男が、「ングッ……」と、つばを飲み込むような妙な声で気絶した。

娘がいるといった浪人に重信が近づいて行った。怖がって後ろに下がる。

「娘がいるといったな？」

「はい……」

「このような者たちと一緒にいてはいかん。娘さんを悲しませることになるぞ」

「はい……」

「そなた、格之進とは関係があるまい？」

「はい……」

「それなら行きなさい。娘さんのところに帰りなさい。間もなく役人がくる。この事件はそなたには関係がない。三河屋に近寄るな。約束できるか？」

「はい、お約束いたします……」

「このことは忘れることだ。行きなさい」

浪人は重信に頭を下げると一目散に走って行った。

それから半刻ほどすると望月宇三郎が、同心や捕方を三十人ほど連れて戻ってきた。

「運べ！」

戸板に乗せられ、斬られた浪人が次々と運ばれて行った。

「歩けるか？」

「ご迷惑をおかけしました」

七兵衛が重信と望月に頭を下げる。

その望月は浪人が五人しかいないことに気づいたが何も言わない。端《はな》っから五人しかいなかったような顔だ。

戦わなかった浪人を重信が逃がしたと気づいている。

薄暗くなって四人が三河屋に戻ると、七兵衛が斬られているとわかって大騒ぎになった。

七恵は気が動転して泣き出す始末で、重信が「掠り傷の浅手です」と慰めると正気を取り戻す。

すぐ医師が呼ばれて手当てが始まった。

金瘡《きんそう》は甘く見て手当てを間違うと大ごとになる。

翌日の昼過ぎ、米津奉行が城から下がった頃合いを見て、重信と六助が北町奉行所に入った。

望月宇三郎が奉行の待つ奥の茶室に案内する。

「おう、来たな……」

重信と六助が奉行の前に座り望月が奉行の傍に控えた。

「神夢想流の林崎甚助にございます」

「米津勘兵衛です」

「この度はそれがしの弟子が厄介をおかけいたしました」

「肩を斬られたという弟子の怪我はどうか？」

「浅手にございます」

「それはよかった。もう一人の弟子は凄まじい強さだったそうだが？」

米津勘兵衛は望月から埋め立て地での、斬り合いの詳細を昨夜のうちに聞いていた。

「神夢想流居合は一瞬で勝負を決しますので、望月さまにはそのように見えたものと存じます」

「なるほど、ところで腕を斬られた男だが、昨夜、高熱を発して手当ての甲斐もなく死んだ」

「やはり、亡くなりましたか、出血が多く危ないとは思っておりました」

「四人の仲間の傍に行ったのであろう」

つぶやくように言って、米津が茶を点てて重信の前に置いた。五人全員が死んだということだ。

「頂戴いたします」

膝で滑って重信が茶碗を取った。

「噂は早いもので、今朝、城中でお会いした老中が昨日のことをご存じだった。三河屋の経緯を説明して不問ということになった。本多平八郎さまから下げ渡された家臣だそうだからな……」

「有り難いことにございます」

六助が奉行に頭を下げる。

「ただ、死んだ者たちの名前などを聞きたいので、いずれ七兵衛には奉行所へ来てもらいたい。怪我が治ってからでよい」

「承知いたしました」

「五人を斬った一宮左太夫はお構いなしということだ」

「恐れ入ります」

「むしろ、三河屋七兵衛を助けたということで奉行から褒めておきたい」

「有り難く存じます」

重信が茶碗を返すと奉行が六助に茶を点てた。

「それにしても三河屋を強請《ゆす》るとは愚かな者たちだ」

米津勘兵衛が独り言のようにつぶやいた。

江戸に多くの浪人が入り込んで、無法を働く乱暴者に奉行所は手を焼いている。だが、幕府には良い浪人対策が見つかっていない。

重信は聞かぬふりをした。

浪人問題は幕府の頭痛の種なのだ。

そんな浪人対策や治安維持の手段として、米津勘兵衛は江戸城下で笠をかぶり、顔を隠すことを禁じ、江戸城下を歩く者は全て顔を晒すよう命じている。

これが結構効き目があった。

従わずに笠を被った者は処刑されたことがある。

江戸ご府内は南北奉行所の与力五十人と、同心二百人で治安が保たれているのだから、厳しい対策が講じられるのは仕方のないことだ。

内与力の望月は昨夜から事件の処理で一睡もしておらず、眼を赤くして奉行の傍に座り眠そうだ。

重信と六助は茶を馳走になり奉行所を辞した。

その夕刻、奉行所に三河屋八兵衛と七兵衛、その護衛に左太夫がついて現れた。

左太夫の剣

米津勘兵衛は三人と対面した。

「この度はお奉行さまにご厄介をおかけいたしましました。早速、七兵衛を連れてまいりました。また、こちらはお力を貸していただきました一宮さまにございます」

「一宮左太夫、大儀であった」

「恐れ入りまする」

「まことに些少ではございますが、この度のお礼にございます」

八兵衛が袱紗《ふくさ》包みの黄金二百両を差し出した。

「そうか、助かる」

奉行は袱紗包みを受け取ると傍の望月に渡した。

「勘定方へ回します」

望月宇三郎がそう言って微笑んだ。奉行所はいつも手元不如意なのだ。

「ところで七兵衛、傷はどうか？」

「はい、浅手にございます」

「そうか、少し話を聞かせてくれ……」

「畏まりました」

「望月……」

奉行に命じられて内与力の望月宇三郎が、袱紗包みを持ち七兵衛を別室に連れて行った。

「お奉行さまにはご配慮を賜りお礼申し上げまする」

左太夫はお構いなしになったことは、もちろん米津奉行の力が働いたからだと思っている。

七兵衛は別室で事情を聴かれても左太夫には何の沙汰もない。

「ご府内で三河屋のような両替商を脅し、黄金を奪おうとするなど、幕府は決して許すことはない。ご苦労でした。これはご老中の慰労の言葉である」

「恐れ入りましてございます」

　城中でもこの事件は話題になっていた。

「ところで、瞬時に五人を倒した神夢想流居合というものを見せてもらいたいが？」

「承知いたしました。喜んで仕りまする」

「誰か、いるかッ！」

「はッ！」

　奉行に呼ばれ廊下に控えていた老与力の長野半左衛門《ながのはんざえもん》が顔を出した。

「聞いていたな。庭に立ち合いの場を支度せい……」

「畏まりました」

「それに本宮長兵衛《もとみやちょうべえ》はいるか？」

「先ほど見回りに出ましてございます」

「呼び戻せるか？」

「はッ、すぐいたします」

　奉行は与力と同心の中で、最も強いと言われている本宮長兵衛を、左太夫と立ち合わせようとしていた。

「奉行所一の使い手で同心の本宮長兵衛という若者がいる。確か年は二十七歳で柳生新陰流と聞いた」

「柳生新陰流？」

「若いがなかなかの腕だ」

与力や同心には腕の立つ者が多い。

剣術はもちろんだが十手《じって》術、捕縛術、棒術、鎖術など得意技を持っている者がいる。

その中でも、父親が隠居して二年前に、同心になったばかりの本宮長兵衛に奉行は期待していた。

あきっぽいのが傷だが剣は強い。

「三河屋は神夢想流に守られているということだな」

「有り難いことにございます」

「金銀を扱う仕事ゆえ、盗賊などが入らぬよう油断してはならぬぞ」

「はい、厳重に用心いたします」

厳重に用心しますと言ったが、三河屋では既に良い錠前を金蔵に使っていた。

この頃まだ、錠前はそれほど発達しておらず、ほとんどが心張棒《しんばりぼう》で大切な物がある場合は番人を立てる。

その他には城門の閂錠《かんぬきじょう》や雨戸の木製の落とし錠、裕福な蔵や神社の扉などには金ぴかの和錠《わじょう》で、海老型の海老錠が使われた。

これらは用心というよりは、蔵なら富の象徴として見せびらかし、神社の扉などは結界として煌《きら》びやかに区別した。

錠前が進化するのはようやくこの頃からで、泰平になり秀吉の刀狩りが行われ、刀鍛冶の仕事が激減してからだった。

その刀鍛冶が手掛けたのがからくり錠という和錠で、阿波錠、安芸錠、土佐錠、因幡錠などのからくりが考案されて錠前として出てくる。

三河屋は六助の息子八兵衛の代になって、金蔵の錠前は新しい安芸のからくり錠を使っている。

安芸錠は進化の途中だが、八兵衛は鍵穴のない錠前を気に入っている。
色々と自分でも試してみて、これなら簡単には開けられないと、八兵衛は自信を持っていた。

刀鍛冶によって考案され、やがて錠前のからくりは複雑になる。
独特の錠前が次々と作られ、武家社会から商人の社会に変わっていく金蔵を、そのからくり錠前が守ることになる。

米津奉行と三河屋八兵衛、左太夫の三人が話をしていると、庭に支度が整い七兵衛の調べも終わり、望月と七兵衛が戻ってきた。

「では、支度をいたします」

左太夫が座を立った。

奉行所の庭に面した縁側に床几《しょうぎ》が一つ用意されて米津勘兵衛が座る。

その傍に八兵衛と七兵衛、望月宇三郎と与力数人が控え、庭に用意された床几に与力と同心十四、五人が座った。

多くの与力同心は見回りに出ている。

「半左衛門！」

奉行が五十がらみの老与力を呼んだ。

「一宮左太夫殿と本宮長兵衛の立ち合いだ」

「はッ、畏まりました」

半左衛門が裸足で庭に下りた。

「一宮左太夫さまに本宮長兵衛ッ！」

半左衛門が二人を呼んだ。

呼び戻された若い本宮長兵衛が、木刀を握ってサッと床几から立ち上がる。

奉行所一の剣士が左太夫に頭を下げた。裸足で若々しい気迫に包まれたなかなかの剣客だ。

二人は半左衛門の傍に立って奉行に一礼する。

「では、始めます！」

半左衛門の合図で長兵衛が中段に構え、左太夫も中段に構えて相手との間合いを一足一刀にした。

長兵衛が動けば後の先を取る左太夫の構えだ。

若いが奉行所一の使い手で、その腕は誰もが認めている。庭にゆっくりと剣気が満ちてくる。

長兵衛は落ち着いていて踏み込んでくる気配がない。迂闊《うかつ》に踏み込めば危険だとわかっているのだ。

長兵衛の師匠柳生宗矩《むねのり》は重信の友人である。

もちろん神夢想流のことはよく知っていて、門弟にも居合のことは話しているし指南もしていた。

攻撃中のわずかな隙を斬ってくる居合は、防ぎようがないと教えた。

左太夫も重信と柳生宗矩のことはもちろん知っている。居合は待つことにあり、抜くまでが勝負だ。

その間合いは心にあり。

スッと左太夫が一歩間合いを詰めた。それでも長兵衛は動かない。中段に構えて隙を狙っている。

強い剣士だとすぐわかった。

左太夫が呼吸を隠し随息観《ずいそくかん》に入ると半眼にして、正面の木刀を五寸ほど左にずらし剣先を少し下げた。

長兵衛は見たことのない構えを隙だと思った。どうするか明らかに狼狽《うろた》えた。

すでに本宮長兵衛は死んでいる。

その隙を斬り抜くしかないと長兵衛が動いた。

長兵衛の踏み込みに一瞬、後の先を取って左太夫が飛び込んだ。

右胴に木刀が入ってきたのを一瞬見た。神伝居合抜刀表一本無明剣《むみょうけん》、神夢想流の秘剣が長兵衛の胴を真っ二つに斬り抜いた。

ガクッと長兵衛が膝から崩れた。

「それまでッ！」

「まいりました……」

呼吸を整え長兵衛がゆっくり立ち上がる。見ている誰もが一瞬の勝負に息を呑んだ。

呼吸が止まり弛緩《しかん》したような左太夫の剣が、爆発的に動いて胴に飛び込んできた時は、斬られると背筋が凍り付くような恐怖を感じた。

二人が奉行に一礼して立ち合いが終わろうとした。

「しばらくッ！」

同心が立ち上がった。

「お奉行ッ、一手ご指南いただきたくお願いいたします」

いつもぼんやりしている同心で昼行燈《ひるあんどん》と言われている牧野《まきの》三郎太《さぶろうた》だ。三十歳を過ぎてようやく嫁をもらった目立たない男だ。

「控えろ、三郎太ッ！」

半左衛門が立ち上がった三郎太を叱った。

「お奉行さま、折角ですので結構です。どうぞ……」

「牧野、立ち合ってくれるそうだ。すぐ支度をしろ！」

「はい！」

左太夫が了承すると奉行が支度を命じた。

三郎太は急いで羽織を脱ぐと刀の下げ緒で襷《たすき》がけをし、裸足になると庭の中央に出て、大小を長兵衛に渡し木刀を受け取った。

「牧野さん、一撃必殺ですよ」

長兵衛が三郎太に忠告する。

「わかっている。見せてもらった。いい勉強になった」

うなずいた牧野三郎太が剣の使い手だとは誰も知らない。

「牧野、いいのか？」

「はい、お願いいたします……」

「一宮左太夫さまと牧野三郎太の立ち合いを始めます！」

ざわついていた庭が静まり返った。左太夫と三郎太が中段に構えて向き合う。

「始め！」

サッと三郎太が木刀を担いで腰を下げ、左太夫の見たことのない構えを取った。

同僚の与力も同心も三郎太がそんな剣を使うのは見たことがない。剣など抜いたことのない男だ。

不思議な構えに本宮長兵衛だけでなく、奉行も与力や同心もびっくりしている。

どう踏み込んでくるのか左太夫は、三郎太の動きと間合いを見ていた。まだ遠間にいる。

居合は己の心に勝つことなり。

どんな剣法にも慌てず、冷静に対処することが大切だ。左太夫は相手が踏み込んでくる瞬間だけを見ている。

攻撃の一瞬に後の先を取るのが左太夫の狙いだ。

攻撃は相手を斬りに来るのだから、その攻撃中のわずかな隙を狙われると防御できない。

居合は瞬間にそのわずかな隙を斬る技である。

左太夫は中段に木刀を置いて動かない。三郎太も左太夫の狙いを感知、警戒して攻撃しようとしない。

すると、左太夫がスッと間合いを詰めた。

その間合いを嫌うように三郎太が右に回ろうとするが、それを押さえるように左太夫が左に動いた。

スッと半歩だけ間合いを詰めて左太夫が三郎太を押し込める。

間合いを詰めて攻撃を誘う。

三郎太の担いだ木刀が追い詰められるのを嫌い、ピクピクと攻撃に出ようと震えている。

それを見透かして左太夫がスッと間合いを詰めた。三郎太の体がわずかに沈んだ。

「飛ぶ！」

瞬間で見抜き、後の先で左太夫が飛び込むと、飛び上がろうとする三郎太の胴に、木刀が吸い込まれた。

「あッ！」

飛び上がって頭上から左太夫を襲うつもりだった。

だが、その前に動きを見破られた。三郎太の体が突っ立ったところに素早く木刀が入ってきた。

神伝居合抜刀表一本山越《やまこし》、胴を真っ二つに斬り抜かれ三郎太がよろけた。

その左肩を木刀が砕いてきた。

ピタッと肩を抑え込まれ三郎太は動けない。左太夫の剣には重信譲りの美と気品がある。

「それまでッ！」

半左衛門の鋭い声が試合を止めた。

江戸幕府

奉行所を辞して八兵衛と七兵衛、左太夫が日本橋の三河屋に戻ってくる。

その帰りを待っていた重信が、左太夫と六助とお吉の四人で本郷台の木鶏庵に向かった。

半刻ほどで木鶏庵に着くと、重信と左太夫は茶を馳走になり、勧められたが泊まらずに板橋宿に向かう。

「まだ明るいゆえ、志村まで行こう」

「はい、明日の朝、一番の渡し舟で戸田に上がれば昼すぎ頃には大宮宿に着きます」

「うむ、ずいぶん冷えてきた。このぶんだと正月前に雪が来るかも知れぬな？」

「何んとも怪しい空模様にございます」

「婆さんの餅つきに遅れると叱られるか？」

「はい、必ず戻ると言って出ましたので、当てにしているかと思います」

左太夫がニッと笑った。

「婆さんの餅は実にうまい」

「はい……」

律儀な婆さんはきっちりと正月の支度をする。

重信の予想した通り、慶長十七年（一六一二）の正月は雪になった。道場では例年通り正月から稽古が行われる。

この年は家康が慶長八年に征夷大将軍になって十年目になる。

江戸幕府にとっては重要な節目の年だったが、将軍秀忠の幕府が盤石になったとはいえない。

相変らず駿府城に大御所の家康がいて、西をにらんでいるからの江戸幕府なのだ。

だが、その家康も高齢の七十一歳になって、気をつけてはいるが時々体調不良になることがある。

そんな中で幕府は将軍秀忠の後継を巡ってもめた。秀忠はまだ三十四歳だった。

秀忠は文禄四年に秀吉の養女で茶々姫の妹お江《ごう》と結婚している。この時、秀忠は十七歳、お江は二十三歳だった。

お江が最初嫁いだ佐治一成《さじかずなり》は佐治信方《のぶかた》と信長の妹お犬《いぬ》との間に生まれた。

その一成は織田信雄の家臣だったが、信雄が秀吉と争った後に、秀吉に追放されてお江とは離縁する。

その後、お江は秀吉の姉の子で隻眼《せきがん》の小吉秀勝《こきちひでかつ》と再婚した。

娘の完子《さだこ》が生まれたが、小吉秀勝は朝鮮出兵で渡海し、巨済島《きょさいとう》で陣中死してしまう。二十四歳だった。

その頃、秀忠は織田信雄の娘で秀吉の養女小姫《おひめ》と縁組した。

ところが、小姫が婚礼の前に亡くなってしまう。その小姫に代わって秀吉はお江を秀忠の妻に押し付けた。

つまり正しくはお江は小姫の後で継室なのである。

だが、秀忠とお江の間には女しか生まれない。千姫、珠姫《たまひめ》、勝姫《かつひめ》、初姫《はつひめ》である。

お江は六歳年上で秀忠に悋気《りんき》がひどかった。秀忠が他の女に手を出すとお江は怒り狂う。そんな女が昔一人いた。源頼朝《みなもとのよりとも》の妻北条政子《ほうじょうまさこ》である。

秀忠が身の回りの世話をする、身分は低いが美人で気の利いた女に手を付けた。

ところが、その身分の低い女が男子を産んだ。秀忠は喜んで自分の幼名でもある長丸《ちょうまる》と名付け嫡男とする。

同じ頃、お江は三人目の女の子を産んだ。勝姫である。

この時、お江は二十九歳になっていた。お江は激怒。その長丸は翌年に灸《きゅう》というはっきりしない病名で亡くなった。生後十ヶ月だった。

ここからのお江が凄まじい。

勝姫を産んだ翌年、三十歳で初姫、三十二歳で竹千代《たけちよ》こと家光《いえみつ》、三十四歳で国千代《くにちよ》こと忠長《ただなが》、三十五歳で和子姫と立て続けに二男二女を産んだ。

結局、秀忠との間に二男五女を産む。

この後、秀忠は乳母の大姥局《おおうばのつぼね》の侍女で志津《しづ》という娘を見初める。

秘かに大姥局の部屋で逢瀬を重ねているうちに子ができた。秀忠はお江の悋気を恐れて志津を城中から出すと、神田白銀町の竹村次俊《たけむらつぐとし》宅に移す。お江に発覚すると何をされるか分からない。

志津は北条家の家臣神尾栄嘉《かんおさかよし》の娘、また、板橋在竹村の大工の娘で鷹狩りの時に手がついたとも言われ定かではない。

それほどお江の悋気は警戒された。

その志津が慶長十六年五月七日に神田白銀町で男の子を産んだ。名は幸松丸《こうまつまる》とつけられる。

この幸松丸の誕生は秘密にされた。

秀忠の側近土井《どい》利勝《としかつ》や井上正就《いのうえまさなり》など、ごく数人が知るだけだったが、秀忠は城下に置いては危険だと感じる。そこで江戸城二の丸に住んでいた武田信玄の次女で、穴山《あなやま》梅雪斎《ばいせつさい》の正室だった見性院《けんしょういん》に相談する。

すると見性院は幸松丸の養育を引き受ける。

慶長十八年に幸松丸を神田白銀町から八王子の信松院《しんしょういん》に移す。庵主の信松尼《しんしょうに》は見性院の妹だった。

この幸松丸は信松院に育てられ高遠《たかとお》城に移され、名を保科正之《ほしなまさゆき》と名乗り高遠城主、山形城主、会津城主を務め、将軍家光の片腕として幕府で重きをなす。

やがて水戸光圀《みとみつくに》、池田光政《いけだみつまさ》と並んで天下の三名君と言われる。

秀忠の子で男子は四人だったが嫡男長丸は死に、四男幸松丸は誕生を秘密にされ八王子に隠された。

残ったのは次男竹千代と三男国千代である。

竹千代こと後の三代将軍家光は吃音で病弱だったという。国千代は織田の血を引いたのか信長と似ていると言われ容姿端麗、才気煥発な美男だった。

秀忠とお江は国千代を溺愛して竹千代を嫌う。これに不満なのが乳母のお福《ふく》こと後の春日局《かすがのつぼね》である。

家康に選ばれ竹千代の乳母になったお福は、明智光秀《あけちみつひで》の家臣斎藤利三《さいとうとしみつ》の娘だった。

才色兼備で家康好みの人妻で、家康のお手付きの噂もあった。

そのお福は自分が育てた竹千代が廃嫡にされるのではと、駿府城の家康のもとに走って直訴に及んだ。

これを家康が取り上げる。

自ら江戸城に乗り込んで、家督は長幼の序であると裁決して、秀忠の後継者は竹千代と決まった。

このことで国千代こと忠長は大いに不満を残すことになる。

将軍の弟として、駿河、遠江、甲斐の三ヶ国五十五万石を与えられ、駿河大納言忠長卿と言われたが不満は解消せず、最後は幕命によって高崎《たかさき》城下の大信寺《だいしんじ》で自刃する。二十八歳だった。

家康はお家主義を第一に考え、お家騒動が起き家が割れると鎌倉幕府や足利幕府のように、急激に将軍家が弱体化することを知っていた。

長幼の序と家康が決めれば長子が家を継承する。

長男より次男や三男の出来がいいと、親は勘違いしてそれを溺愛してしまう。

それによってお家騒動が勃発して力を失い、凋落したり滅亡した家を家康は多く見てきていた。

家督相続のお家騒動は厳禁なのだ。家が潰れる原因になる。

秀忠の後継は竹千代と決まり、大御所の裁決には誰も逆らえない。幕府はお家騒動になるのを未然に防いだ。

それでも、幕府は難題が山積していた。

その頃、国の形を変えることになる重大な事件が海外で起きていた。

三年前の慶長十四年二月、九州肥前日野江《ひのえ》藩主有馬晴信《ありまはるのぶ》の朱印船が、ポルトガル領マカオに寄港した際、船乗りたちがポルトガル船マードレ・デ・デウス号の船員と悶着を起こした。

マカオのアンドレ・ペソア総司令が鎮圧に乗り出す。

この事件で朱印船の船乗り六十人ほどが死んだ。

翌慶長十五年五月、ペソアが長崎に来て長崎奉行の長谷川藤広《はせがわふじひろ》に事件の調書を提出、ペソア自ら駿府城に出向いて大御所家康に弁明すると申し出た。

ところが長崎奉行は調書を受け取ったがペソアの駿府行を拒否した。事件の真相を伏せたまま何を考えてか、奉行は配下を報告のため家康のいる駿府に派遣する。

それがペソアの耳に入ると激怒、自ら駿府に行くと言い出して騒ぎになった。ペソアには幕府の定めた糸割符《いとわっぷ》制度で、ポルトガルが不利益を被っていると訴えて、それを是正してもらいたいという意図があった。

奉行はペソアに糸割符を持ち出されると困る。

騒ぎにイエズス会が介入してペソアをなだめたが、今度は奉行の藤広がペソアの振る舞いに怒った。

糸割符制度とは幕府が特定の御用商人茶屋《ちゃや》四郎次郎《しろうじろう》などに、糸割符仲間を作らせて、明《みん》の生糸の独占的な輸入権や卸売権を認める政策を取ったことである。

糸割符仲間が一括輸入して国内の商人に卸す制度で、輸入が一括では値段の幅が決まってしまう。

ポルトガル商人にうまみのない不利な取引になっていた。

長崎奉行の長谷川藤広は自分を無視したペソアに報復を考え、船乗りを六十人も殺された有馬晴信をけしかけて、家康にペソアとペソアの船デウス号を捕縛させてほしいと請願させる。

穏やかでない話に発展してきた。

家康はこの請願を認めて許可を出し、その監視役としてもとは奉行の長谷川藤広の家臣で、今は本多《ほんだ》正純《まさずみ》の家臣になっている岡本《おかもと》大八《だいはち》を派遣、ペソアには駿府城に召喚する命令を出す。

この家康の召喚命令に命の危険を感じたペソアが、召喚命令を無視して船に乗り込むと強引に出港しようとした。

そこに朱印船の船団を引き連れて有馬晴信が長崎に入港してくる。

十二月十二日だった。

晴信はペソアの乗るデウス号を追い詰め、奉行の藤広と岡本大八の見ている前で攻撃、デウス号は長崎港外に逃げたが晴信は手を緩めず、四日四晩の猛攻を仕掛けると船が炎上する。

ペソアは逃げ切れないと覚悟、船中の弾薬庫に火を放つと大爆発し自決した。

この事件があって交易のポルトガル船は途絶える。

翌慶長十六年にはポルトガルが、交易の再開を図り艦隊司令官マヨールを、駿府の家康と江戸の将軍に派遣するがうまくいかない。

その頃、事件が意外な方に発展した。

有馬晴信と岡本大八は共にキリシタンだった。その有馬晴信には長い間の悲願があった。それは有馬家が代々争ってきた龍造《りゅうぞう》寺《じ》家《け》との領地問題だ。ところが、ここに微妙な問題が起きた。

有馬晴信はイエズス会と関係が深かったが、長崎奉行の長谷川藤広はドミニコ会に接近。その上、晴信のデウス号攻撃が四日四晩もかかったことで、藤広が晴信を「手ぬるい！」と批判した。

それを聞いた晴信が「今度は藤広を沈めてやる！」と口走って激怒した。これを聞いていた岡本大八が晴信の考えに付け込んだ。

家康に報告するため駿府に一旦戻った岡本大八が、九州に戻ってくると晴信は大八を饗応する。

その席で大八は「この度の功績で、問題の領地三郡を大御所さまはそこもとに恩賞として与えようと考えておられるらしい。それがしの主人本多正純さまに仲介を願い、取り計らうこともできるが……」とつぶやいたのである。

これは真っ赤な嘘だった。

晴信から仲介資金を掠め取ろうと、有りもしない話を大八が巧妙に仕立て上げたのだ。大八というのはなかなかの曲者だった。

同じキリシタンでもあり、そんな悪人とは思わず晴信が話を受け入れた。

大八は家康の偽の朱印状まで用意して、晴信から領地回復の仲介資金六千両という大金を騙し取る。

だが、待てど暮らせど恩賞の話も領地回復の話もない。

そんな話は大八の作り話で、端から何もないのだから音沙汰なしが当然だ。

業を煮やした晴信は自ら本多正純邸を訪れて、恩賞や領地回復の話はどうなっているのかと談判に及んだ。

これには正純が驚いた。ここに大八の大嘘が発覚する。

本多正純は大八を駿府に呼び戻して詰問したが、知らぬ存ぜぬと言い張って埒《らち》が明かない。

そんな袖の下を六千両も出した有馬晴信も良くない。

正純は困り果てた。

というのも晴信の嫡男直純《なおずみ》には家康の養女国姫《くにひめ》が嫁いでいた。ここで迂闊なことをすると家康に傷がつくことになる。

そこで正純は、家臣の不届きを咎められても仕方ないと覚悟し、家康に願い出て裁決してもらうことにする。

天覧歌舞伎

家康は駿府の町奉行彦坂光正《ひこさかみつまさ》に調査を命じた。

彦坂は素早かった。

翌慶長十七年二月に有無を言わさず岡本大八を捕縛すると、彦坂自ら考案した駿河問状の拷問にかける。

この拷問は強烈だった。

罪人を逆海老反りにして天井から吊るし、その背中に石を乗せるという究極の拷問である。

さすがに強情な大八も彦坂の逆海老反りには涙を流して白状するしかない。

家康の朱印状を偽造したことと同時に、晴信が長崎奉行の長谷川藤広を「沈めてやる」と言ったことが問題になった。また、家康の周辺にもキリシタンがいることなどをすべて白状。

「晴信は長崎奉行を暗殺しようとしている……」

大八は晴信を引きずり込もうとそう主張した。

こうなると幕府の大問題である。

本多正純は岡本大八を江戸に送り、有馬晴信も呼び出され天下の総代官大久保長安邸で、三月十八日に長安の尋問を受けることになった。

その結果、晴信は長安に言葉を改められ、長崎奉行に発した「沈めてやる！」との発言を認め、殺害の意思ありと決まってしまう。

大八は江戸から駿府に送り返されて、三月二十一日に駿府城下を引き回しの上、安倍川の河原で火炙りの刑に処せられた。

晴信は改易、日野江四万石は没収され身柄は甲斐に流罪、後に切腹を命じられるがキリシタンは自害が許されておらず、よって晴信は家臣によって斬首される。四十六歳だった。

その嫡男直純は家康の近習でもあり、家康の養女国姫を正室にしていることもあって、有馬家の家督相続を認められ領地も安堵された。
また事件の元凶とも言える長崎奉行、長谷川藤広には一切のお咎めなしだった。実は藤広の妹が家康の側室であった。

お夏《なつ》の方という。

同三月二十一日に幕府は江戸、京、駿府などの直轄領に対し、キリスト教の禁教令を発布し教会の破壊、布教の禁止と大名には棄教を命じた。
この日を境に猛烈なキリスト教弾圧の嵐が吹き荒れることになった。

幕府の家臣に対するキリシタン調査が行われる。
旗本の原胤信《はらたねのぶ》のように逃亡潜伏したり、家康に寵愛されたジュリア於多阿《おたあ》は伊豆大島に流されたり、大名は棄教しないと改易される厳しさで、禁教令はたちまち全国に広がった。

岡本大八事件はキリシタンにとって大きな分岐点となった。
キリスト教の禁止は弾圧に変わり、やがて鎖国へと変貌して長崎の平戸以外、幕府は二百数十年間も国を閉ざすことになる。このことが泰平をもたらしたが、一方で世界の進歩から二百年以上取り残されることになる。

その頃、大宮宿の重信の百姓家に、加賀前田家の剣術師範名人越後《めいじんえちご》こと富田《とだ》越後守重政《しげまさ》が来ていた。

「幕府は岡本大八とキリシタンのことで大忙しです」

「禁教令が布告されたと聞きましたが？」

「老師の宗旨は？」

「出羽楯岡に祥雲寺《しょううんじ》という曹洞《そうとう》宗の大寺があり、そこの和尚さまに六歳の頃から禅を学びましてございます」

「おう、それは能登の総持寺ですかな？」

加賀前田百万石は加賀、能登、越中の三ヶ国である。

「そのように聞いております」

「わが前田家は家祖利家《としいえ》公がキリシタンだったとの噂があって、高山右近《たかやまうこん》さまなどキリシタンを何人も抱えております」

「高山右近さまと言えば……」

重信も右近の話は聞いている。信長や秀吉に信頼されたキリシタン大名だ。

信仰を貫くため、秀吉から与えられた播磨《はりま》明石船上《ふなげ》城、六万石などすべてを捨てた大名である。

それは秀吉の伴天連《ばてれん》追放令によってだった。

だが、右近の人柄と力量を惜しんだ前田利家が一万五千石の高禄で迎え入れた。

その右近が家康のキリスト教禁止令によって再び追い詰められる。富田越後守はそれを危惧した。

結局、高山右近は二年後に前田家を退去、長崎から呂宋《ルソン》のマニラに向かい、到着後わずか四十日で死去する。六十四歳だった。

重信と越後守の二人の剣客はキリスト教のことはほとんど知らない。だが、キリスト教は幕府にとって放置できない大問題だとわかっていた。キリシタン大名が領地の寺院を破壊するなど狂信的だった。

信仰の世界ではこういうことが起きがちである。

他宗教を迫害するということはどこの国でもあった。同じ宗教内の対立もある。やがて幕府のキリスト教弾圧は苛烈を極め、元和《げんな》の大殉教や島原の乱など重大事件に発展する。

越後守は米津奉行から聞いたといい三河屋の恐喝事件を知っていた。一宮左太夫が日比谷入江の埋め立て地で、一瞬にして五人を倒したことも詳しく知っている。

「左太夫殿の腕も確かなようですな……」

「恐れ入ります」

炉端にいる左太夫が越後守に褒められて恐縮した。

「一度、金沢に来てください。加賀百万石の金沢は良いところですぞ」

富田流の剣豪名人越後がニッと微笑んで左太夫を金沢に誘う。

「有り難く存じます。必ず伺わせていただきます」

「老師も是非……」

「はい、越前の勢源《せいげん》さまにもう一度お会いしたいと思っています。その時に金沢まで足を延ばしましょう」

「伯父上も老師に会いたがっておりました。歳は忘れたといってなかなか元気に過ごしています」

名人越後は富田勢源の弟富田景政《かげまさ》の娘と結婚し、勢源が眼を悪くして弟景政に譲った富田流を事実上引き継いでいる。

中条《ちゅうじょう》流から出た富田流は群を抜いて大きな流派で、富田流はもちろんだが、鐘捲《かねまき》自斎《じさい》の一刀流は伊藤《いとう》一刀斎《いっとうさい》、小野派一刀流と引き継がれていた。富田勢源と鐘捲自斎の弟子巌流《がんりゅう》小次郎《こじろう》もいる。

今や名人越後がその富田流の総師といえる存在だ。

その越後守は四十九歳になっていた。前田家から一万三千六百七十石の知行地を、与えられている大名格の剣術指南役だ。

柳生宗矩や小野《おの》次郎《じろう》右衛門《えもん》忠明《ただあき》など、将軍家の剣術指南役でさえ足元にも及ばない力を持っている。

実力の林崎甚助に格式の富田重政という天下の二大剣士といえた。

この百万石の前田家の剣術指南ににらまれたら、剣客や剣士はどこの大名への仕官も難しくなるということだ。

前田家から故障が出るとどの大名も腰が引ける。

天下の百万石と喧嘩してまで、故障のある剣客や剣士を仕官はさせないからだ。大名家はこういうことにうるさい。

大名同士が不仲になると、何かと不都合なことが起きやすいからだ。

重信は七十一歳となり、越後守とは二十二歳離れている。

その重信は盲目の大剣豪富田勢源を尊敬し、勢源の甥の越後守重政は決して権力に近づかない重信を尊敬していた。

神夢想流居合を天下の流派に育て上げた重信を名人越後は羨ましいのだ。

仏の教えである人間本来無一物を貫く重信は、禅の修行者でもあり神々しいとさえ思う。

自らも名人越後流を開くため廻国修行をした。

だが、三百人を超える家臣を持つ越後守には、気ままに旅などできず、重信を訪ねて来るのが精々なのだ。

越後守は重信といると心が和んで行くのを感じる。

それは重信の優しさを感じるからだ。父のようでもあり古く親しい友人のようでもある。

神夢想流居合を天下一の剣と認めているからだ。

天下で唯一無二の居合は重信が流祖で、今や剣を持つ者でその名を知らない者はいない。

居合といえば林崎が嚆矢《こうし》なのだ。

すべてはその分流である。江戸期に三百とも五百ともいわれる大小の流派に居合は取り入れられる。

一瞬で相手を制する居合は剣術の究極だ。

その魅力を越後守は誰よりも理解している。居合が各流派の中に入り天下を制するだろうと思う。

それは重信が命と引き換えに、武神スサノオと約束したことなのだ。

富田越後守は一刻ほど話し込んで、重信が勧めたが泊まることなく、二人の家臣と江戸に戻って行った。

四月に入って京の五条河原では二代目阿国一行が、雨の季節になる前に出雲に帰る支度を始めていた。

そんな時、御所から阿国の勧進歌舞伎を天覧に供したいとの話があった。

誠に名誉なことで三右衛門と、二代目阿国こと阿菊が有り難く承った。阿国の名は禁裏まで届いている。

天覧に供することなど滅多にあることではない。

後水尾天皇は後陽成天皇から譲位され、前年の慶長十六年四月十二日に十六歳で即位の礼を行ったばかりだ。

即位して一年、この頃、大御所家康は孫娘の和子六歳を入内させようと朝廷に申し入れていた。

将軍家が天皇家の外戚になることは家康の悲願である。二年後の慶長十九年に八歳の和子姫に、入内宣旨が発せられ禁裏に入ることが決まる。

だが、大坂と江戸の戦いが始まったり、家康が死去したりですぐの入内は実現しなかった。家康の死後に和子姫が禁裏に上がって十七歳で第二皇女興子《おきこ》内親王を産み、中宮となる。

この興子内親王が女帝明正《めいしょう》天皇となり家康の悲願が実現する。

後水尾天皇は子どもに恵まれた。

皇子十九人、皇女十七人の中から、践祚《せんそ》当時、皇子不在だったとはいえ、興子内親王が女帝に選ばれるのだから幕府の力の大きさがわかる。

禁裏の奥で生活する十七歳の天子は、庶民と接することなどなく、噂に聞く阿国の勧進歌舞伎を楽しみにしていた。

阿国は出雲で出家して智月尼となった。

読経三昧の日々を過ごしているが、そんなことを知らない人々は二代目を阿国と信じている。

出雲の阿国が始めた巫女舞や念仏踊りなどは勧進歌舞伎、巫女歌舞伎、女歌舞伎などと言われ、急速に若衆歌舞伎、野郎歌舞伎へ移ろうとしている。それは、風紀紊乱《びんらん》を恐れる幕府の方針でもあった。

この後、女歌舞伎は衰退するが、特定の場所で遊女歌舞伎として許される。

そんな時代の流れの中で、最後になるだろう天覧の出雲杵築大社の勧進歌舞伎が京の御所で行われた。

三章　剣神と武蔵

舟島

慶長十七年（一六一二）四月十三日、二代目阿国が禁裏で出雲杵築大社の勧進歌舞伎を踊っている頃、長門《ながと》下関と九州筑前小倉《こくら》の間の海に浮かぶ小島、無人の舟島で二人の男の決闘が行われようとしていた。

豊前《ぶぜん》細川家に仕え、小倉城下に道場を構え二百人もの弟子を持つ、白髪の老剣客巌流小次郎六十九歳。

相手は廻国修行中の武芸者で新免無二斎《しんめんむにさい》の息子武蔵二十九歳である。

巌流小次郎は十五歳で越前の富田勢源の弟子になり、勢源が眼を病んでからは弟の景政や鐘捲自斎を師とした。

中条流や富田流を学び巌流を開いた剣客だった。

中条流は小太刀の剣法だが、鐘捲自斎は自分の稽古のため、小次郎に長い木刀を持たせた。

それが徐々に長くなり三尺を超える大太刀を持つようになった。

その大太刀を使う巌流には秘剣虎切《とらきり》がある。虎切の大技は小次郎が越前の大滝で編み出した秘剣だ。

小次郎というと岩国の錦帯橋《きんたいきょう》で編み出した燕返《つばめがえ》しといわれる。

だが、そんな技を小次郎は持っていない。

そもそも錦帯橋ができるのが小次郎の死後六十一年で、小次郎はそんな橋を見てもいないのだ。

巌流小次郎は鐘捲自斎こそ亡くしたが、富田勢源、富田景政、富田越後守重政、小野忠明などの一門や、柳生宗矩や丸目《まるめ》蔵人佐《くらんどのすけ》、それに林崎甚助などその人柄を知り小次郎を推挙する者は多かった。

剣士の世界はそう広いものではない。どこかで誰かと繋がっている場合が多い。

もちろん実力も抜群だからこそ名門細川家の剣術師範なのだ。

一方の武蔵は京の吉岡憲法直綱に挑戦して、天下に名を揚げようとしたが失敗してしまう。

所司代板倉勝重の御前試合で引き分けた。

だが、実質的には血みどろになって武蔵の負けなのだ。

武蔵の養子伊織《いおり》の説によると十三歳から二十九歳まで六十回戦って一度も負けなかったという。

養父が負けたと書けないのは理解できる。

だが、武蔵は正直でさすがに吉岡との戦いも、巌流との戦いも五輪書《ごりんのしょ》には書かなかった。

書かなかったというより書けなかったのだ。

武蔵は武骨な正直者だから負けた試合や、卑怯な手で勝った試合は書けなかったのであろう。

剣豪の新免無二斎を父に持ちながら、乱暴者の武蔵には師がいない。

父親のいうことも重信のいうことも、誰のいうことも聞かないのだからその剣は勝てばいい我流である。

生まれながらの野生児で、名門赤松《あかまつ》家の血を引いていながら、自らの血の逆流を制御できない喧嘩剣法で、嫌われこそすれ誰からも好かれない。

数人の弟子というか仲間というか、質のよくないゴロたちを連れて歩き武者修行だという。

勝てばいいという殺人剣の武蔵はすでによくない評判ばかりだった。

仲間は大男の武蔵と一緒にいれば、食いっぱぐれることはないという取り巻きだから乱暴である。

京で失敗してからの武蔵は世に出ることができなかった。

取り巻きたちと鳴かず飛ばずの、無頼暮らしの廻国修行だが、武蔵の前に現れる二流三流の武芸者はすべて倒された。

養子伊織の言うことは満更でたらめではないが、肝心なところを養父贔屓で大きく書き過ぎ、意識的と思えるが武蔵を装飾し過ぎて間違っている。

義理とはいえ親子なのだからそれを責めることは酷であろう。

歴史資料にはこういう勘違い、と敢えていうが、実に多いのである。それは生身の人の歴史だから百家争鳴で大いに結構ではある。

後はその資料を見た人の英知と眼力だろう。どんな意図で書かれ、書いた者が何を言い何を得たのかを見抜くことだ。

巌流と武蔵のことはまさに時代の狭間に突き刺さった棘なのだ。百家どころではなく千家争鳴といえる。

事の始まりは巌流と武蔵の弟子同士の口喧嘩だった。

弟子という者は自分の師匠を自慢したいもので、いつの時代もどんな弟子でも自分の師匠はその道の一番だと思いたい。

それは人情だがむきになると子どもっぽく、当人同士は妙にまじめに言い合うことになる。そこに、武蔵の弟子のように名門を倒して、師匠を世に出してやりたいなどと考えると話がこじれてくる。

この喧嘩はそんな思惑から始まった。

武蔵はまだ若いから弟子にしてみれば、武蔵が仕官してくれればその家臣になれるという魂胆だ。

自分の師匠は強いのになぜ世に出られない。

運がないのかと不満が溜まる。何んとかしてやりたい。そこに名門の老剣客がいれば天佑だ。なんでもいいから倒せばいい。

「うちの師匠は若いがこれまで六十回も戦って一度も負けていない。天下一とはうちの師匠のことだな。巌流などと名前はそこそこだが白髪の爺さんで、人を斬ったことがないというではないか、なあ、おい！」

「ああ、長い刀はさびて抜けないらしいぞ。グアッハッハッ……」

師匠思いの武蔵の弟子は喧嘩を売りたい。妬みやっかみもある。

そんなことを繰り返してきた無頼漢なのだ。野試合に誘い出すためには悪口雑言は朝飯前だ。

多くの場合相手にされず「腰抜けがッ！」と悪態をいって引き上げる。

だが、売られた喧嘩は買うという武家や剣士も多い。意地もあるから易々とは引き下がれない。

「おぬしら、どこの誰だ？」

「人に聞く前に名乗れ、馬鹿者が！」

「そうか、失礼した。それがしはおぬしらが今話していた巌流さまの弟子だ……」

「ふん！」

「名乗れ！」

「新免《しんめん》武蔵《たけぞう》、または宮本武蔵《みやもとむさし》という。そのお方の弟子だ。何か用か……」

「新免だと、豊後《ぶんご》日出《ひじ》城《じょう》下の新免無二斎殿の弟子か？」

「何ッ、武蔵さまだ。むさし……」

「知らんな。無名の武芸者のようだな、それがしの師匠はそういう無名の破落戸《ごろつき》は相手にしないわ！」

「この野郎ッ！」

「知らんふりで逃げる気だぞ！」

「相手にするな。巌流さまに叱られるぞ。行こう」

「卑怯者の腰抜けがッ！」

「師匠が腰抜けだと弟子まで腰抜けだな！」

喧嘩を売り損なって大声で悪態を言う。口喧嘩のうちはまだよかったが、夕刻になって口喧嘩では済まなくなった。双方から人を出して決着をつけようということに発展する。

このことは巌流と武蔵の耳に入った。

武蔵は老人が相手で巌流との勝負は望むところだ。だが、巌流といえばいつもの二流三流の武芸者とは違うとわかっている。豊前小倉城四十万石の大大名細川家の剣術師範なのだ。

武蔵にとっては相手に不足はないが、巌流にとっては無名の武芸者相手では大いに不満である。

巌流は勝って当たり前だが万一にも負ければすべてを失う。

逆に武蔵は負けても失うものは何もない。

むしろ、武蔵は勝てば京の失敗を一気に挽回して世に出られると思う。天下の細川家の剣術師範を倒せば大大名はおろか、江戸の将軍家の剣術師範も夢ではない。

ここで武蔵は大いなる勘違いをした。

大男の武蔵がもし五十年前に生まれ、乱世の真っただ中にいれば、一国一城の主も可能だったかもしれない。

いや、無理だったと思う。世の中はそう甘くはない。

今はもう乱世が終わり秀吉や家康の時代は、泰平を目指す力より秩序の時代になっている。遅れて生まれてきた剣客にはつらい時代になっている。

剣も殺人剣から活人剣へと大きく変貌しているのだ。

やがて剣は抜くことすらはばかられる時代が来る。武蔵は明らかに時代を間違えて生まれてきてしまった。

それに気付いていない武蔵の悲劇が始まろうとしている。

若く勢いに乗る武蔵はここぞとばかりに、巌流に対して果たし状をつきつけ、弟子の不始末は師匠の責任だと、喧嘩を売ったのは自分の弟子なのに、訳のわからないことを言って勝負を挑んだ。

武蔵にとっては世に出る千載一遇の得難い機会がきた。

巌流の周りの人たちは、そんな売られた喧嘩を買うことはないと大反対する。細川家の剣術師範たる者が野試合などするものではないという。

正論だが弟子の危難を見逃しては卑怯な師匠と言われかねない。

その上、御前試合にして万一のことがあれば、細川家に恥をかかせ迷惑をかけてしまう。

ここは弟子のためにも細川家のためにも私闘にするしかない。

果し合いを断れば武蔵とその弟子が、どんな悪口雑言の高札を立てるかわからないと思われた。

京でそんな高札を立てて相手を挑発する武芸者たちを見た。

武蔵も吉岡道場に対してそんな高札を立てたことがある。巌流は新免無二斎のことは知っていた。

「人を集めての喧嘩沙汰はしてはならぬ。武蔵が果し合いを望むなら一対一の立ち合いで受けよう……」

遂に巌流が武蔵との試合を決断する。

「日にちと場所は相手に決めさせればよい。剣客たる者、卑怯な振る舞いはしないであろうよ」

この時、巌流は武蔵がどんな男かわかっていなかった。

わかっているのは数人の弟子を連れた廻国修行の武芸者で、六尺を優に超える大男ということだけだ。

どんな剣を使うのか師は誰か、何流なのかも分かっていない。

武蔵には師も流派もないのだから、ただの武芸者武蔵というしかない。

それに対して巌流とは流派であり、名は津田小次郎《つだこじろう》、その修行は小太刀の中条流と富田流である。

武蔵は巌流が備前《びぜん》長船《おさふね》長光《ながみつ》三尺三寸という、長大な太刀を使うと噂でわかっている。

その武蔵はいつも持ち歩いている木刀では相手に届かないと考えた。力量が同じなら剣は長い方が有利だ。

「船頭から古い櫂《かい》を一本もらってこい……」

「櫂なんかで何するんだよ？」

「いいからもらってこい。削って長い木刀にする」

「そうか、木刀か？」

若い弟子が部屋から飛び出して行った。

「巌流の大太刀は長いらしいな？」

「聞いたところでは三尺三寸だそうだ」

「そんなもの抜けるのか？」

「抜けるから持っているのだろうよ」

「腰に差しては抜けまいが……」

「背負って歩くそうだ。それに京で聞いた話だが、居合の林崎というのは三尺三寸を腰に差して抜くそうだ」

「本当か？」

武蔵は部屋の隅で太刀を抱え、目を瞑って二人の話を聞いている。

林崎とは重信のことだから武蔵は知っているが何も言わない。武蔵はまったく風呂に入らない男だからその臭いがひどかった。

獣が腐ったような匂いがする。それも敵に勝つためだという。

その武蔵が巌流に指定した場所が関門海峡の彦島の隣り、二町ほどにある無人の小島で舟島、日にちは四月十三日、刻限は辰の刻で船頭の話では上げ潮だという。

舟島の辺りは岩礁が多く海の難所で恐れられている。

九州征伐の秀吉が舟島の岩礁で船を壊し、毛利の村上水軍に助けられたことがあるほどだ。

上げ潮でないと小舟では危険で迂闊に近づけない小島だった。

弟子が船頭から櫂をもらってくると、武蔵は長さと重さを確かめ、巌流の三尺三寸の大太刀に見合う長さと、腕力に見合う重さまで削ることにする。

巌流と武蔵

その頃、巌流の道場には門弟たちが集まっていた。

奥の部屋では高弟たちが巌流を囲んで、果し合いを中止にするよう懇願している。

「師匠、武蔵が舟島のような場所を選んだのは、秘かに師匠を倒して勝ったと宣伝するつもりに間違いありません」

「そうです。そういう魂胆があるから、漁師しか近づけないような無人の小島にしたのです」

「そうだ。間違いない！」

「師匠、このような割に合わない野試合は中止にしましょう」

「それがしが武蔵のところに行ってくる！」

「待て、一対一の立ち合いと約定したのだ。わしが後れを取るようなことはないから……」

「師匠、それがしが聞いた噂では、武蔵という男は何をするかわからない乱暴者だということです。約束など守るかどうか？」

「道場の者に喧嘩を売った弟子というのも、無頼の質の良くない食い詰め浪人だと評判です」

「その話はそれがしも聞いた。師匠、これは中止にすべきです！」

　高弟は一人残らず果し合いは中止にすべきだという。だが、巌流は一度した約束を反故にはできないと思っている。

　もちろん、武蔵とその仲間たちの無礼な振る舞いを、咎めるためにも取り止めにはできない。

巌流は武蔵の剣法が喧嘩剣法で、勝ちさえすればいいという戦国乱世の兵法だと、わかっていないところに油断があった。

勝ちさえすれば卑怯もへったくれもないという乱世は、剣の流派もなく戦場往来の人殺し剣法でよかった。

だが、それが剣の三大源流とか四大源流と言われ、流派が確立してくるとそういう人殺し剣法は徐々に消えつつあった。

続々と卜伝《ぼくでん》や伊勢守《いせのかみ》や勢源や石舟斎《せきしゅうさい》、一刀斎や蔵人佐や疋田《ひきた》や兵庫助《ひょうごのすけ》や重位《しげかた》や愛《あい》洲《す》や鐘捲や無二斎や巌流、休賀斎や憲法や越後守や林崎など、剣の天才、秀才が輩出した時代で、遅れてきた武蔵は息苦しかったであろう。

その時代の動きが武蔵には見えていない。なんでもいいから相手を殺し勝って生き抜くことに夢中なのだ。

もちろん、武芸者は野試合で負ければ死ぬことがある。

幼少から武蔵は負けることを嫌い勝つことに固執してきた。そんな武蔵は仁王のように大きく、鬼瓦のような醜男なのだから恐ろしい。

武蔵は強い自分を制御するすべを知らなかった。

武蔵はいつも飢えた狼なのだ。何人殺しても足ることがない殺人鬼のようなものである。

巌流は門弟たちの話から武蔵の人となりが見えてきていた。

翌朝、四月十三日の辰の刻前、まだ暗いうちに武蔵の門弟四人が、危険を冒して秘かに舟島に渡った。

「先に島へ行っているから……」

弟子がそういったのを武蔵は止めなかった。小舟が海に出て行くのを朝の早い漁師たちは見ていた。

舟島で強い剣士の果し合いがあると周辺の漁村には知れ渡っている。

「あいつら暗いうちから危ないな……」

「こんな暗い海に舟を出した馬鹿な船頭は誰だ？」

「暗くてわからねえが、あの辺りから出る舟は村はずれの権太じゃねえのか？」

「あいつなら銭をもらえばやるな……」

「確か、果し合いは一対一だと聞いたぞ。あの舟に人が乗っているぞ？」

「権太の舟は小島に向かっているな？」

「何人乗っている？」

「四人じゃねえか、暗くてよく見えねえが、権太を入れて五人のようだな……」

浜に集まって、夜が明けたら船を出そうとしている漁師たちが、舟島に向かう小舟を見ている。

「追ってみるか？」

「明るくなってからでいいだろうよ」

「そうだな。それにしてもあの四人はなんで島に行くんだ？」

「こんな暗いうちに大勢で、あんな危険な島に渡るとはなんだか妖しいぜ……」

「よし、見に行こう！」
五、六人が砂浜で話し合っている。漁師たちは一対一の勝負だから島に近づかないほうがいいと聞いていた。それなのに暗いうちに舟が小島に向かったことでおかしなことだと見ている。
その頃、十町ほど離れた別の浜に巌流の門弟たちも集まっていた。人数が多く五十人を超えている。

砂浜に床几が一つ置かれていた。

「おいッ、あれを見ろ、小舟が島に向かっているのではないか？」

「そんな馬鹿な。舟島は岩礁が多くて暗いうちに舟は近づけないはずだぞ！」

「あれは、舟だろう？」

「暗くてよく見えないな。漁の舟か？」

「武蔵がもう島に渡ったのか？」

「試合は辰の刻だぞ。早すぎるだろう」

門弟たちが渚に出てきたが、十町も離れていては舟らしきものは見えるが、その舟が小島に向かっているのかまでは分からない。

戦機が熟すように広い海の小さな島に緊張が集中する。

海は彼方から白くなって夜が明けてくる。狭い海峡に雲が淀んで雨の季節に入ろうとしていた。

「あッ、お師匠さまだ！」

「師匠ッ！」

巌流が高弟十数人と砂浜に下りてきた。

「どうぞ！」

門弟が床几を勧めると巌流が腰かけた。

白髪を総髪に切り揃えて後ろで赤い紐で結んでいる。

紫の裁着袴に白い小袖を着て白い襷をかけ、白い鉢巻をしめて金龍を縫い付けた赤い陣羽織を着ていた。

若々しい衣装で剣士らしい拵えだ。

腰には大小を差し、手に備前長船長光三尺三寸の自慢の大太刀を握っていた。六十九歳の老剣客は細川家の剣術師範らしく美々しい。

眼光鋭く夜が明けて行く海の彼方の舟島をにらんでいる。

「師匠、半刻ほど前に舟島に向かったと思われる舟があったそうにございます」

「舟、漁師であろう」

「いいえ、舟島の辺りは岩礁が多く、暗いうちに漁師は島に近づきません」

「そうか……」

「もしや、助太刀を？」

「いや、この勝負は一対一との約定だ。武蔵もわかっているはずだ。卑怯な手で勝っても、誰も剣客としては認めないとわかっておろう」

「しかし、師匠、万一ということが。数人が舟で待機すれば、もし、助太刀が出て来ても対応できますが？」

「そのような手配りをすれば、巌流は臆病者よと末代まで恥をかくことになる。わが門弟が舟島に近づくこと厳禁である。いいな？」

「はい……」

「案ずることはない。ここに戻ってくる」

巌流が門弟たちを安心させるようにニッと小さく笑った。

「舟だッ！」

巌流以下全員が海を見た。

「武蔵の舟だッ！」

持続可能な魂の利用

松田青子

女性アイドルに恋する三十女の熱情が、日本の絶望を粉砕！　新米ママ、同性愛者、会社員も連帯し、〝地獄〟を変える〝賭け〟に挑む。最強レジスタンス小説。

●836円

新装版 幸せの条件

誉田哲也

恋も仕事も中途半端な若い女性社員に突如下った社命。それは新燃料用コメ栽培協力農家の獲得。だがそのミッションが、彼女を変えてゆく。〈解説〉田中昌義

●836円

囚われの山

伊東潤

世界登山史上最大級の遭難事故、八甲田雪中行軍遭難事件。だが、この大惨事には、一二〇年前の白い闇に隠された秘密が⁉　長篇ミステリ。〈解説〉長南政義

●968円

「一人かッ？」

高弟が聞いた。

「遠くてわかりませんッ！」

「目の良い者はいないかッ？」

巌流が床几から立ち上がると、渚に支度されている小舟に歩いて行った。

「行ってくる」

巌流が傍の高弟につぶやく。高弟は武蔵が卑怯だと噂を聞いていて不安な顔でうなずいた。

「ご武運を！」

頭を下げて巌流が小舟に乗るのを見送った。

「押し出せッ！」

巌流と船頭が舟に乗ると門弟たちが小舟を波に乗せてやる。

「船頭、潮が満ちてきたな？」

「へい、半刻もすれば潮が止まります」

「そうか……」

巌流の視界に武蔵の舟がいた。

それは武蔵にも巌流の舟が見えているということだ。武蔵の舟の方が先に島の砂浜に着きそうだ。

「船頭、島に舟はあるか?」

「ここから見える浜に舟はありませんが……」

「島の反対側から人は上陸できるのか?」

「へい、小さな島でどこからでも島に上がることはできますので、ただ、岩礁のあるところには誰も近寄りませんが……」

「なるほど、あの島は砂利か砂か?」

「へい、岩と砂利と砂でできておりやす!」

「遠浅か?」

「いいえ、三間も離れると深くなりますので……」

「ならば、できるだけ浜に近づいてくれ!」

「へい、旦那さま、浜の近くに舟を浮かべて待っております」

「そうしてくれ……」

風はなく海は凪のように静かだ。

「あの……」

「何んだ?」

「この空模様ですと半刻もするとパラパラときますので……」

「雨になるか？」

「へい、間もなく風も出てきます」

狭い海峡の漁師は仕事柄、空の成り行きと潮の流れに敏感だ。

巌流は武蔵が浜に降り立ったのを見ている。ずいぶん長く幅の広い頑丈な木剣だと思った。

長船長光三尺三寸に合わせた長さだとわかる。

「あの男から半町ほど離れた浜に着けろ！」

「へい！」

武蔵が巌流の舟が着く方に歩いてくる。巌流は舟の舳先に立ち島を見渡した。他に人影はいない。

「この辺りの深さは？」

「膝ほどです！」

「よし！」

巌流は長船長光を抜くと鞘を舟に置き、船べりに足をかけ海に飛び降りるとジャリジャリと小石を踏んで浜に上がった。

「巌流小次郎ッ！」

「武蔵かッ？」

「おうッ！」

武蔵が浜を走った。

野試合は太陽を背負うのが鉄則だ。戦いを有利に進められる。だが、雲が厚く太陽は出ていない。巌流も武蔵も舟の中で太陽を確認している。浜は海の方が低く奥にちいさな小山がある。

武蔵は高い位置を取ろうとし、その武蔵に合わせて巌流も高い方に走った。

大男の武蔵を見て巌流は長い木剣を振り下ろしてくるとわかる。間合いは三間以上ある。

足場が砂利から砂に変わった。

二、三十坪の砂の平場だ。向き合うと双方が強気に間合いを詰めた。

さすがに備前長船長光三尺三寸は長い。それに負けず武蔵の木剣は握りを入れると四尺五寸ほどある。

二の腕の血管が浮き出て仁王のような手が木剣を握っている。

その木剣を武蔵は下段に置いて構えた。それを見て巌流は長船長光を右斜め上段に置いて構える。

にらみ合ったまま二人は踏み込まない。長くは戦えない大太刀と大木剣だ。

じりじりと双方が間合いを詰める。紺の裁着袴に同じ色の小袖に下げ緒で襷がけ、紐で鉢巻をしめた武蔵の出で立ちだ。

眼が吊り上がって般若面のような顔で巌流をにらみつけた。そんな武蔵を老剣客は冷静に見ている。

対峙して相手の力量はほぼわかった。

負ける相手ではないと巌流は見切った。武蔵も巌流は今までの武芸者のように倒せる相手ではないと思う。

だが、喧嘩剣法の武蔵は負けるとは思っていない。巌流の大太刀を叩き折ってでも勝ちたい。

先に動いたのが巌流だ。

踏み込むと大太刀を右上から左下に斬り下ろした。

武蔵も踏み込んで木剣を逆袈裟に斬り上げたが、大太刀と大木剣がすれ違うように空を切った。

サッと武蔵が間合いを取る。木剣に当たれば大太刀の方が折れるかも知れない。

構えが逆になった。

巌流が下段で武蔵が上段に構える。

一振りで息が上がってしまいそうな大太刀と大木剣だ。武蔵がジリッと間合いを詰めた。

二人の足が砂にめり込んでいる。

「カーッ！」

武蔵の大木剣が巌流の頭上から唸りを生じて襲ってきた。

巌流が体を開くとザッと木剣が砂を嚙んだ。巌流の攻撃を予測して武蔵が右に三尺ほど飛んだ。

大太刀の届かない間合いだ。

武蔵が肩で大きく息をする。巌流が踏み込んだ。

「シャーッ！」

逆袈裟に斬り上げたが空を切った。

二人はにらみ合い戦いが長引いた。

巌流も武蔵も相手を甘く考えていた。巌流は自分が六十九歳の高齢であることを忘れている。

武蔵は巌流の大太刀の動きの速さを見誤っている。

先に巌流が疲れてきた。

双方が息を荒くしてにらみ合う。こうなるとなかなか勝負はつかない。

浜から二、三十間離れた沖に、巌流と武蔵の舟の他に、漁師の舟が十五、六隻浮かんで様子を窺っている。

こういうところには必ず野次馬が集まるものだ。海の上だから少ない方だ。先に島に来ていた武蔵の弟子たちは、「師匠は何を手古摺《てこず》っているんだ！」と気が気ではない。

岩陰に隠れていらついている。

「出て行こう。やられてからでは遅いぞ！」

「そうだな！」

「海から漁師が見ているぞ……」

「構うものか。勝てばどうにでも言いくるめられる。世の中は勝った方に味方するものだ！」

「そうか、やろう！」

「よし！」

四人が一斉に岩陰から飛び出した。

巌流の死

戦いの途中から巌流は岩陰に人がいるとわかっていた。

槍の穂先が眼に入った。四人のうち一人が槍を持って走ってくる。さすがに飛び道具の弓はなかった。

「武蔵ッ、卑怯な振る舞いをすると命取りになるぞ！」

「うるさいッ！」

「愚か者がッ……」

「黙れッ！」

勝ちたいばかりの武蔵には巌流のいった言葉の意味が分かっていない。やがて、この時の巌流の言葉が武蔵の生涯を苦しめることになる。

バラバラッと駆け付けた武蔵の弟子たちが巌流を取り囲んだ。一対一の勝負が一対五の勝負になった。

巌流は海を背に低い方に下がる。

四方から囲まれては具合が悪い。

海を背負えば攻撃は三方からになる。巌流を乗せてきた舟が逃げ道を作るように浜へ近づいてきた。

その時、船頭が言ったようにパラッと雨が落ちてきた。

「旦那さまッ！」

船頭が叫んだ。巌流の耳に船頭の大声が聞こえた。舟が来れば逃げられる。

三方をにらんで巌流が渚に下がった。舟に逃げる間合いが欲しい。槍に突かれることを考え巌流が踏み込んで敵を追い払った。

その時、踏み込んだ足を小砂利にとられて手をついた。そこの肩に武蔵の木剣が当たった。

「叩き殺せッ！」

四人が寄ってたかって巌流を撲殺した。巌流の舟が浜から三間ほどまで来ていた。

「旦那ッ！」

大声で叫んだ船頭が傍にあった一尺ほどの木の浮《うき》を「卑怯者ッ！」と叫んで、武蔵の弟子に投げつけた。

ゴツンと男の背中に当たった。

「この野郎ッ！」

男が舟に向かったが海が急に深い。

「よせッ、船頭に構うなッ！」

「逃げるぞッ！」

五人が一斉に権太の舟に半町ほど走った。

一部始終を見ていた野次馬の舟が二隻、巌流の舟に近づいてきた。野次馬の一隻が結果を知らせに巌流の弟子たちのいる浜に向かう。

「旦那さまッ！」

船頭が海に飛び降りて巌流の傍に走った。

「旦那ッ！」

「船頭か、越前の勢源さまに……」

ガクッと傷だらけの巌流が息絶えた。老剣客が死んだ。

「旦那さまッ！」

「オーイッ！」

野次馬の一隻が近づいてきた。

「大丈夫かッ！」

船頭が泣いている。

「死んだ……」

「そうか、奴らが叩き殺しやがった。遺骸《いがい》を舟に乗せろ！」

船頭が二人がかりで巌流の遺骸を舟に引き上げた。そこにもう一隻が近づいてきた。

「死んだのかッ？」

「ああ、寄ってたかって殺しやがった。卑怯な奴らだ。あの岩に四人も隠れていやがったッ！」

「見たよ！」

「おいッ、この旦那の弟子たちがいる浜に急ごう」

「おう……」

「泣いてる時じゃないぞッ、仇討だ！」

「よしッ！」

　三隻が巌流の帰りを待つ門弟のいる浜に急いで向かう。三隻に二隻がついてきた。海から見ていた漁師たちはみな怒っていた。

　この漁師たちが巌流小次郎を偲んで、やがて舟島を巌流島と呼ぶようになる。

　巌流の遺骸は門弟たちの待つ浜に運ばれた。

「師匠ッ！」

　舟に集まった門弟たちは無惨に傷ついた巌流の遺骸に愕然となった。

　通常の試合で敗れた時のきれいな遺骸ではない。明らかに撲殺されたもので何ヶ所も切り傷があり、戦場でもこんなひどい遺骸にはならない。

「どうしてこんなに……」

「助太刀がいたというのは本当か？」

「うん、岩に隠れていた四人が飛び出してきて滅多打ちにしたんだ」

　巌流を乗せて行った船頭が両手で顔を覆って泣き出した。漁師たちの話を聞いた門弟たちが激怒する。

「くそッ、卑怯な奴らだッ！」

「武蔵め！」

「やつらを逃がすなッ！」

「師匠の仇討だッ！」

門弟たちが師匠を卑怯な手で殺され怒り狂った。ただでは済まない騒ぎになる。

「まだ遠くには逃げていないはずだ。探せッ！」

「武蔵を探せッ！」

「おおうッ！」

巌流の門弟百人以上が騒ぎ出した。

「百人では足りない。門人を全部集めろッ、草の根を分けても奴らを探して殺す！」

「承知ッ！」

門弟たちが浜から散らばって行くと高弟たちが集まった。

「船頭、巌流さまの最期の言葉はなかったか？」

「へい、船頭か、越前のせいげんさまにとだけにございます」

「船頭か、せいげんさまにだな……」

「船頭は船頭だが、越前のせいげんさまにとは誰だ？」

「せいげんさま、越前……」

「あッ、それは、巌流さまの師、富田勢源さまだぞ！」

「おう、越前の富田勢源さまだ！」

「生きておられるのか？」

「師匠の最期の言葉だ。生きておられるのだ。きっと！」

「そうか……」

　門弟たちが巌流の最期の言葉を理解した。

「この顚末を越前におられる富田勢源さまに知らせてくれというご遺言だ。間違いない！」

「船頭、ご苦労だったな。よく聞いてくれた。感謝するぞ」

「とんでもねえ……」

　高弟たちは額を寄せて話し合った。

「誰が越前に行くか？」

「それがしは三男坊の部屋住みだから、二、三ヶ月家を空けても誰も困らぬな……」

「行ってくれるか？」

「構わないが、旅の銭がない」

「部屋住みは無一文か？」

「冷や飯食いだからな」

「みんなから集める。十両もあればいいか？」

「その半分でいいよ」

「旅に出れば何があるか分からんぞ。いいから持って行け！」

早速、高弟たちから懐のものを出させた。たちまち十七両が集まった。

「大金だな……」

「全部持って行け。こっちのことは我々がやる。おぬしはすぐ越前に発て……」

「承知した。行ってくる！」

「お知らせするのは一日も早い方がいい。越前の一乗谷だぞ……」

「わかっている」

高弟の中から冷や飯食いの男が選ばれて越前に向かうことになった。その頃、武蔵たちは巌流の二百人近い門弟に追い詰められている。

五人は門司《もじ》城下から出られなくなった。

城下から出る道のすべてに、門弟たち十人から二十人が配置され、通行するすべての武家が改められた。

槍を立て物々しい検問だ。

ついに、武蔵たちは追い詰められ、門司城下から逃げ損なった。巌流の門弟たちの手配りがあまりに速かった。

「外には出られないぞ。小次郎の門人が道のあちこちに立っている。見つかればドッと集まって来て袋叩きにされるぞ」

「門人は二、三百人というからな。そのうち、宿改めもあるかも知れない」

「夜まで動けないか？」

「どうする」

武蔵は太刀を抱えて部屋の隅で目を瞑って聞いていた。いつもと変わらない。ただ、心の中では「おれは勝った！」と勝利の興奮が湧いている。

誰が何んと言おうとおれは巌流小次郎を倒した。

これで京の失敗は取り返したのだ。武蔵は興奮して巌流の死を正しく受け止められない。

若いというより考えがあまりに乱暴過ぎた。

「夜になったら門司城に行く……」

武蔵がボソッという。

「城に行くだと？」

「敵の城だぞ。捕まりに行くのか？」

「殺されるだけだ！」

「待てよ、窮鳥懐に入れば猟師も殺さずというぞ」

「そうか、逆に敵の懐へ飛び込む。家康の懐に飛び込んだ石田三成だな。だが、危険も大きいぞ！」

武蔵は黙っている。

これまで弱みを見せたことのない武蔵が逃げ道を失った。

ここから逃げて生き延びるため、城に行って頭を下げる覚悟をした。試合に勝ったのだからどうにでも言いくるめられる。

逃げ切らなければ何んのための果し合いだったのか。

どんな手を使ってでもこの窮地から逃げ切る。生きてここを出なければ勝った意味がない。

武蔵は逃げ切れると思っていた。

卯三つ

武蔵と四人の弟子は暗くなると秘かに宿を出て門司城に走った。

「もたもたするなッ、走れッ！」

「走れッ、走れッ！」

「見つかったら殺されるぞッ！」

五人は夢中で走ると門司城の城門にへばりついた。

「門番ッ！」

返事がない。大声でもう一度呼んだ。

「誰だッ。夜だぞッ！」

怒った声が誰何《すいか》した。

「それがしは新免武蔵と申すッ。ご城代の沼田《ぬまた》さまに豊後の日出城下からまいった者だと伝えてもらいたいッ！」

「豊後の新免武蔵殿だなッ、しばらく待たれいッ、聞いてまいるッ！」

武蔵は新免武蔵と名乗った。

門司城の城代沼田延元は細川家の家老である。延元は豊後日出城主の木下延俊《きのしたのぶとし》と交流があった。

その城下に住んでいる新免無二斎のことを木下延俊から聞いている。

延元は無二斎と会ったこともある。

それを武蔵は知っていた。

「新免武蔵と名乗ったのだな？」

「はい、弟子も引き連れておるそうにございます」

延元は今朝から城下を騒がせている武蔵だとすぐわかった。巌流の門弟たちに追われて助けを求めてきたとわかった。

延元は巌流が死んだことも知っている。

巌流の死は野試合で細川家とは無関係だと聞いていた。これ以上、門司城下で騒ぎを起こしてもらいたくない。

武蔵が城下から消えれば騒ぎは収まる。厄介な者は城下から消えてもらうしかない。

「よし、会おう。新免武蔵だけ、庭に通せ……」

「はッ！」

後のことを考え、座敷に上げた正式の対面にはしたくない。そこで庭で会うことにした。

新免武蔵などという名は知らない名にしておく。

しばらく待つと近習に連れられて武蔵が庭に現れた。庭にひざまずいて武蔵は頭を下げる。

「お連れいたしました」

「うむ！」

沼田延元が障子を開けて縁側に出てきた。

「無二斎の子だな？」

「はい……」

「何用か？」

「豊後日出城下に戻るため、ご挨拶に上がりましてございます」

「そうか、搦手《からめて》門から出れば豊後はすぐだが……」

「はッ、有り難く存じます」

延元の近習がどういう話だというように武蔵を見ている。

その武蔵を見て延元は、獣のような殺気に包まれ、プンプンと血生臭い嫌な男だと感じていた。

こういう男には速やかに城下から立ち去ってもらいたい。

舟島での武蔵の振る舞いを延元はすべて知っていた。延元の家臣にも巌流の弟子が少なくない。

この男を捕らえるには五人や十人の犠牲が出るだろう。

「すぐ行くか？」

「はッ、急ぎますので失礼いたします」

「そうか、気をつけて行け。搦手門までお送りしろ……」

「はッ！」

延元が近習に命じ部屋に引っ込んでしまった。

武蔵と四人の弟子は門司城の搦手門から出ると南へ南へと逃げた。この出来事を沼田延元は武蔵を逃がしたと書き残している。

翌朝、もう一人の男が門司城下を発った。

越前に向かう冷や飯食いの西村《にしむら》左平次《さへいじ》、西村家の三男坊で厄介者だ。次男は婿にもられたが三男の左平次は部屋住みが長い。

美男で愛嬌もあり剣も強く、歳もまだ三十前だがなぜなのか女に縁がない。

「気をつけて行け……」

「岩国まで船で行って、岩国から堺までも船にするつもりだ」

「その方がいい。船なら早い……」

「武蔵は見つかったか？」

「それが、どこに行ったかわからない。城下から出たとは思えないのだが、見つからないのだ」

「そうか、じゃ、行ってくる」

左平次は東に向かい、武蔵は南に向かっていた。その武蔵は五月になると豊後から岩国に船で渡り京に現れる。

だが、武蔵の悪評は武蔵の足より速く尾ひれがついて広がっていた。

「巌流小次郎が武蔵という大男に騙し討ちで殺されたらしいな……」

「武蔵とは聞いたことのない名だが？」

「兎に角、卑怯な男らしい。戦う相手は二流三流の武芸者か年寄りを狙うらしい。巌流小次郎は七十を過ぎていたというから酷い話だわ」

「武蔵は若いのか？」

「若い。三十前だそうだ。二十五ぐらいじゃないか？」

「ゲッ、そりゃ大変だ。わしも狙われないようにしないとな……」

「質の良くない弟子を連れて歩くそうだ」

良い噂というものは滅多に伝わらないが、人々は常に悪い噂を好むようで風より速く飛ぶ。

悪事千里を走るとか、噂千里を走るという。

あちこちで尾ひれがついて一人殺したが、三人になり五人になり十人を斬り殺したことになる。

たちまち武蔵は騙し討ちの名人だといわれた。

卑怯なことをしても勝てばいい汚い剣法という烙印を押された。天網恢恢疎《てんもうかいかいそ》にして漏らさずということだ。

やがて死ぬまで苦しむ天罰が下ることになる。

冷や飯食いの左平次は堺に到着すると京に急ぎ、京から湖西の道を北上して若狭から越前に入った。

木の芽峠を越えて越前一乗谷に着いた時は雨の季節に入っていた。

盲目の老剣客は道場で左平次を前に一人で話を聞いた。黙って小さくうなずくだけだった。

左平次は眼に涙をため巌流小次郎と武蔵の戦いを話した。

やがて、勢源の見えない眼から涙が溢れてこぼれ落ちた。愛弟子の無惨な死は悲しいことだ。

「小次郎に見苦しい振る舞いはなかったのだな？」

「はい、お師匠さまは五人に囲まれても、一切見苦しいことはしておりません。船頭に残された言葉は勢源さまにと一言にございます……」

左平次が両手で顔を覆って泣いた。

「そうか、わしもすぐあちらの黄泉へまいる。小次郎を褒めてやらねばのう……」

歳を忘れたという勢源が合掌した。

「左平次殿とやら、わしは見ての通り目が見えぬ。相すまぬが、今のことを江戸の前田屋敷におる甥の富田越後守重政に伝えてもらえないだろうか？」

「加賀前田家の名人越後さま？」

「まだ、名人などではないが、そんなふうに持ち上げる方もおるようだな」

「よろこんで江戸へまいります」

「そうか、有り難いことです。わしの書状も届けてもらえますかな？」

「はい、お預かりいたします」

「では、認《したた》めてまいるゆえ、少々、お待ちくだされ……」

立ち上がる勢源を左平次が支えた。

「そのまま、そのまま……」

勢源が道場から出て行くとお幸《ゆき》に重政宛に代筆させた。

そこには武蔵を殺すなと、武蔵のような男はどこにも仕官させてはならぬと、林崎と相談するようにと書いた。

「お幸、甚助に会いたいか？」

「はい……」

「そうか、ならば、そのように書け、重政に甚助を連れて来いとな」

「はい……」

お幸は返事をしたが書かなかった。重信を愛し、お幸が産んだ重信の子重太郎《しげたろう》はもう六歳になる。

書状を持った勢源が道場に戻ってきた。

「これをお願いする。これは些少だが宿賃にしてもらいたい」

「勢源さま、それはいただけません。道場の仲間が部屋住みは銭がなかろうと、十七両も集めてくれましたんで懐は充分に……」

「そうか、良い仲間だな。では引っ込めようかのう」

ニッと笑って紙に包んだ小判を懐に戻した。そういう弟子たちを持って小次郎は幸せだったろうと思う。

「それでは江戸まで行ってまいります」

「頼みます」

お幸が出て来て勢源と二人で道場の玄関で見送った。

左平次は越前から美濃の岐阜に出た。

雨の季節は東海道より中山道の方がいいと聞いたことがあった。

東海道は大雨が降ると大井川の川留めで、五日も十日も動けなくなることがあるらしい。

東海道には行かず岐阜から中山道を江戸に向かった。

初めての長旅で、左平次は木曽《きそ》路から信濃路を物珍し気に、宿ごとに出る珍品名物を食いつつ歩いた。

雨模様の空は重く山々は雲の中にある。

じとじとと降ったりやんだりの嫌な雨だ。ついに下諏訪《しもすわ》で大雨に襲われ旅籠に逃げ込んだ。

雨の季節の旅は、旅人泣かせの空模様が続いた。

下諏訪宿で一日の休養を取り、笠をかぶって蓑を二枚着て雨の中を江戸に急いだ。

桶川《おけがわ》宿を過ぎたあたりから雲が切れ始め、戸田の渡し舟に乗る頃には、それまでが嘘だったように空が晴れ上がった。

「将軍さまのおられる江戸は空模様まで違うか……」

根が陽気な冷や飯食いの左平次はブツブツ言いながら、志村の急坂を上り板橋宿で旅籠に入った。

「ここまでくれば江戸は目と鼻の先だ。九州から江戸までは遠いものだな……」

「お武家さまは九州からだって聞いたけど？」

夕餉の膳を運んで来た妙に色っぽい女が左平次に聞いた。

「そうだ。遠いぞ。京と江戸の倍だからな……」

「船にも乗るのかい？」

「ああ、九州は江戸より天竺《てんじく》に近いところよ」

「まあ、お武家さま、何も知らないと思って、天竺というところは海の彼方で、南蛮《なんばん》人以外は滅多に人の行けないところだと……」

「ほう、そなた詳しいな？」

「この板橋宿は江戸に一番近い宿だから何でも聞こえてくるんだよ。お武家さまはおもしろい人だな。どうする今晩、いいかい？」

「それがしにそなたを抱けというのか？」

「そうだよ。お武家さんは若くていい人だから……」

女がニッと笑って艶を見せた。二十四、五の年増だが小顔の可愛らしい女だ。

「構わないが、それがしは九州からここまで女に触ってもいない。そなた、壊れてもいいのか？」

「まあ、いいよ。壊して、思いっきり壊していいから……」

「よし、覚悟して来いよ！」

「うん……」

ニコニコと年増女がうれしそうに部屋を出て行った。久しぶりのいい男だ。腕に力が入る。

「師匠、女を抱きます。相済みません……」

「左平次の馬鹿者がッ！」

「師匠、勘弁です……」

「仕方ない。しっかり抱いてやれ！」

「はッ、畏まって候！」

夕餉の膳を前に一人芝居で師の巌流に左平次が平伏した。なんとも暢気な男だ。

「師匠、寂しいよ……」

今度はポロポロと泣き出した。いい男は結構忙しいのだ。

「ご免なさいよ……」

年増女が戻ってきた。

「どうしたの、泣いているの？」

「何んで泣くんだよ。目にゴミが入ったんだ……」

「そう、これなんだけど、こっそり盗んできたよ」

女が前掛けに包んだ卵を出した。

「三個も食うのか？」

「そうだよ。五つにしようかと思ったが、やり過ぎだと思って……」

「五つも食えるか！」

「だから三つだよ。なッ……」

「仕方ねえやつだな」

左平次が女を見て苦笑する。

「今夜、頑張るから……」

「馬鹿、頑張るのはそれがしの方だ。ぶっ壊してくれるから！」

「うん、お願いだからぶっ壊しちゃって、少しだけやさしくね、お願い……」

「任せておきなって、たっぷり可愛がってやるからよ」

「うん……」

何んとも得体の知れないいい男の旅人と色っぽい年増の飯盛り女だ。意気投合した若い二人は今にも抱き合いそうだ。

左平次の恋

翌朝、巳の刻になって左平次が目を覚ました。

隣で女が寝腐れている。

「行くの……」

「急げば昼までに江戸に入れる！」

飛び起きると左平次が旅支度を始めた。板橋から江戸までは二里ほどだ。

「ねえ、もう一晩、泊まって……」

「馬鹿野郎、殺すぞッ！」

「いい、殺して、殺しちゃっていいから……」

女が駄々をこねた。肌が合って何んとも可愛らしい女なのだ。

「帰りだ。帰りに寄るから……」

「ほんとだよ」

「帰りは東海道か？」

「馬鹿、薄情者なんだから、お前なんか死んじまえ……」

「ふん、忘れちまったよ！」

「この、死んじまえ！」

女が甘えるように悪態をいった。

「本気で待っているから、ねえ、いいでしょ……」

「そんなに良かったかい？」

「うん、何度もとろけたんだもの……」

「そうか、じゃな！」

左平次が笠と太刀を摑んで部屋を飛び出した。いつまでも女にかまけている時ではない。

旅籠を飛び出すと江戸に向かって走った。

「いい女だったな。小倉の女もいいが、江戸の女は違う……」

左平次にとって板橋はもう江戸なのだ。冷や飯食いの左平次には遊女を買う銭などない。

何んとも豪勢な長旅になった。

「名前を聞かなかったな……」

相変わらずブツブツ言いながら巣鴨村、本郷台と駆け抜けた。

江戸城和田倉《わだくら》門外辰口の加賀前田藩江戸上屋敷に到着した時は昼前だった。この時、名人越後こと富田越後守重政は上屋敷にいた。

この辰口の屋敷は前田利常《としつね》が家康から拝領した土地だった。

前田家はこの辰口の上屋敷の他に、本郷台の下屋敷、市ヶ谷門外の牛込に中屋敷を持っていた。

やがて、参勤交代が始まると前田家は中山道を使うことから、板橋村から本郷台まで二十一万坪に及ぶ広大な屋敷を持つことになる。

辰口の前田屋敷に富田勢源の書状を差し出すと、すぐ屋敷内に通され越後守と面会することができた。

「巌流殿が亡くなったのはまことか？」

「はい……」

「仔細を聞かせてくれぬか？」

越後守は勢源の書状を読んでその無念さを感じ取っていた。

左平次は門弟同士の口喧嘩から始まったことなど、知っていることをすべて越後守に話した。

「舟島に隠れていたという武蔵の門弟を見た者は何人か？」

「全て海峡で仕事をしている漁師にございますが、二十人ほどにございます」

「そんなに多くの者が見ていたのか？」

「はい、果し合いは広く知れ渡っておりましたので……」

「巌流殿の遺骸をそなたは見たのか？」

「はい、漁師の小舟で運ばれてきましたので、亡くなって四半刻ほどの遺骸を拝見いたしました」

「それで？」

「はッ……」

悲惨な巌流の遺骸を思い出して左平次がポロポロ涙をこぼした。

「師匠の体中に数十ヶ所の斬り傷、打ち傷がございました」

「それは五人で滅多打ちにしたということか？」

「はい、見ていた者たちがそのように話しておりました」

「最期の言葉はあったのか？」

「はッ、ご遺言は越前の勢源さまににございます」

「勢源さまに……」

冷静だった越後守の顔色が見る見る険しい顔に変わった。

その富田越後守は浪人武蔵の命など、簡単に奪うだけの剣の技も政治的力も持っている。

加賀百万石から一万三千六百七十石を知行されている天下一の剣術師範なのだ。

当代で神夢想流居合の林崎甚助と比肩できる唯一の剣客だ。人々はその強さと人柄に敬意を表して名人越後と呼ぶ。

将軍家の柳生宗矩と小野忠明でも、頭のあがらない四十九歳の実力者である。

剣一筋、武功のみで一万四千石という剣客は前代未聞だ。

この後の柳生宗矩は剣客というより、幕府の大目付で、老中として一万二千五百石まで加増された。

その富田越後守が巌流の遺言を聞いて激怒した。

「伯父上に伝えてくれという遺言だな？」

「はッ、勢源さまが涙を流されましてございます」

「そうか、伯父上が泣いておられたか……」

越後守は鐘捲自斎が生きていれば、武蔵は一年も生きられないだろう。鐘捲自斎の一刀流は武蔵を幹竹《からたけ》割りにしただろうと思う。

「おのれ武蔵め、余計なことを……」

武蔵は卑怯な手で巌流小次郎を殺し、最も剣客たちが恐れる名人越後こと富田越後守重政を怒らせてしまった。

こうなると武蔵が徳川一門や大名家に仕官することはできなくなる。

加賀百万石前田家ににらまれ喧嘩してまで、一介の武芸者を仕官させるところなどない。

剣術界は広いようで各大名家と繋がっていて狭いのだ。

一度、卑怯者、卑劣漢の烙印を押されると誰も手を出さなくなる。

訪ねてくればそれなりに客分とか客人として遇し、旅の草鞋銭ぐらいは出すが仕官という話にはならない。

大名家は武家の仕官には慎重で大名家の一族とか、家臣の一族とか誰か力のある人の推挙とか、かなり手堅い保証がないと仕官を許さない。ましてや悪評の烙印があるなど言語道断で論外だ。

評判や噂を大名家は異常なほど気にした。それは幕府ににらまれたくないからでもある。

武蔵に押された卑怯者という烙印は致命傷になった。

その上、越後守を激怒させたことは絶望的だ。その後ろには前田家百万石がでんとある。

いくら暴れ者の武蔵でもどうにもならない。

武蔵の振る舞いは若いからと済まされることではない。

剣客は人の命を奪うことが少なくない。

それだけに強くなればなるほど剣の技だけでなく、その考え方、心の在り様、立ち居振る舞い、人柄、品格を問われる。

乱暴で強いだけなら世の中には何人もいる。

ト伝でも伊勢守でも石舟斎でも、剣豪と言われる人々の見識は高く、人品骨柄は卑しからず。

武蔵は明らかに勘違いした。

自分は強いと自負する者の中には、時としてこういう勘違い者ができることがある。

それに困ったことだが勘違い者は滅多に改めることはない。多少痛い目に遭っても懲りない。

逆恨みを募らせる無知蒙昧なのだ。自らの英知を磨かない愚か者でもある。

越後守は武蔵を許す気になれなかった。

「左平次とやら、越前の伯父のところに立ち寄るのかな？」

「そのつもりでございます」

「うむ、伯父上の仰せ、承知しましたと伝えてもらいたい」

「畏まりました」

「これから中山道の大宮宿へ、神夢想流居合の林崎さまに会いに行くがどうする？」

「はッ、お供仕りまする」

「これから支度をする。戸田の渡しは無理だな。泊まりは板橋宿か……」

左平次はドキッとして越後守をにらんだ。

「どうした？」

「いいえ、格別には……」

「左平次、女だな。飯盛りか、不届き者が！」

「ははッ！」

越後守がニッと笑った。

左平次は巌流の弟子だから、富田流の後継者の越後守から見れば孫弟子のようなものだ。

大師匠と末席の弟子だ。

「申し訳ございません」

「油断をするな……」

「はッ！」

左平次は越後守に見抜かれて叱られた。

「しばらく待て……」

越後守が出て行くと近習が部屋に入ってきた。

「何か、必要なものがあれば支度いたしますが？」

「それでは遠慮なく、兵糧を少々と水、それに草鞋を十足ほどお願いしたい」

「承知いたしました。足袋はいかがか、だいぶ痛んでおるようですが？」

「それは……」

「ご遠慮なく、九州まで行かれるとか、それがしの足袋を二足差し上げましょう」

「誠にかたじけない……」

左平次は非常の時の兵糧袋と水を入れる小瓢箪を近習に渡した。

越後守が藩邸を出るにはそれなりの手続きがいる。フラッと気ままに遊びに行くようなわけにはいかない。

一刻ほど待たされ、左平次は越後守とその家臣二人、馬一頭に小者一人の供揃えに加わった。江戸城下では馬を走らせたり、笠をかぶることは厳禁だ。本郷台まで来てから越後守は馬に乗った。

「左平次、板橋宿の旅籠はどこがいいのだ？」

「あの……」

「遠慮はいらぬ。旅籠はどこだ？」

「亀、亀屋がよろしいかと……」

「そうか、亀屋だな。金吾、先に行って亀屋に五人だと伝えておけ！」

「承知いたしました！」

若い家臣が板橋宿に駆け出した。

左平次はまだあの板橋宿の女に惚れていることに気づいていない。自分のことなのに暢気な男だ。

越後守の方が左平次の気持を見抜いていた。

剣の双璧

その夜事件が起きた。

左平次にぞっこんの旅籠の女が左平次の傍に潜り込んだ。

「ギャーッ、泥棒だッ！」

金吾が飛び起きて大騒動になった。

女が潜り込んだ相手は左平次ではなく金吾だった。左平次は越後守の家臣金吾と相部屋で寝ていた。

「キャーッ！」

女が這って廊下に飛び出した。そこに越後守が立っている。

「女！」

越後守が女の襟首をつかんだ。

「そんなに左平次が好きか？」

「うん……」

「名は？」

「小笹《こざさ》……」

「ほう、いい名だな。入れ！」

部屋の行燈に火が入って明るい。左平次と金吾が具合悪そうに眼をこすっていた。

「左平次、そなた、この女が好きだな？」

「あの……」

「そこに並んで座れ！」

越後守が小笹を左平次の傍に押しやった。怒っているような怖い顔だ。

「金吾、宿の亭主を呼んで来い」

災難の金吾が部屋を飛び出して行くと、隣からもう一人の家臣と小者が驚いた顔を出した。

そこに呼ばれた亭主が大慌てで金吾と駆け付けた。

「亭主、この小笹の借財はどれほど残っているか？」

「それが、その……」

「正直に申せ……」

「この板橋宿は前田さまに大変お世話になっております。殿さまは加賀前田さまのご家中ゆえ、もし、気に入っていただけましたら献上させていただきますが……」

「そういうことではない。借財は？」

「へい、それでは恐縮でございますが、十二両でございます」

「親は？」

「この宿の在で百姓をしております」

「そうか。今夜、小笹をそれがしが貰い受ける。月が替わったら、江戸和田倉門外辰口の前田屋敷に小笹の親と訪ねてまいれ！」

「はいッ！」

「それだけだ。金吾、わしの部屋にまいれ。左平次、小笹を九州に連れて行け、親に聞かれたら加賀百万石の富田越後守から拝領した女だといえ、おまじないになるぞ……」

あっけにとられている左平次と小笹に越後守がニッと笑った。

「明日は暗いうちに発つ、静かに寝ろ！」

みんなが部屋から消えると左平次と小笹が抱き合った。

「あの殿さまは仏さまだよ」

「そうだな……」

「嫁にするか？」

「する。九州に帰ったら嫁にする！」

「うん、するか……」

「シーッ！」

何がどうなっているのか分からぬまま、秘かに抱き合って二人は寝た。にわか作りの夫婦は暗いうちに起きて旅の支度にとりかかる。

これといって大切な物のない小笹は着替えなどを丸めて持った。

「字は書けないんだ。お父《とう》に書いてくれるか？」

「そなたの親父殿は読めるのか？」

「読めない。誰かが読んでくれると思うよ」

「そうか、それでどう書けばいい？」

小笹は少し考えた。

「ごめんなさい。九州へ嫁に行きます。さようなら……」

「変じゃねえか？」

「いいから、全部、ひらがなで書いてよ」

「よし、ひらがなだな……」

小笹は起きてきた旅籠の主人に、父親への手紙を結び文にして頼んだ。

その左平次は一旦九州に戻るが、すぐ小笹と江戸に戻って来て富田越後守の家臣になる。

気の強い小笹はいい女房で次々と子を産んだ。

一行は暗いうちに板橋宿を出て、昼前には大宮宿の重信の百姓家に着いた。

五月は雨の季節で、晴れた日は畑仕事のできる貴重な一日だ。今日は晴れても明日は雨というように日替わりで天気が変わる。

じとじと長雨になることもあった。

重信と左太夫は道場から戻ると老婆と畑に出た。百姓家の庭の前に半町歩ほどの畑が広がっている。

馬に乗った越後守に気づいて重信が鍬を置き、庭で馬から下りた越後守に近づいて行った。

「畑仕事とは精が出ますな?」

「真似事でござる。どうぞ……」

重信が百姓家に一行を誘った。老婆と左太夫が裏口から戻って来て囲炉裏の火を熾した。

杉の枯れ葉がパチパチと燃えて煙にみなが顔をゆがめる。

越後守が懐から勢源の書状を出して黙って重信に渡した。庭で越後守を見た時、重信は微かな不安を感じていた。

受け取ると差出人を確かめ、書状に一礼してから開いて読んだ。

書状を開いたまま考えている重信を越後守が見ている。

武蔵がついにやってしまったかとその愚かさに愕然となった。

前後の見境なく巌流小次郎に果たし状をつきつけ、挙句の果てに一対一の約束を破り、仲間と一緒に巌流を撲殺した。

その振る舞いを剣客たちは誰一人として許す者はいないだろう。

幕府に聞こえれば、事と次第によっては罪に問われかねない話だ。ただ、武蔵の名は無名に等しくどんな男か知る人は少ない。

逆に巌流は越前の富田勢源の弟子であり、鐘捲自斎こと戸《と》田《だ》一刀斎《いっとうさい》の弟子として知らない剣客はいない。

小太刀の中条流が大太刀を使うと有名なのだ。

重信は書状から勢源の怒りを読み取った。もちろん越後守が怒っていることもわかる。

「伯父上の仰せの通りにしたいと思うが？」

「分かりました……」

「武蔵は前田家の家臣ではないので、奉公構《かまい》は出せないが前田家の意向はすぐ諸大名に伝わります」

「どこにも仕官はできない？」

「本来であれば、細川家が巌流に代わって武蔵を受け入れるべきところだが、武蔵の卑怯な振る舞いは既に細川公に聞こえておりましょう。それがしのいる前田家に話もなく、武蔵の仕官を受け入れるとは考えにくい……」

「なるほど……」

「もし、仕官をすれば前田家から故障を申し入れる」

「どこの大名でも？」

「さよう、前田家と事を構えてまで、武蔵の仕官を許す大名家はないと思う」

「将軍家でも？」

「将軍家には柳生殿もいれば、鐘捲自斎殿の孫弟子、小野派一刀流の小野忠明殿がいます。武蔵など相手にしないでしょう」

「奉公構と同じになりますか？」

「そうです。命は取らないが武蔵は生涯、仕官することはできない。尋常な勝負であれば仕方ないが、騙し討ちでは許すわけにはいかない」

越後守は武蔵を知らないが、重信が九州の新免無二斎の友人で、武蔵とも会っていると知っていた。

だいぶ前にそんな話を重信から聞いている。

重信は以前、伊達政宗が茂庭綱元《もにわつなもと》に奉公構を出して、綱元が家康に仕官できなかったことを知っていた。

奉公構とは主家を退転した家臣が他家に仕官する時、旧主の許可がないとどこにも仕官できないという決まりだ。回状のようなもので武家には切腹に次ぐ最も厳しい処分だ。剣術の三大源流、四大源流の一つと言われる中条流は、富田流、一刀流へと伝わりその広がりは、神夢想流居合と同じように各流派に影響している。勝てばいいという武蔵の喧嘩剣法は、ついに盲目の老剣豪富田勢源とその後継者、名人越後こと富田越後守重政を怒らせた。武蔵は生涯どこにも仕官できなくなったのである。

それにまだ武蔵は気づいていないだろう。

あまりにも愚かだ。

この話を聞いたら小野派一刀流の小野忠明は、自分の師である伊藤一刀斎の兄弟子、巌流の死を納得せず、武蔵を殺すといいかねない。

なんとも困ったことだ。

こういう人のつながりを武蔵は何も知らない。ただ噛みつくだけの野良犬だ。

小野派一刀流は柳生流と並んで将軍家の剣術師範なのだ。

将軍が武蔵のことを耳にされて殺してもいいなどと、万一にも漏らせばとんでもないことになる。

それを聞いた剣客が武蔵を殺しに集まる。血を血で洗う戦いがくり返されることになってしまう。

誰かに武蔵は間違いなく殺される。

あまりにも若い武蔵は、そういう剣術界の剣豪たちが、これまで築き上げてきた秩序をまったく理解していない。

もう乱世は終わっているのに勝てば何とかなると思う。

武蔵ごときの力では何んとかならないのが時代の流れなのだ。

食い詰め浪人や無頼漢などといる武蔵は、そういう激しい時代の流れに気付いていない。

泰平の世は秩序の時代なのだ。

武蔵のような無法者、乱暴者は嫌われる。さほどでもないのに自分が一番強いと思い上がっている。

正当な修行もせず、ただ、野試合で二流三流の武芸者を叩き殺してきただけだ。

重信は無二斎のことも考え、そんな武蔵に正当な修行をさせたらどんなに強くなるかと思うのだ。

だが、残念なことに、ついに余計なことをやってしまった。

大馬鹿者というしかない。

巌流を殺したことは、その辺の武芸者を殺したのとはわけが違う。超名門の中条流の老剣士を騙して叩き殺したのだ。

「わかりました」

重信は書状を越後守に返し武蔵を殺さないこと、武蔵を仕官させないことという富田勢源の言葉を受け入れた。

「仕官しても卑怯者の武蔵には人を育てられない。世の中のためにならぬ愚かな弟子を作るだけだ……」

「そう思います」

天下の剣の双璧、神の剣士と名人越後の話を左太夫と左平次、金吾ともう一人の家臣が聞いている。

囲炉裏の火が燃える周辺にいつまでも緊張が漂っていた。

「老師のお気持はそれがしにはわかりますが、ここは伯父上の無念をご了承願います」

「承知いたしました」

重信は越後守に念を押された。

いずれ武蔵が江戸に現れると越後守は思っている。

この頃、豊後日出城下で武蔵の父新免無二斎は健在だった。日出城三万石の城主木下延俊に兵法を教えたりしている。

延俊は日記にそのことを詳細に書き残した。

木下延俊は秀吉の正室お寧の兄、木下家定《いえさだ》の子でこの時三十六歳だった。

門司城から逃げてきた武蔵は無二斎と話すこともなく一晩も泊まらず、四人の弟子と豊後から岩国に向かい京へ逃げようとしていた。

黄金の棺

富田勢源の言葉通り、越後守は重信の了承を取り付けて、一刻ほど重信の百姓家にいたが左平次と小笹を残し江戸に向かう。

左平次は重信の百姓家に泊まって、舟島での巌流と武蔵の戦いの顚末を話した。

翌朝、暗いうちに左平次と小笹は中山道を西に向かった。

重信は左平次の話を聞き、勢源と越後守の凄まじい怒りの根源を理解する。武蔵の振る舞いはあまりにも酷いものだ。

だが、勢源は武蔵の命を取るなとも言った。それは愚かな武蔵に対する憐憫の情とも取れる。

「老師、武蔵はここに現れましょうか？」

左太夫は重信から新免無二斎のことも武蔵のことも聞いている。

「おそらく、警戒して現れないだろうな。あの男は相変わらず野生のまま、愚かにも、獣のような暮らしをしているのだろう」

「左平次殿は、武蔵はまだ二十九歳と申しておりましたが？」

「そんな年頃だ」

「六尺を超える大男だとも？」

「うむ、わしが九州で会った時には、もうそれぐらいの背格好であった」

「なぜ、そのような振る舞いを続けるのでしょうか？」

「わからぬが、無二斎殿から武蔵は生まれてすぐ母親を亡くしたゆえ、人の優しさを知らぬと言っておられたのを聞いたが、果たしてそうなのか？」

「何人の人を殺せば気がすむのか、それがしには理解できません」

「武蔵は生まれてくる時と場所を間違えたのかも知れない。そういう者がいると聞いたことがある」

「武蔵がそうだと老師はお考えですか？」

「いや、それは神のみぞ知ることであろう。もし、武蔵と出会っても相手にしてはならぬ。狼だと思って避けて通ることだ」

「はい、そうします」

武蔵は巌流を倒して天下に名を揚げたが、その評価は卑怯者、卑劣者、騙し討ちの名人など散々たるものだった。

ことに、西国での評判は酷く、九州の門司や小倉、長門の下関辺りでは、舟島を巌流島と呼び武蔵という名前を忌み嫌った。

一方で武蔵とその弟子四人は、巌流小次郎を倒したと宣伝して歩いた。

勝った勝ったと能天気にもほどがある。無邪気では済まされない。自分たちの悪徳にまったく気付いていない。

この年、七月九日に信長の正室帰蝶が七十八歳で亡くなり、七月二十七日には大久保長安が中風で倒れた。

徳川家を背負った怪物も年貢を納める時がきた。

この頃、脳卒中は不治とされた。何んと言っても長安の多淫多酒は並外れている。

側室を八十人も持つなど言語道断、驚天動地、前代未聞の男だった。

だが、天下の総代官として家康を黄金で支え、産声を上げたばかりの江戸幕府を、老中として支えた功績は並ぶ者がいない。

家康が死後に残した遺産金六百五十万枚、六千五百万両は長安が全国の金銀山から集めたものだ。

この黄金が江戸幕府を支え続けたのである。

その黄金も先細ってきていた。

大久保長安は数えきれないほど持っていた幕府の役職を取り上げられた。病では仕方ないが、その裏には本多正信と犬猿の仲の大久保忠隣の権力闘争が潜んでいる。

長安が倒れたことで本多正信が有利になった。それが一年後には重大な事件を引き起こす。

十月二十七日には勧修寺権大納言光豊が死去した。三十八歳だった。

のちに朝廷から内大臣が贈位された。

この時、権大納言光豊の嫡男教豊がわずか三歳で、名門勧修寺家を相続するが三年後に六歳で死去する。

そこで勧修寺晴豊の四男、坊城俊昌の子経広が勧修寺家に入ることになる。

時代の潮流は江戸幕府という新しい体制を中心に激しく動いていた。それは最早、誰にも止められない大河になりつつあった。

慶長十八年正月二十五日に姫路城で池田輝政が五十歳で死去した。

既に、加藤清正も亡く、時代の潮流は激流となりつつある。そんな中で輝政が亡くなった。

その後継は嫡男の利隆《としたか》でこの時三十歳だった。

この池田利隆に、神夢想流居合二代目となる田宮平兵衛《たみやへいべえ》重正と息子の長勝《ながかつ》が家臣として仕えていた。

時代の寵児たちが続々と黄泉の国へ旅立つ時が来ている。

出羽山形城主最上義光《もがみよしあき》も病臥し、正月の将軍への挨拶には江戸に使者を差し向け、四月になると六十八歳の病軀を引きずり江戸へきて秀忠に拝謁した。

その足で大御所家康に挨拶するため駿府に向かう。

だが、神奈川宿で倒れ動けなくなり駿府城に使者を出す。聡明な義光は民に寛容で一揆も起きなかった。

その善政は「最上源五郎は役をばかけぬ……」と謳われた。

つまり年貢以外の税はかけないということだ。

出羽山形五十七万石を守ろうと鬼気迫るものがあった。倒れてなお駿府に行こうとする執念は凄まじい。

義光は九月になって這うようにして駿府へ向かう。

永の別れをし家康に最上家の将来のことを託すが、義光の一族と家臣たちはあまりに愚かだった。

義光の死後、愚か者たちは家督争いでたちまち五十七万石を潰してしまう。

義光は家康から薬を下賜されると、江戸で再び秀忠に拝謁し山形に向かう。

五十七万石と大坂城より大きな東国一の城を持ちながらも、多くの支城の城主たちの集まりである最上家の家臣団は一枚岩ではなかった。

義光が亡くなるとたちまち統制がとれなくなり崩壊する。

この年の四月十五日に出雲の阿国こと智月尼が四十二歳で亡くなる。

娘の可奈十一歳と生涯愛し続けた重信の無事を祈り、読経三昧で暮らし、時に連歌を楽しんだ阿国は、天下一の美女の美しさを残したまま旅立って行った。

出雲の杵築大社の巫女として生きた阿国の生涯は、京の六条や五条河原の泥の中に咲いた一輪の蓮の花である。

大輪の花は出雲の神々の傍で静かに生涯を閉じた。

そして、阿国寺智月庵だけが残った。

その十日後、四月二十五日に、死んだら黄金の棺に入れて葬れと遺言して、乱世の快男児大久保長安が駿府の屋敷で、六十九歳の不思議な生涯を閉じる。

途端に本多正信が動き出した。

謀略家本多正信は家康に、長安は不正蓄財していると讒言《ざんげん》。犬猿の仲である大久保忠隣との政争に容赦なく長安の死を利用する。

家康は豪快無比の男、大久保長安が不正な蓄財をするようなケチな男ではないとわかっていた。

だが、重臣本多正信の思惑も理解できる。

黄金の棺に入れて葬れと、前代未聞の遺言を残した大久保長安の遺産金がどれほどかと知りたいのは人情だ。

家康は正信の讒言を受け入れ調査を命じる。

すると、たちまち地方の金山銀山に、大久保長安の取り分五千貫が残っていると判明した。

産出する金銀の家康と長安の取り分は、家康が四分で長安が六分と決められている。

長安は金山の開発から金採掘費用などすべての経費を賄うためだった。

金銀五千貫は慶長小判でほぼ百万両である。

家康は意外に少ないと思った。

自分に九千万両以上を運んできた長安は五百万両以上持っていると思った。そうでなければ全国の金銀山を動かすことなどできない。

金銀を掘り出すには莫大な人と資金が必要なのだ。だが、この時、家康は大きな勘違いをしていた。

金銀の産出量が少なくなり、長安は幕府を支えるため、私財を投入して金銀山の開発を急いでいたのである。

江戸は人が集まり、いくらでも黄金を呑み込む恐ろしい怪物に変貌している。

こうなると、五百万両や千万両など湯水のごとくたちまち無くなる。全国の金銀山開発に長安の黄金はあっという間に消えた。

わずかに残ったのが金銀五千貫の百万両だった。

おそらく、その百万両も数年で無くなるはずだ。

家康はそれに気付いた。

並みの大名なら百万両は大ごとだが、家康の徳川幕府を背負った怪物大久保長安には、百万両など数年で無くなる端金《はしたがね》なのだ。

だが、正信の讒言を受け入れた家康はもう引くに引けなくなっている。

そのうち、正信は大久保長安の不正蓄財百万両だと騒ぎ出した。政敵大久保忠隣に対する強烈な攻撃だ。

謀略家は敵を倒すまで決して手を緩めない。

大久保長安の息子たち七人に、百万両と金製品の茶釜など多くの品物の仔細を説明するよう求めた。

急にそんなことを言われても、何も知らない息子たちが、黄金百万両の説明などできるはずがない。

すると七月九日になって大久保長安の子ども七人全員に、家康から切腹が命じられ、金銀五千貫と全ての金製品が没収された。

武田信玄に育てられた大久保長安家はあっという間に消滅、数年後には大久保忠隣も失脚して没落する。

そんな騒ぎの中、京の御所で小さな事件が起きた。

大坂城の豊臣秀頼が、焼失した方広寺の大仏と大仏殿を再建、その祝宴が六月二十二日に禁裏で盛大に行われた。

秀吉贔屓には久しぶりの慶事だった。

その祝宴の警備に出ていた吉岡憲法直綱の弟重賢《しげかた》が、只見弥五左衛門《ただみやござえもん》に態度を咎められて逆上すると、只見を斬り殺し、止めようとした人々を次々と殺傷する事件を起こした。

慌てて駆け付けた京都所司代板倉勝重の家臣太田忠兵衛《おおたちゅうべえ》と斬り合いになった。

憲法直綱の弟重賢も強いが太田忠兵衛も強かった。捕方に囲まれ二人は傷つきながらも必死で戦う。

若い忠兵衛に力尽きた重賢は斬られる。

何かよからぬことが起きそうな不穏な空気が京に漂い始めている。天子と朝廷はそういう騒ぎを嫌う。

不吉だと思うのだ。

八月二十五日に和歌山城で秀吉の正室お寧の甥、浅野幸長が三十八歳で死去した。

鉄砲の名手である幸長に男子がなく実弟長晟《ながあきら》が家督を継いだ。

この頃、家康は体の変調に気づいていた。

家康は病的なほど自分の体のことに神経質で、自ら薬研《やげん》で薬草を砕いて薬を調合するなど、家康の参謀であり軍師でもある三要元佶から伝授された薬草学の研究に余念がない。

その薬を試しに飲まされる本多正信や側近はたまったものではなかった。

「新しい漢方ができた。煎じてみたゆえ、飲んでみろ……」

どす黒い煎じ薬が茶碗に入ってたっぷりと出てくる。

それを飲めというのだから、こんな迷惑はない。何が入っているかは家康しか知らないのだ。

「大御所さま、それがしはおかげさまでいたって健康、どこも悪いところはございませんので……」

「どこも悪くないから試すのにいいのだ。いいから飲め！」

最早、迷惑を通り越して顔が引きつる恐怖だ。

「あ、有り難く頂戴仕りまする……」

「よし、グッと飲め！」

泣き泣き、何が調合されているか分からない家康の薬を頂戴する。大御所さま謹製の薬を時には下痢をしたり、嘔吐するなど災難が突然降りかかる。

断ることなど誰にもできない。

鳥兜など調合量を間違うと、附子《ぶし》という猛毒でいちころだ。

時には家康から下賜された薬を飲むと死ぬなどと噂が飛んだ。

薬を試飲させるのは迷惑千万、言語道断なのだが、大名が病だと聞くと家康は喜んで薬を下賜するのだから困る。

薬などというものは人に譲るべきものではない。

池田輝政も最上義光も病軀を引きずり這うようにして挨拶に来て、家康から薬を下賜されそれを飲んで死ぬ。

そんなことだから、大御所の薬を飲むと死ぬと言われても仕方がない。何んとも迷惑な爺さんなのだ。

その家康は薬の調合に大真面目なのだから手が付けられない。

暇さえあれば傍の薬研でコリコリと、薬草学の本を見ながら薬草を砕いている。前年に三要元佶が亡くなっているため、家康は一人で薬草の調合をしているから危ないことこの上ない。

それほど家康は生きることに固執した。

その原因は大坂城の中にいた。

大坂城の秀頼を京の二条城で見てから、家康は生かしておけないと思うようになっている。

豊臣恩顧の大名が次々と死んで、大坂城を攻めるにはいい頃合いなのだ。

だが、その秀頼と戦うにも、大坂城には秀吉の遺産金が、黄金で七十万枚、七百万両もあるのだから困る。

その軍資金を減らさないことには戦っても容易に勝てないと思う。

そこで家康は大坂城の秀頼と茶々に、費用の掛かる神社仏閣などの修繕や改修などを勧めていた。

秀吉の供養といわれれば断れない。

方広寺大仏殿の再建などはその一環だ。兎に角、家康は秀頼に秀吉の遺産金を使わせたい。

そんな風雲急を告げる中で、大宮宿の百姓家では重信と左太夫が旅に出る支度をしていた。

重信は京や奈良に行けば武蔵と会えるような気がしている。

九月に入って二人は百姓家を発った。

重信は本郷台の木鶏庵で六助とお吉に会い、勧められるまま一晩泊まり、日本橋の三河屋で八兵衛に挨拶して江戸を旅立った。

お小夜が店の前でいつまでも手を振って二人を見送る。七兵衛が六郷橋まで重信たちを送ってきた。

大男の女

箱根の竜太郎と小田原宿で会った。

「老師ッ！」

笠をかぶった重信に竜太郎が気づいて走ってくる。その後をお満が追う。

「元気だったか。子どもは何人になったか？」

「へい、十三人で……」

「そうか。幻海殿はどうか？」

「毎日、子どもたちと遊んでいます」

「それはいいことだ」

そこにお満が走ってくる。

「体が軽いよ！」

子どものようにピョンピョン飛び跳ねて、腹に子どもが入っていないと言いたい。

「江戸のお小夜は元気だったぞ」

「そうですか。まだ、嫁には？」

「まだのようだな……」

「これから山に帰ります。馬に乗ってください」

竜太郎が誘った。

「有り難いが、楽をすると足腰が弱るだけでな。歩くことにしよう」

重信は七十二歳になって、油断するとすぐ体が動かなくなる。

六歳の時から鍛え上げ酷使してきた体は強靭だが、その体を重く感じることが時々あった。

そういう時は体を動かしていない時だ。

「途中の茶店まで先に行っておる」

「お満、老師と先に行け……」

「あいよ！」

「茂三《しげぞう》、お前も行け……」

「へいッ！」

荷を積み終わった馬を五頭だけ率いて、お満が重信と先に山に向かった。

「京のお登喜から頼りはあるか？」

「うん、三河屋さんの使いが運んでくれますから……」

「そうか、それはいいな」

「京のお登喜は三人目を産んで、江戸のお志乃は二人目を産んだ。おらの娘たちも安産で犬みたいにボロボロ産みそうだわ……」

「いいではないか」

「でも、十三人は多いよ。そう、思うでしょ？」

「思わぬ。そう思うなら竜太郎に言え、もう手遅れだがな……」

「イヒッヒッヒッ……」

急にお満がうれしそうに妙な笑い方をした。

気が強く何んとも陽気な箱根の女だった。いつも腰に拵えの壊れた脇差を差しているお満だ。

もう飾りで斬れない刀かも知れない。

十三人も子を産んだのだから肝っ玉も大きくなるというものだ。

並の女とは体も根性も違う。

腹に子どもを入れて、顎で荒くれ馬借どもを差配し、毎日、箱根八里を上り下りしてきた頑丈さだ。

歳は取ってきたがまだ二人や三人は産めそうな元気さである。

箱根に来てお満を見ると、重信は女というのは神さまが特別に作った別の生き物だと思う。

お満はまさに箱根の竜神さまの娘だろうと思うのだ。

山の茶店について重信は縁台に腰を下ろして一休みだ。

「若い頃は休みなど取らずに一気に箱根山を登り、三島に下って行ったものだ」

そんなことをぼそっという。もう無理のできない歳だと苦笑する。

「甘酒と餅だけど……」

「おう、これは有り難い」

「いつも世話になっているから。お師匠さまにご馳走するよ」

「そうか……」

「茶店の婆さんはおらのおっ母《かあ》なんです」

「ほう、そうであったのか？」

重信が見ると老婆が「娘が世話になりまして……」と言いつつ頭を下げた。お満に似てニコニコと愛想がいい。

「箱根の甘酒は天下一だな」

「餅は？」

「餅も天下一だ！」

重信とお満が笑うといつも仏頂面の左太夫が引き込まれてニッと笑った。四半刻もしないで竜太郎ら十数頭が茶店に登ってきた。

「おっ母《か》さんよ、酒はあるか？」

「馬鹿、昼から酒を飲める身分かよ！」

「しょうがない。今日も甘酒か、餅三ッだ」

「おら、甘酒はいらねえ、餅がいい……」

「水だ水！」

「馬鹿野郎、水は馬が先だッ！」

茶屋が一気に騒々しくなった。

みな婆さんの子どものような連中だ。汗臭い大男が二十人も揃うと茶屋の餅はたちまちなくなる。

「もう、品切れか？」

「後はこれから来る旅人さんたちの分だ」

「昨日の固くなった餅は残っていないか？」

「それなら少しある」

「それをくれ、腹に入ればみな同じだ。昨日も今日もねえべ……」

まるで腹を空かした餓鬼だ。

箱根八里の荒くれどもはみな婆さんに懐いている。いつも喧嘩っ早い連中でも、ここで鉢合わせになっても喧嘩はしない。

喧嘩をすると婆さんが怒って一ヶ月は何も食わせてくれなくなる。

それは大いに困る。

どんな暴れん坊でも婆さんの前ではみないい子になった。婆さんに乱暴などしたら箱根山から叩き出される。

「おーいッ、出発だぞッ！」

半刻も休むと寝てしまう男もいる。そういうのは前の晩に小田原宿で遊び過ぎて寝ていないのだ。

男たちは小田原宿と三島宿のいずれかに安い馴染の遊女を持っていた。

両方にいるという剛の者もいる。

元気のいい箱根の山男は遊女に人気がある。金離れはいいし、一晩中女を寝かせない強靭な肉体の持ち主だ。

そんな男たちの唯一の難点は銭がない。

月に二、三度会いに行ければ上々吉なのだが、そう思うようにいかないのが厳しいところだ。

「女遊びばかり一丁前で、もたもたするんじゃねえぞッ！」

お満に叱られると男どもはニヤニヤ頭を掻くしかない。

「お前、そんなにいい女だったのか？」

「それが、姐さんのようにいい女で……」

「馬鹿野郎、おらは遊女じゃねえ！」

「のようだと、へい……」

「嫁にもらえ！」

「それがこれでして……」

大男が片手を広げる。

「その女は五両の借金があるのか？」

「へい……」

「馬鹿、五両ぐらい、無駄に使わなければすぐ貯まるだろ。男の甲斐性だろうが、見せてみろい！」

お満に叱られる。

「おっ母が駄目だと……」

「お玉《たま》さんが遊女じゃ駄目だってか？」

「うん、堅気の娘がいいと……」

「そうか、お玉さんがな」

お満は男の母親のお玉が三島の飯盛り女だったことを知っている。それだけに母親は色々な女を見てきたのだろうと思う。

「女はみな同じだと思うんだけど？」

「お前、そんなに女を知っているのか？」

「いや……」

大男が指二本を立てた。

「馬鹿、そのうちお玉さんに話してみるから……」

「へい、頼みます」

大男が気持ち悪くニッと笑って頭を掻いた。それを重信が見ている。

お満は十三人の子を産み、二十人を超える大男たちの母親代わりなのだから偉いというしかない。

「行くぞッ！」

竜太郎が先頭で隊列ができた。

「お満、そなたは偉いな」

「聞いていたんですか。たいしたことではないのです。男は女みたいに器用じゃないからちょっと面倒なんですよ」

「そうだな」

「嫁一人貰うのに、いつも大騒ぎですから……」

「なるほど……」

「嫁を貰うとなると、どこの母親も四の五のいうもので厄介なんです。父親は何もいわないのにどうしてですかねえ？」

「それは母親だからだろう」

お満がキョトンとした顔で重信を見た。その母親がどうしてかと聞いている。

「母親は息子が好きなのだ」

重信が言い直した。

「そうなんですか？」

「お満は違うのか？」

「そういえば、うちの息子は嫁が欲しいといわないな」

「竜助《りゅうすけ》は幾つになる？」

「確か、二十七、いや、二十八だ」

「そりゃ、どこかに好きな女子がいるな。そうは思わぬか？」

「そんな、あの子に限って……」

「手抜かりだったな、お満……」

「老師さま、その女はどんな女だろう。変な女じゃ困るんだけど……」

　大男の母親お玉と同じようなことをお満がいう。何んとも女は難しい。重信がニッと笑った。

最後の弟子

　重信と左太夫は竜太郎の家に一晩泊まった。

　幻海は子どもたちといつも一緒で丸坊主の好々爺になっていた。もう、重信と旅をした頃の風魔《ふうま》の面影はない。

　翌朝、重信は箱根山を下りて駿府城下に向かった。

　駿府で亡くなった大久保長安の遺骸は、黄金の棺に入れられることなく甲斐に運ばれて葬られた。

　長安の息子七人が切腹させられ家は断絶する。

　重信は事件の原因や経緯は知らない。

　家康や長安を取り巻く、伊達政宗、本多正信、大久保忠隣などの、政争や権力闘争を重信が知る由はない。

重信と左太夫は駿府城下を通過した。

駿府城には大御所家康がいる。

駿府五十万石は家康の十男長福丸こと後の紀州大納言徳川頼宣のもので、家康は江戸には行かずに十二歳の頼宣と同居して、駿府城から大坂城の秀頼と西国の外様大名を見張っている。

その駿府城では家康を中心に、大坂城の秀頼を追い詰める策が話し合われていた。

そんな重大事が起きているとも知らずに、重信と左太夫は急ぐことなく東海道を西に向かっている。

近頃、体に自信のない家康は鷹狩りなどで、太らないよう体を動かしていた。

「老師、三河の長沢村に以前は今川義元さまの家臣で、後に家康さまの長男信康《のぶやす》さまの家臣になった関口氏幸《せきぐちうじゆき》というお方が住んでおられます」

「信康さまとは大御所さまに切腹を命じられたお方だな？」

「はい、信康さまは二俣城で切腹なさいましたので、関口氏幸は三河の長沢村に隠棲され、それ以降はどこにも仕官はしませんでした。先年、その関口さまにお世話になりました……」

「今川家の分家の関口家ではないのか？」

「はい、そうです。信康さまのお母上で家康さまの正室築山《つきやま》殿と言われる方は、関口家から出られたお方と聞いております」

その家康の正室築山殿は今川義元の姪で、信長に義元を殺され、夫の家康が信長と同盟したため、信長に恨みを持つ築山殿こと瀬名《せな》姫は、武田勝頼《かつより》に近づいたといわれているが真相はわからない。

それが信長に発覚して咎められたという。

信長との同盟を重視する家康は、正室瀬名と嫡男信康に死を命じたということになっている。

関口氏幸は義元の死後、義元の嫡男氏真に仕えたが今川家が没落、瀬名姫が一族であることから瀬名の子信康に仕えた。

隠棲した関口氏幸に左太夫が会った時、十歳ほどの子どもがいて、その子は幼少ながらなかなか剣の筋の良さを感じさせた。

左太夫はそのことを重信に話した。

「その子に会ってみたいのだな？」

「はい、十六、七歳ぐらいになるはずですので……」

「いいだろう。立ち寄ってみよう」

重信が長沢村に行くことを許した。

少年と父親の関口氏幸とも会って見たいと思った。

その長沢村は三河に十八ある松平家の、長沢松平の本拠地で幕府の直轄領になっている。

織田信長が桶狭間で今川義元を殺したことで、信長と家康のような弱小大名が乱世に浮かび上がってきた。

二万五千人の大軍を擁した今川義元が、わずか二千人の寡兵でしかない信長に負けたのは、義元の油断だと重信は考えている。

義元が亡くなって駿河、遠江、三河の今川家の領土は、武田信玄と義元の人質だった家康のものになった。

関口氏幸は長沢村の百姓家に隠棲している。

瀬名姫が家康の命令で殺害されたことで、氏幸は咎められなかったが徳川家から離れた。

この時、氏幸と同じように信康の家臣で出奔したのが、大久保長安や彦坂元正《ひこさかもとまさ》らと幕府の奉行を務めた伊奈《いな》忠次《ただつぐ》だ。

伊奈忠次は二度も徳川家を出奔して二度とも帰参が許された。

一度目は三河に一向一揆が起きた時、本多正信たちと一緒に家康に逆らい戦いに敗れて出奔、長篠の戦いが起きると徳川軍に陣借りして武功を挙げ、帰参が許され家康に嫡男信康の家臣を命じられた。

運の悪いことにその信康が切腹させられ、氏幸は長沢村に隠棲したが、伊奈忠次は和泉に逃げて堺に二度目の出奔をする。

ところが、天正十年に信長が本能寺で倒れた時、家康は家臣三十四人だけで堺を遊覧中だった。

その家康が九死に一生の伊賀《いが》越えを強行した時に、堺に出奔していた伊奈忠次が小《お》栗《ぐり》吉忠《よしただ》と一緒に家康一行を助ける。

その功績で家康は帰参を許し、奉行として大久保長安たちと幕府の仕事をさせた。

その伊奈忠次も三年前に亡くなっていた。

関口氏幸は久しぶりの左太夫を喜んで迎える。

「関口さま、それがしの師匠にて、神夢想流居合の林崎さまでございます」

「おう、林崎さまのことは奥山休《おくやまきゅう》賀《が》斎《さい》さまから聞いておりました。よくお出で下された。どうぞお上がりください」

世間は広いようで狭い。氏幸は休賀斎をよく知っている。

氏幸の傍にいた息子の氏心《うじむね》がサッと立って行くと、茶碗を持ってきて重信と左太夫に白湯を出した。

「挨拶をしなさい……」

「はい、関口弥六《やろく》右《え》衛門《もん》氏心にございます！」

「お幾つになられたかな？」

「十六歳になりましてございます！」

「剣はおやりか？」

「はい、以前、一宮さまからご指南をいただき、以来、父から剣と槍を学んでおります！」

ハキハキと元気よく聡明さを感じさせる。

この関口弥六右衛門氏心は重信の最後の弟子になり、やがて、三浦義辰《みうらよしとき》から三浦流柔術なども学び、重信の死後に氏心は関口新心《しんしん》流を開き、寛永《かんえい》十六年（一六三九）に田宮流の田宮長勝と同じ紀州徳川頼宣の指南役になる。

重信の神夢想流居合はこのようにして多くの弟子たちによって、居合というまったく新しい剣法が多くの流派の中で繁栄することになる。

関口氏幸は天正七年（一五七九）に信康が切腹すると、長沢村に隠棲して山中常全入道と名乗って小さな道場を開いて生計を立てていた。

重信と左太夫はしばらく関口家で世話になることにした。

重信は左太夫から筋が良いと聞いた十六歳の氏心を気に入った。それで逗留を決める。

翌朝から、道場に出ると重信は自ら氏心と稽古を始めた。それを氏幸と左太夫が見ていた。

道場の門弟は十数人しかいない。

「剣は理合《りあい》ですぞ。初太刀を大切にして、先の先、後の先、いずれも踏み込みが足りないと剣は死ぬ。その間合いは心にあり！」

重信が氏心に指南伝授するものは多い。

「正中を斬れッ！」

激しい稽古が十日ばかり続いた。

重信と左太夫が明日はそろそろ出立しようという晩に、氏幸が息子の氏心を弟子にして欲しいと重信に申し出た。

「何卒、息子をお連れいただきたくお願いいたします」

「お願いいたします」

親子が揃って重信に頭を下げた。

「わかりました。明日の朝に出立しますので支度を……」

「有り難うございます！」

氏心はうれしさでニコニコと重信と左太夫に頭を下げた。

「林崎さま、もし、息子が未熟にて足手まといになるようでしたら、どこへなりとお捨ていただいて構いません……」

「入道殿、ご懸念なく、そのようになるようであれば、お預かりするようなことはありません」

「これは、失礼を申し上げました。親馬鹿にてお許し願いたい」

「氏心殿が修行の旅から戻りますまでご壮健にて……」

若い氏心と稽古をして重信は非凡さを見た。

翌朝、まだ暗いうちに重信、左太夫、氏心の三人が長沢村を出立する。東海道に出ると岡崎《おかざき》宿に向かった。

三人は三河から尾張、伊勢を通って近江に入り湖東に出た。

数日で十月に入る季節はもう深秋だ。琵琶湖の風はもう冷たくなっていた。

左太夫は重信と別れて湖東を彦根城下に向かう。そこには左太夫のもう一人の師である長野十郎左衛門がいる。

「老師、江戸へお戻りの折には彦根へお寄りください」

「うむ、そうしよう」

師弟は湖東で別れ北の彦根と南の京に向かった。

氏心は見るものが全て新鮮で感動する。まず湖の大きさには驚いた。

三河の長沢村から東に一日歩くと浜名湖がある。父の氏幸と見に行き驚いたことがあった。

瀬田の唐橋にも驚いた。

流れの速い川にどうして流されないで、こんな大きな橋を架けられるのだと思う。

氏心は不思議なことや理解できないことを知ろうとする。

ある時、屋根から落ちた猫が見事に着地したのを見て、どうしてそんなことができるのだと猫をまた落としてみた。

すると同じように回転して着地する。

何度か繰り返してみて、自分にもできるのではないかと屋根から落ちてみた。とんでもない試みでドスンッと尻から地面に落ちた。猫のように空中で回転などできるものではない。

大怪我しなかっただけ幸運だった。

重信から「剣は理合だ！」と聞いた時、氏心は目の前がパッと開けるのを感じた。

こうすればどうなるか、このようにすれば結果はこうなる。氏心は重信の言葉を大いに納得し理解した。

無闇矢鱈と剣を振り回しても意味がない。無駄な動きは禁物なのだ。

間合いを詰めるには、充分に踏み込むには、剣の技術と心の在り様は、等々を考えると剣の奥深さは尽きることがない。

重信が見抜いた氏心の非凡さがそこにある。

一を聞いて十を考える想像力を氏心は持っている。一を聞いて一を考えていてはさほどの進歩はない。

人は一を聞いて十でも百でも想像できる。

剣士には絶対に必要な素養だ。その積み重ねを体得して自分の剣を確立できる。

剣は緻密で美しい理合なのだ。そこに活人剣の心が備われば無敵である。重信は氏心に剣の奥義を伝えようとしていた。いつ黄泉に旅立たねばならぬかわからないと重信は思っている。

二人は三条から京に入り、吉岡憲法に会うため今出川兵法所に向かった。

京のことを知るには京で生まれ育った憲法に聞くのが一番である。

その途中で宜秋門の勧修寺家に挨拶に立ち寄って、大納言光豊が亡くなったことを知った。

勧修寺尹豊に父数馬が世話になってから、重信も言葉では言い尽くせない恩を勧修寺家から受けている。

尹豊、晴右、晴豊、光豊と四代に世話になった。

勧修寺家は紫式部《むらさきしきぶ》の家系で別に日記の家と呼ばれた。

天皇家に仕える公家は家業というような得意な仕事を持っている。和歌の家、蹴鞠の家、笛の家、鷹の家等々だが、勧修寺流は日記の家だ。日記の家は他に小野宮《おののみや》流、高棟《たかむね》流がある。

勧修寺流日記の家でも、信長と秀吉の武家伝奏を務めた勧修寺大納言晴豊と、家康の武家伝奏を務めた勧修寺大納言光豊の日記は、晴豊公記、光豊公記として重要視されている。

　武家伝奏だったため信長、秀吉、家康のことが書かれていて、歴史的に非常に価値が高いとされているのだ。

　他にも朝廷には天皇のお傍近くに、お湯殿の上の日記という秘誌があって、朝廷や公家は日記として残すことを重視していた。

　重信と氏心が吉岡家の今出川兵法所に着くと憲法が喜んで迎え入れた。

「長旅、ご苦労にございましたな……」

　京の人は京が中心で誰でも京に帰ってくると思っている。

「三河の山中常全入道殿の子息です」

「関口弥六右衛門氏心にございます！」

「三河の山中入道と言えば今川家の？」

「はい、分家にございます」

　さすがに憲法は京の名門だけあって今川家や関口家のことを知っている。

　氏心は道場に残り、重信は憲法と奥の部屋に入って、京や大坂の情勢や江戸との関係などを聞いた。

「大御所は大坂城の秀頼さまと二条城で会ってから、殺すしかないと考え始めたように噂されています」

「殺すとは戦ですか？」

「そうです。それには大坂城も気付いているようです」

「関ヶ原のような戦いに？」

「いいえ、大坂城には大軍を集めることはできても、その大軍を指揮できる大将がおりません」

「秀頼さまでは？」

「初陣《ういじん》の経験もなく、百戦錬磨の大御所に立ち向かうには残念ながらとても無理かと？」

「高野山に真田さまがおられるのでは？」

「それが、所在がはっきりしないようです」

九度山の真田昌幸の死は伏せられていたが、浅野幸長から聞いた家康は昌幸の死を信じていない。

天下一の謀略家の死など易々とは信じられない。

死んでいればそれでいいが、もし死んだというのは噂だけで、生きていたら謀略で家康でもひどい目に遭わされる。

その真田昌幸は生きている時、息子の信繁こと後の幸村に家康と戦う方法を語ったことがある。

それは、徳川軍を関ヶ原に近い青野原《あおのがはら》で迎え討つ、関ヶ原の戦いの再現だったが、家康に敗れた義弟の石田三成とは全く違う作戦だった。

異常なまでの自信家である石田三成に、「表裏比興の者なり！」と言わしめたのが昌幸なのだ。秀吉が付けた異名であるともいう。

秀吉だけでなく天才三成も表裏比興と貶《おとし》めるほど昌幸の頭脳を恐れた。

武田信玄が昌幸を見込んで、一族の養子に迎えたほどの男だから、その能力の高さは当然と言えば至極当然である。

青野原と瀬田の唐橋に二段に構える壮大な作戦で、徳川軍二十万人を全滅させる世にも恐ろしい策だった。

昌幸は「この作戦はわしにしかできない。そなたではとても無理だ」と言い、信繁がその策を使うことは駄目だと言ったとも伝わる。

だがその後、信繁が真田幸村と名を改めて、大坂城に入った時に父昌幸の策を使おうとするが、誰も理解できず反対されて実現できなかった。

所詮、小者や凡人には大謀略家表裏比興の人、真田昌幸の渾身の作戦など理解できるはずがない。

仕方なく、幸村は大坂城の弱点は東南の角だと見破り、そこに決死の砦真田丸を築いて徳川軍と戦うことになる。

実は幸村が秀吉の小姓をしている時、幸村の非凡さに気づいた秀吉が、大坂城は東南の角から攻めろと教えた。そのことを秀吉はもう一人の男に教えていた。

その男こそ家康だった。

弱点を教えるから攻めて来いという秀吉自慢の大度量なのだ。

うぬが攻めてきたぐらいでこの城は落ちぬよということだ。そこまで言われてはさすがの家康も秀吉に頭を下げるしかない。

やがて、その真田丸を巡って家康と幸村は戦うことになる。

出雲へ

重信と憲法の話は夕刻まで続いた。

「大坂と江戸が手切れとなれば、それがしは大坂城に駆けつける所存です」

吉岡憲法は家康と戦う決心をしている。

人それぞれに引くに引けない恩や義理や矜持というものがある。

京八《きょうはち》流の吉岡流は京や大坂に門弟を持つ大きな流派だ。その総帥である憲法の誇りは家康と戦うことだ。

重信にはその気持ちが分かる。

だが、重信の弟子田宮対馬守《つしまのかみ》重正と子の長勝は池田利隆の家臣で、利隆は姫路四十二万石を輝政の死後に継承しており、榊原康政《さかきばらやすまさ》の娘で将軍秀忠の養女鶴姫《つるひめ》を正室にしている。

長野十郎左衛門は彦根城の井伊家の家臣だ。

戦いになれば敵味方に分かれてこういうことになる。直接、戦場で剣を交えることはないだろうが重信には辛い話だ。

重信と氏心は暗くなる前に道場を出て鷹ヶ峰に向かった。

「何か、屈託になるようなことでもありましたでしょうか？」

氏心が重信の変化に気づいた。

「うむ、吉岡殿の話だと大坂と江戸が、いずれ手切れになるのではと心配しておられた」

「戦ですか？」

「そうなるかも知れない」

「そうですか。大御所さまがお歳なので、そうなるのではないかと父から聞いておりました」

「入道殿が……」

関口氏幸は家康が今川義元の人質だった頃から知っていた。一族の瀬名との婚姻を今川義元が勧めたことも知っている。

家康が瀬名と信康を殺した理由についても、信長から咎められたからだけでなく、瀬名が家康の母於大《おだい》とうまくいかず、家康にも従わなくなっていたこと、信康が聡明な男だったことなど氏幸は知っていた。徳川家は浜松城の家康と岡崎城の信康とに割れそうになって、家康は信康を処分したのだ。

家康がどんな考えを持っているか、どんな考え方をするか氏幸はわかっている。

家康の正室瀬名姫は関口親永《ちかなが》と義元の妹の間に生まれた。その関口親永と関口氏幸は従兄弟同士だった。

義元の死後、親永は氏真に叛き切腹させられた。

そんなことが続き義元の嫡男氏真では、大きな領土を持つ今川家は支えられず急激に没落する。

その今川氏真は家康の世話になり、蹴鞠が好きで京に住み、父親の仇である信長の前で、蹴鞠を披露するような腑抜けだった。

重信と氏心は話しながら今出川通りを西に歩いて鷹ヶ峰の道場に着いた。

道場には大吾とお清の間に子供が二人、弥右衛門とお登喜の間には三人の子どもができていた。

重信はみんなの顔を見ると氏心を道場に残し一人で寺に引き取った。

翌朝、五人の子どもに氏心が入って、道場は暗いうちから大騒ぎになった。だが、剣士たちが汗を流す神聖な稽古場に子どもたちは入らない。お登喜に「道場に入ってはいけない」と厳しく言われている。子どもたちには稽古場は危険な場所だ。

大吾は弥右衛門に道場を譲って別棟に住んでいる。その大吾が早朝の寺にひょっこり現れた。

「上がれ……」

重信は話があるのだと思って大吾を座敷に上げた。

「老師、新免武蔵が老師はいないかと訪ねてきました」

大吾は武蔵の父無二斎を知っている。重信がいる時、無二斎が鷹ヶ峰に現れたことがあったからだ。

「ほう、いつのことだ？」

「一ヶ月ほど前です」

「武蔵一人だったか？」

「いいえ、質の悪そうな薄汚れた浪人四人と一緒でした」

「巌流殿とのことは知っているか？」

「はい、夏の初めに巌流小次郎さまが武蔵に騙し討ちにされたと聞こえてまいりました」

「そうか……」

「京での評判は最悪です。武蔵は卑怯者だ。相手にするなと、吉岡さまも警戒しておられました」

「どこにいるかわからぬか？」

「わかりません。あの評判では京や奈良にはいられないと思います」

「そんなにか……」

「巌流さまを五人で滅多打ちにして殺したということですから、剣士としての評判は最悪です。むしろ、剣士ではなく無頼漢や食い詰め浪人と同じようなことで……」

「なるほど……」

「殺気に包まれた恐ろし気な大男で醜悪、見ただけで気持ち悪くなります。おそらく、江戸に向かったのではないかと……」

「行き違いになったようだな」

「老師、あの男はこれから何人殺すかわかりません。人を殺すために生まれてきたような男です。体を洗わないようで悪臭が……」

大吾が恐怖を感じるようでは相当なことだろうと重信は思う。重信が九州で武蔵と会ったのは乱暴盛りの十代だった。

それからすでに十年以上が過ぎている。大吾が言うように変貌していても不思議はない。

重信は武蔵がまだ畿内にいるような気がした。

大吾が言うような格好で江戸に出て行っても誰も相手にしないだろう。西国では巌流を倒して以来、卑怯者武蔵として知られているが、東国で武蔵を知っている人はごく少数しかいない。

いくら巌流を倒したからといって、江戸に出て行けばどうなるか、それが分からない武蔵ではないだろうと重信は思う。

それは幕府が何よりも秩序を重んじているからだ。

そんなところに武蔵のような怪物が行けば、その振る舞いによっては問題になりかねない。

米津北町奉行はそういう取り締まりには厳しい男だ。

笠をかぶって府内を歩き、厳しく処罰された武家がいるほどなのだ。

武蔵やその弟子たちが与力や同心に逆らえば、町奉行所の面目をかけた大捕物になりかねない。

江戸は京や大坂のように取り締まりが温《ぬる》くないのだ。

重信は久しぶりの京にしばらく腰を据えようと考えた。それは氏心の修行のためでもある。

毎日、道場で弥右衛門と稽古をしたり、暗いうちに鷹ヶ峰を出て、吉岡憲法の今出川兵法所に通ったり氏心は忙しい。そんな氏心を重信は鞍馬や比叡山や京の寺々に連れ出した。

剣だけでなく、重信は氏心に座禅も伝授する。

賢い氏心は砂に水が吸い込まれるようにグイグイと吸収する。実に教え甲斐のある若者だった。

そんなある日、清水寺の帰りに五条河原の芝居小屋を見つけて立ち寄った。

「老師ッ！」

三右衛門が重信を河原の水辺に誘った。氏心は珍し気に芝居小屋を見ている。

「四月十五日に阿国が亡くなりまして……」

「阿国が……」

近頃は何があっても動じない重信の顔色が変わった。なぜだという信じられない顔だ。

「急な病であっという間に……」

「そうですか」

重信はスサノオの怒りだと思った。

母志我井と薫、お道を失った時と同じで、あっという間に阿国も命を取られた。神の怒りを感じる。

「阿国は老師が帰られましてからすぐ出家しまして智月尼となり、近くに庵を結び読経三昧の日を過ごしていました。今思えば、自分の命が長くないとわかっていたように思います」

三右衛門の話を聞いている重信は、阿国が出家するといった時に何もいわずそれを受け入れた。

それは阿国に出雲で静かに長く生きて欲しいと思ったからだ。

だが、そうはならなかった。

「可奈は十一歳でまだ子どもですが、子どもなりに母親の死を受け止めているようです。出雲の神さまが連れて行ったのだと……」

涙もろくなった三右衛門が眼をこすった。

京の冬の陽は西山に落ちるのが早い。賀茂川の流れの音がサラサラと響いて、東山から静かに夕暮れが下りてくる。

愛する阿国の死を聞いた重信は少なからず衝撃を受けた。

鷹ヶ峰の道場に戻ると大吾と弥右衛門に話し、氏心と二人で出雲に向かう旅の支度を始める。

もう十一月も半ばで雪に襲われ厳しい旅になりそうだ。場合によっては山陽道に回ることも考える。

翌朝、重信と氏心は暗いうちに寺を出て山陰道を西に向かった。

北からの風は冷たく、いつ雪が来てもおかしくない季節になっている。二人は京を出ると急ぎに急いだ。

重信は何度も通った道だが氏心にはすべてが新鮮だった。

若い時の旅に無駄はない。世の中が人を育ててくれるからだ。その経験はやがてすべてが骨肉になる。

京から丹波、但馬、因幡、伯耆、出雲と海沿いに二人は西に歩いた。

雪に見舞われることなく、あと数日で十二月という頃、二人は出雲の杵築大社の前にいた。

「お父上さまッ！」

重信を見つけた可奈が緋袴に白小袖の常衣に、羽織った千早を翼のように翻して走ってくる。

黒髪を水引で縛り造花の折枝を差していた。

白足袋に草履でバタバタと境内を走る。静かに鎮座する神さま方が驚きそうだ。

重信の前で大きく息をした。

「母上が……」

泣きそうな顔だ。

「うむ、京で三右衛門殿から聞いた」

神々の巫女は泣きそうになるが我慢している。

「うん……」

「先に行っているから……」

「着替えてすぐ帰ります」

可奈が神社に戻って行った。

氏心はなんとも可愛い巫女が重信を父上と呼んだことに驚いている。

杵築の巫女

阿国の母は炉端に座って重信と氏心に白湯を出した。

「出雲の神さまが阿国を連れて行きました」

重信が茶碗を持って白湯をすする。

「熱を出して庵で横になったのですが、三日目の朝には息を引き取っていました」

「そうですか……」

阿国は母と可奈と一緒に庵で寝て、そのまま苦しむこともなく旅立った。重信が炉端で話を聞いていると可奈が戻ってきた。

重信は氏心を炉端に残して、可奈と二人で阿国が息を引き取った智月庵に行った。

小さなお堂のような智月庵は森の傍に建っている。

「母上、お父上さまですよ……」

庵には阿国が着ていた尼僧衣と数珠が置いてあった。

「今日はここで一緒に泊まろうか？」

「はい……」

可奈がうれしそうにニッコリと笑った。

「これは、母の連歌か？」

「はい、時々、連歌の会をしておりましたから……」

「そうか、楽しそうだったか？」

「はい……」

「それは良かった」

やがて、人々は智月庵を連歌庵と呼ぶようになる。重信は紙片を手に取って読んでみた。所どころに智月とあるのが阿国の歌だ。明らかに重信と可奈を思う歌だとわかるのが多い。

その夜、重信と可奈は阿国の僧衣の前に並んで寝た。

「母上はいつも父上に会いたいと言っていました」

「そうか……」

可奈が阿国のように重信の腕を抱いている。その可奈は重信が阿国と初めて会った頃とよく似ていた。

「お父上はまた旅に行くのですか？」

「うむ、父は剣の修行をするため旅をするが、可奈は杵築の神さまの巫女として生きていきなさい」

「うん、神さまと一緒だと寂しくないから……」

「そなたの母がいつも傍にいるから、強い気持ちで生きていくことが大切だ」

「母上もそう言いました」

「そうか、父も可奈のことを忘れない」

「母上にまた会えるよね？」

「会える。母は可奈の心の中にいつも住んでいるから……」

重信は闇の中に阿国の気配を感じた。静寂の中にフッと阿国の呼吸を感じて天井を見た。

星明かりなのだろう微かな白さが庵に流れ込んでいる。

可奈が重信に寄り添い腕を抱いて寝ていた。母親の阿国が可奈を守っていると重信は確信した。

海からの冷気が庵に忍び込んでくる。雪になるだろうと思いながら重信は眼を閉じた。

翌朝、出雲にチラチラと雪が落ちてきた。

寝ている可奈をそのままに重信は庵の外に出た。重い冬の雲が彼方の海から稲佐の浜に雪を運んでくる。風はないがずいぶん冷える。

可奈が起きてきた。

「お父上、初雪です」

「そうか、今年初めてか？」

「はい、寒くありませんか？」

「寒い……」

重信の言い方があまり寒そうではなかったので可奈がニッと微笑んだ。

そんな可奈は母が愛した父を大好きだ。だが、その重信の頭髪は雪のような白いものが多くなっている。

氏心がちらつく雪の中を走って来て朝餉を伝えた。

重信は朝餉が済むと可奈を連れて須佐《すさ》神社に向かった。杵築大社の南に六里ほど行くと、八岐大蛇《やまたのおろち》を退治した須佐之男命《すさのおのみこと》の神社がある。須佐之男命の魂が鎮まるのがこの国で唯一須佐神社だ。

杵築大社から神戸川《かんどがわ》に出て南に歩いた。

雪は止んで重信の手を握った可奈はうれしそうだ。二人は神戸川の支流須佐川に出て、可奈が疲れると重信が背負い、川沿いに南へ歩いて須佐神社に着いた。

須佐神社には須佐之男命、その妻櫛名田比売命《くしなだひめのみこと》、その父足摩槌命《あしなづちのみこと》と母手摩槌命《てなづちのみこと》の四神が祀られている。

神社の背後には千年杉の巨木が立っていた。

重信は可奈を守ってくれるよう祈る。それはスサノオとの約束を必ず実現するということだ。

もう、神夢想流居合は諸国の剣士に知れ渡り約束は果たされつつある。

可奈まで奪わないでほしいと祈るしかない。荒ぶる神の前では人の力などまったく無力だ。

そのことを重信は誰よりも知っている。

須佐神社の傍に宿を取り可奈と宿泊した。傍にいることのできない重信は忘れられない思い出を可奈に残そうとしていた。

翌朝早く、二人は再び須佐神社に詣でた。美しい冬晴れの朝だ。

「可奈、父と会いたくなったらここに来ればいい。わしはいつもスサノオさまのお傍にいる」

「お父上さま……」

「母はあの庵にもいるから……」

「はい……」

「父は京に戻らねばならぬ。お婆さまと達者で暮らせ……」

「また、来てくれますか？」

「来る。母の庵を守ってくれるか……」

「はい……」

父と娘には別れが待っている。邂逅と別離は表裏だ。

重信と可奈はその日の夕刻に杵築大社に戻ってきた。その日も二人は智月庵に泊まった。

歩き疲れた可奈はすぐ寝てしまう。その傍で重信は阿国と会っていた。

微笑んでいる阿国が闇の中にいる。

「もう、帰るんですか。可奈のことは心配ありませんから……」

「相すまぬ……」

「いつものことなんだもの……」

「寂しい思いをさせた。わしもそう遠くなくそっちに行くことになる」

「スサノオさまがもういいと……」

「いや、それはまだのようだ」

阿国が小さくうなずき微笑んで闇の中に消えた。

翌朝、重信と氏心は可奈とその祖母に見送られ出雲を出立した。海からの風がずいぶん冷えて来て雪がチラチラと舞い始めた。笠をかぶり、蓑を着た二人の剣客が東に急いだ。

二人が安来《やすぎ》を過ぎ米子まで来ると海からの雪混じりの風が強くなった。日野川《ひのがわ》河畔まで来ると、渡し舟の船着き場の土手で言い争う者たちがいる。

「老師、七人と二人の喧嘩のようですが？」

「あの二人を助けられるか？」

「はい、二人に七人とは卑怯、行ってまいります！」

吹雪の中を氏心が走って行った。

重信は土手の上に立って見ている。日野川は伯耆大山《だいせん》の水を集め美保の海にそそぐ大河だ。

雪はさほどでもないが美保の海から吹く風が強い。

「おーいッ、その喧嘩待てッ！」

「何んだッ、小僧ッ！」

「七人で二人を取り囲むとは穏やかではないぞ！」

「うるさいッ、口出し無用だ！」

「三人とも叩き斬れッ！」

問答無用の乱暴な連中だ。

浪人も混じっているが山賊や盗賊とも違うようだ。何者なのか身なりの悪くない男たちだ。

だが、何んとも強引で荒々しい。

「二人に助太刀いたす！」

「野郎、洒落臭い、叩き斬れッ！」

「小僧から斬ってしまえ！」

七人が一斉に太刀を抜いた。氏心は二人を後ろに下げて居合の構えを取った。鯉口を切っていつでも抜ける。

「この野郎、おかしな構えだぞ。油断するなッ！」

その忠告の瞬間、左右から二人が踏み込んできた。

一瞬早く氏心が右の男の右胴から薄く逆袈裟に斬り上げて、反転すると左から踏み込んできた男の太股を薄く斬った。

絶叫すると二人が土手の下に転がり落ちた。

「こ奴め、強いぞッ！」

「小僧、うぬは誰だッ！」

「神夢想流居合、関口弥六右衛門！」

「い、居合だと？」

「まだやるか？」

「くそッ、引け、引けッ！」

神夢想流居合が強いという噂を知っている男がいた。

斬られて土手から転げ落ちた二人を助けると、引きずるようにして七人が逃げて行った。

「関口殿！」

「喧嘩の原因はわからぬが気をつけてください」

二人が礼をしようというのを制して氏心がニッと微笑んだ。

「京へ帰る途中にて急ぎますので……」

氏心が走って重信の傍に戻ってきた。

「行くか？」

「はい、済みましてございます」

二人が渡し舟に乗るのを土手の上で喧嘩の二人が見送っている。

この日野川は神戸川や斐伊川《ひいかわ》と並んで良質の砂鉄が取れた。その歴史は古く鉄器を作り始めた頃という。

神代の前の話かもしれない。

やがて踏鞴《たたら》製鉄が盛んになり砂鉄が重要になった。鉄や砂鉄を独占できれば大きな力を持つことになる。

その砂鉄が大量に取れる砂溜まりを巡って、取り合いの喧嘩が度々起きた。

この先、江戸期には鉄穴流《かんななが》しによって良質の砂鉄を大量に産出することになる。鉄穴流しとは砂鉄を採取する新しい方法だ。踏鞴製鉄の鉄は剣や槍、鎌や鍬などの鉄製品を作るため、いつの時代も極めて重要視された。

その踏鞴鉄は全て砂鉄から取る。

日野川はよく河童が出ると言われていた。河童は人や馬を川に引きずり込むので大人から子どもまで恐れた。

二人は日野川を越えると下市《しもいち》宿に急いだ。

雪混じりの風はますます強くなり、昼が過ぎると猛吹雪になった。六里ほどを急ぎに急いで下市宿に逃げ込んだ。

その日は一晩中、海からの雪と風が荒れ狂う。

翌朝、吹雪が止むと二人は山陰道を東に急いだ。

鳥取城下から但馬村岡に向かい、福知山城下を通って京に着いた時は暮れも押し詰まっていた。

丹波口から京に入った重信は、五条河原で三右衛門と会い鷹ヶ峰の道場に戻った。

阿国が亡くなったと聞いて急ぎの旅で出雲に行ってきた。

途中で雪に降られ難儀したが、無事に京へ戻ってこられたのは幸運だ。旅の途中で雪に閉じ込められるかと思ったがうまいこと脱出に成功。

それから数日で年が明ける。

慶長十九年（一六一四）は激動の年になりそうな気配がしている。その震源は重信に吉岡憲法がいった大坂城の豊臣秀頼だ。

秀頼は二十二歳になり、堂々たる豊臣家の御曹司に成長している。

家康が京の二条城で秀頼に会って、放置すれば幕府の根幹を揺るがすことになりかねないと、殺意を持った時からまた一段と御大将らしくなっていた。

秀吉のような小男ではなく、織田家のお市《いち》姫の血を茶々姫から受け継いだ大男で、太った体軀はそこに座っているだけで人を圧倒する迫力があった。主座に立つと人々が唖然とするほど美々しい公達《きんだち》だ。

体が大きいということはそれだけで人を威圧する。

その上、武家のようなやぼったさがなく、秀頼は誰が見ても公家で、今すぐにでも関白になれる威厳を持っていた。

そのことを最も気にしているのが大御所こと家康だ。

ところがその家康の死後を考え、大坂城の秀頼に秘かによしみを通じてくる者がいないわけではない。

だが、その数は激減している。

幕府はいざという時に外様大名の手元に軍資金が残らないよう、相変らず天下普請に浪費させる作戦を取っていた。

この政策は関ヶ原の戦いの翌年、慶長六年の膳所城の天下普請から始まった。

伏見城、二条城、彦根城、篠山《ささやま》城、亀山城、北ノ庄城、名古屋城、江戸城、駿府城、姫路城、上野城などお手伝普請ともいわれる。

駿府城の普請には五百石夫と称し、領地五百石につき人夫一人を出す。

一万石で二十人、十万石で二百人、五十万石だと千人という割り当てで、大坂城の豊臣家にも命じられた。

名古屋城の天下普請にも家康は豊臣家に動員を命じた。

だが、駿府城は家康の城であるから豊臣家は動員に応じたが、名古屋城の普請への動員を茶々姫が拒否する。

当然といえば当然だが、茶々姫の振る舞いは家康を怒らせて危ない。

家康は豊臣家に秀吉の追善供養の名目で、畿内の寺社の造営や修復をするよう勧めている。

こちらの方は名目が名目だけに断るのは難しい。

東寺《とうじ》金堂、延暦寺《えんりゃくじ》中堂、熱田神宮、石清水《いわしみず》八幡宮、北野天満宮、鞍馬寺毘沙門堂など八十五ヶ所である。

他にも家康は秀吉が建立した方広寺の再建を勧めた。

この浪費によって秀吉の遺産金七十万枚、およそ七百万両が確実に金蔵から減少していた。

梵鐘の銘文

最上義光は病を押して駿府に行き、大御所家康に最上家の将来を託し、江戸で将軍秀忠に挨拶して山形城に帰還した。

それから間もない慶長十九年正月十八日に、病臥していた最上義光六十九歳が山形城で死去する。この時、寒河江《さがえ》肥前守、寒河江十兵衛《じゅうべえ》、長岡但馬守、山家《やんべ》河内守などの四人が殉死する。

義光の嫡男義康《よしやす》は既に亡くなり、次男の家親《いえちか》が三十三歳で家督を相続した。

だが、義光が築いた出羽山形五十七万石と、東国一の巨城は義光の死後九年でお家騒動を引き起こし、幕府によって改易させられ一万石になり、家親の嫡男義俊《よしとし》が二十六歳で亡くなると五千石の寄合旗本に没落する。

この頃、大坂城の豊臣家が秀吉の莫大な遺産金をつぎ込んで、秀吉の追善供養にと家康に勧められるまま、京の東山で進めていた方広寺の再建が完成に近づいていた。

四月になってその方広寺大仏殿が完成する。

鐘楼の大梵鐘も完成した。

それに伴い、大仏開眼供養や大仏殿上棟供養の日取りや、供養の天台、真言の導師などが逐一家康に報告された。

ところが、大仏殿の棟札と梵鐘の銘文に問題があるので、大仏開眼供養と大仏殿上棟供養の延期を命じると、七月二十六日に家康が方広寺大仏殿再建総奉行の片桐且元に伝えてきた。

この家康の命令は青天の霹靂《へきれき》、驚天動地のことで、大坂城は何が起こったのかと大騒ぎになる。

八月に入ると梵鐘の銘文には、家康を呪詛する内容が含まれているという。

当代随一の学者といわれる林羅山が決めつけ、銘文を起草した南禅寺《なんぜんじ》の秀才文英清韓が弁明しても受け入れられない。

国家安康と君臣豊楽の八文字が問題だという。

家康の名を国家安康と引き裂くのは無礼千万であり沙汰の限りである。

また、君臣豊楽は豊臣を君主としてその繁栄を楽しむと読め、これには徳川家を呪詛調伏する意図が隠されているというのだ。

この頃、家康は胃の具合が悪く、食が進まず自ら調合した薬ばかり飲んでいる。

もう何年生きられるか分からないと自信を無くしていた。

自分が生きているうちに大坂城を潰し秀頼を殺さないと、江戸幕府が危険になると思い込んでいる。

家康も秀吉に似た老いの妄執に捕らわれていた。

人は歳を取ると往生際が悪くなる。「いつお迎えが来てもいい」などと洒落たことをいうが実は嫌なのだ。

「秀頼は生かしておけない。どんな言い掛かりでもいい、戦を仕掛けて殺す……」

大坂城がこの言い掛かりにどんな言い訳をしようが、謝罪しようが家康にはもはや聞く耳はない。

どんな犠牲を払ってでも大坂城と戦って決着をつける。

そんな動きが豊臣家と徳川家の間で起きていることは噂になりつつあった。

危険な気配を感じながらも、重信は秋にはどうしても行きたいと思っていたところがある。

それは、吉野の西行《さいぎょう》庵だった。

重信は父数馬と同じ北面の武士だった佐藤義清《さとうのりきよ》こと西行に興味を持っていた。

義清は北面だったが、あろうことか女院の姿を見て思いを寄せ、二十三歳の義清は苦悩の末に出家したという。

義清が恋をした女院は待賢門院とも美福門院とも言われるが、一方では友人の死を悲しんで北面を辞したともいわれている。

真相は不明だ。西行しか知らない。

その時、義清には四歳の子どもがいて、衣の裾に取りすがって泣くのを、縁側から蹴落として家を捨てたともいう。

以来、西行は諸国に庵を結びながら旅を続けて、七十三歳で亡くなるまで歌を詠み重ねる。

「ねがはくば花の下にて春しなんそのきさらぎのもちつきのころ」

と詠い旅を続けた法師だ。

その西行法師の庵が、西行の愛した吉野の奥千本にある。重信は長年、その吉野の西行庵に行きたいと思ってきた。

暑さが去った八月半ばに、重信は氏心と京を発って吉野に向かう。

重信が京から去ると今出川兵法所の吉岡憲法が予定通り大坂城に出立した。憲法は大坂と江戸は手切れになると予想している。その気配も漂っていて戦いになれば、大坂城に入って徳川軍と戦う覚悟をしてきた。

京から奈良に着いた重信は久しぶりに宝蔵院に立ち寄った。覚禅坊胤栄《かくぜんぼういんえい》は既に七年前に亡くなり、その後継者は禅栄坊胤舜《ぜんえいぼういんしゅん》二十六歳だった。

「老師、よくお出で下さいました！」

胤舜は少年の頃に何度か会った重信をよろこんで迎えた。その胤舜の槍は師の胤栄も驚くばかりだった。
十七、八歳の胤舜に勝てる弟子がいなかったともいう。
やがて、その天才胤舜が宝蔵院流十文字鎌槍を繁栄させることになる。

その若き天才胤舜を支えているのが、胤栄の高弟である阿修羅坊《あしゅらぼう》など何人かの老僧たちだ。

「阿修羅殿はお元気そうですな？」

道場に入って阿修羅坊に聞いた。

「それが少々腰を痛めておりまして、残念ながら老師のご指南をお受けできません」

「ご坊はまだ、あの丸太槍を使っておられるのでは？」

「いかにも……」

「ご坊、あのようなものを振り回すのは四十まで、四十を過ぎたら細く短い槍を工夫しないと体を痛めることになる」

重信が阿修羅坊を叱った。

誰のいうことも聞かない老僧兵の阿修羅坊も、重信に叱られるとそれは胤栄に叱られたと同じだ。

「早速、軽い槍で工夫いたします」

「あの丸太槍は薪にして燃やしてしまいなさい。傍にあるとつい握りたくなる。ご坊の相棒ですから……」

「はあ、薪には……」

「その未練がいけませんよ」

阿修羅坊がまた叱られた。それを胤舜が笑顔で見ている。

重信と氏心は宝蔵院に十日ばかり世話になった。

特別に氏心は早朝から胤舜に十文字鎌槍の指南を受けた。十文字鎌槍は珍しいだけでなく使い方が難しい。突いたり斬ったりするだけでなく、ねじったり掻っ切ったり技が多彩だ。

若い胤舜と氏心の猛稽古を重信と阿修羅坊が見ている。

「老師、なかなか良い若者ですが、十七、八歳ぐらいになりましょうか？」

「うむ、十七になる。それがしの最後の弟子になろうよ」

「なるほど、良い剣士になりましょう」

阿修羅坊が氏心を褒めた。

「ところで阿修羅殿、つかぬことをお聞きするが、武芸者で新免武蔵、または宮本武蔵というのかも知れぬが、この宝蔵院に訪ねてきませんでしたか？」

「例の九州で巌流さまを騙し討ちにしたという……」

「そう、その武蔵ですが？」

「来ておりません。もし、訪ねてきましてもそのような者を道場に上げることはありませんが、老師と何かかかわりでも？」

「いや、格別なかかわりはないが、京の道場に訪ねてきたというので、もしや、宝蔵院にも来ているのではないかと……」

「そのような卑怯者と噂のある者が来ても、当道場は相手にいたしませんから……」

「それで結構、ずいぶん乱暴な武芸者のようで……」

「拙僧が廻国修行の武芸者に聞いておるのは九州の小島で、武蔵という大男が巌流さまを数人で滅多打ちにして殺したということです。見ておったものが多数いたということですから、尾ひれがついてもそう大きな間違いはないだろうと思っております」

「それがしもそのように聞きました」

「そのような者が現れるとは困ったことで……」

「いかにも……」

二人の話はそこで終わった。武蔵の評判は相変わらず良くない。重信は武蔵が取り返しのつかない大きな勘違いをしていると思う。それも、巌流小次郎を殺してしまってからでは手遅れだ。

愚かなことをしたものだと思うしかない。

おそらく、父親の無二斎も噂を聞いて、心を痛めているだろうとも思う。どこかで、武蔵と会えればいいがと考えた。

西行庵

宝蔵院に十日間世話になって吉野に発った。

興福寺宝蔵院を辞した重信は中街道を大和郡山《やまとこおりやま》、橿原《かしはら》、大和三山へと南下した。吉野までは十二、三里の道のりだ。大和中街道は古代に整備された道で古くは下ツ道と言った。

急ぐ旅でもなし、秋の気配が濃い橿原で一泊した。

大和三山は神々の山だ。耳成《みみなし》山、畝傍《うねび》山、天香久《あまのかぐ》山を左右に見ながら、なお下ツ道を南下して吉野川に出る。

ここまで来ると吉野の山々が眼前に聳えた。

比曽《ひそ》か六田《ろくた》へ吉野川を渡って金峰山寺に向かう。吉野は山桜と紅葉の名所で、もう、紅葉の季節がきていた。

深山幽谷の緑の壁がすべて錦に衣替えする。

吉野は後醍醐天皇が南朝を置いた地でもあった。春には下千本、中千本、上千本、奥千本と山桜が全山に咲き誇る。

吉野の山々に眼が眩みそうな花の海が広がるのだ。

西行法師が「ねがはくば花の下にて春しなん……」と、詠ったのはまさにこの花の海のことなのだ。

西行が愛した奥千本は山の中へだいぶ歩かなければならない。

吉野は修験道の山でもある。

二人が山道を登って行くとあちこちに修験者のお堂が建っていた。水分《みくまり》神社を過ぎてなお山道を行くと金峰神社に出た。

上千本の終わりがこの金峰神社で、この先がいよいよ奥千本と言われる深山になる。

山から下りてくる修験の山伏数人と出会った。

「これから山に入られるか？」

「西行庵を慕ってまいりました」

「おう、法師の庵はこの先にある。足元に気をつけて行かれよ」

「山に泊まるようであれば、修験のお堂があるので、そこで頼んでみるがよい」

「かたじけない。ではご免……」

金峰神社の右手から奥千本に入った。その二、三町先に西行庵がある。重信と氏心は細い山道を登って行った。

しばらく行くと西行が「とくとくと落つる岩間の苔清水……」と詠った清水がある。

そこにも小さな修験のお堂が建っていた。

「喉が渇いたであろう、先に飲め……」

「老師から先に……」

「よい、まだ喉は乾いておらぬから……」

「では、先に失礼いたします」

氏心が細く落ちる清水を手ですくって美味そうに二度飲んだ。

「どうだ。美味いか？」

「はい、少々、苔の匂いがいたします」

「ほう、苔の匂いがするか、どれ？」

重信が片手ですくって清水を味わった。

「なるほど、確かに苔の匂いだな。これは喉にしみる美味い水だ。甘露……」

また片手ですくって苔の清水を飲んだ。そこから一町ほど行くと小さな広場があってその隅に西行庵があった。

西行庵から十五間ほど離れて修験のお堂がポツンと建っている。

「あのお堂に山伏はいるだろうか？」

「見てまいります」

氏心がお堂に走って行った。

西行がこの小さな庵で三年間を過ごしたという。

旅に生き、旅に死んだ西行法師とは何者だったのか、この深山で西行は何を思い、何を考えていたのか。

その西行が亡くなった七十三歳に重信もなった。

「花に染む心のいかで残りけん捨て果ててきと思ふわが身に」

花への執着は世を捨てた身への思いではないのか、重信は庵にいる西行法師を思い浮かべ旅を行く姿を思った。

人は長い人生を何かに執着して生きるものだ。

ただぼんやりとは生きられない。

西行庵は深山の草木の中に朽ち果てようとしている。草木国土《そうもくこくど》悉皆成仏《しっかいじょうぶつ》だ。重信は西行庵に合掌した。

そこに氏心が戻ってきた。

「修験の方が三人おられました。これから山を下りるそうで、お堂を使ってよいとのことにございます」

「そうか。では遠慮なく使わせてもらおう」

二人がお堂に歩いて行くと、中から旅支度の三人が出てきた。

「これから山を下ります。どうぞお使いください」

「かたじけなく存ずる。遠慮なく使わせていただきます」

「水は下の清水を……」

「先ほど、頂戴してまいりました」

「そうですか。山の中にはまだ何人かの修験者が残っておりますが、お堂を使って構いません。清水の傍にもお堂はありますので……」

三人の山伏が重信に頭を下げて挨拶した。重信と氏心も山伏に頭を下げて三人を見送った。

お堂には煮炊きや寝泊まりの支度がしてある。

吉野の山で修行する修験者のお堂だ。

「ここで稽古ができそうだな」

「はい、このようなところで稽古ができるとは有り難いことです。ずいぶん紅葉の美しい山のようです」

「この吉野は、春は山桜、秋は紅葉が名物だからな。この辺りは奥千本といって桜も紅葉も特に良いところのようだ」

「はい……」

「深山幽谷の秋の夕暮れだ。今日は間もなく暗くなる。明日の朝から稽古をしよう」

「はい、お願いいたします！」

修験者のお堂は山に入って何日も修行する山伏たちのために用意されている。そのお堂に重信と氏心は泊まった。

翌朝の朝餉は氏心が腰に下げてきた非常時の干飯《ほしいい》を粥にして食した。

二人の稽古は早朝から一刻半ほど続き、それが終わると氏心が食料を求めに山を下りて行った。

重信は西行庵で座禅を組んだ。

その頃、大坂城からは駿府城や江戸城に使者が出て、大御所家康を呪詛調伏する考えなどないことを弁明した。だが、自分が生きているうちに秀頼を殺すと決意した家康に聞く耳はない。

方広寺の梵鐘の銘文など家康にとってはどうでもいい。

兎に角、秀頼と茶々姫に言い掛かりをつけて、戦いに持っていって殺すことが目的なのだ。

大坂城がどんなに騒ごうがもう家康の決心は変わらない。

家康の気持は秀頼を殺したい殺意で膨れ上がっている。あの巨漢の秀頼に江戸が攻められるという妄想だ。

老いは悲しいことではないが妄執に捕らえられると悲しいことが起きる。

秀頼を殺す気がないのなら、嫌な銘文の梵鐘など鋳つぶして造り直せばすむことなのだ。

その罰として領地半減二十万石程度か、十万石以下の小大名にすれば大坂城からも出て極めて穏便だ。

だが、家康に秀頼を生かしておく考えがないのだから無理だ。

それをいち早く感じ取って、大坂と江戸の手切れを待つ浪人たちが、続々と大坂城下に集まり始めた。

その状況は逐一、早馬で駿府城の大御所に注進される。

大坂城下に浪人が集まれば集まるほど家康の思うつぼだ。戦いの臭いを嗅ぎつけた浪人を誰も止められない。

他にも家康から弾圧されているキリシタンが大坂城下に集まってきた。

浪人どもが騒げば騒ぐほど戦がしやすくなる。大坂城は戦支度をしていると言い掛かりを広げることができた。老獪《ろうかい》な家康に狙われて、戦いを回避できるような切れ者の家臣など、大坂城には一人もいない。

唯一その可能性があったのが真田昌幸だった。

武田信玄も秀吉も家康も能力を認めた曲者だ。戦いでも和解でも自在にできるのが昌幸という男である。

だが今は、どんなに交渉しても、家康に話し合う意思がないから戦うしかない。

ついに、大坂と江戸は手切れになった。

十月二日になって、大坂城の豊臣家は恩顧の大名や浪人に檄を飛ばし、戦いの準備に入るように命じたのだ。

同日、大坂とその近郊から大量の兵糧の買い付けを始め、大坂にある幕府を始め諸大名の蔵屋敷から蔵米を接収。

全国から集まってきた浪人を召し抱え始める。

武器の買い入れ、大坂城の惣構えの修理、砦や櫓の新設など戦準備に一斉に取り掛かった。

だが、秀頼の援軍要請に応じる秀吉恩顧の大名は一人もいない。

結局は恩顧などといってもその程度の者でしかない。誰もが勝ち馬に乗りたいのである。戦いに勝たなければ家が滅びるのだ。

幕府が大名の裏切りを恐れ、島津家などから人質を取り締め付けたからでもある。

西国大名からは将軍秀忠に忠勤を誓わせる起請文を出させ、関ヶ原のように寝返りや裏切り者が出ないよう締め付けを厳しくした。

福島正則や黒田《くろだ》長政《ながまさ》などは江戸から動かないよう命じられる。

江戸城の留守居を命じられては大坂には手が届かない。

十月十一日になると生き生きと若やいだ家康が、軍勢を率いて駿府城を出立し京に向かった。

家康も秀吉に似て戦が大好きなのだ。勝てる見込みが立っているからでもある。

大御所さまがことのほか若々しく元気であると、本多正信が日記に書き残すほど家康は意気軒高だった。

秀吉が死んで家康の唯一の懸案だった秀頼を始末する時がきた。

だが、家康はこの戦いに絶対の自信があったわけではない。西国大名に裏切りが起これば、雪崩を打って大坂方に駆け込む恐れが常にある。関ヶ原の戦いは家康と石田三成の戦いということで、三成嫌いの豊臣恩顧の大名はすべて家康に味方した。だが、家康が大坂城を攻めるとなると話は別で、家康と秀頼の戦いで豊臣恩顧の大名は心中穏やかではない。

そういう大名は西国に多い。加藤清正、池田輝政、浅野幸長など豊臣恩顧の有力大名はすでに亡くなっている。だが、福島、細川、黒田、島津、堀尾、伊達、上杉、山内など多くの大名たちがまだ残っていた。

いざとなれば加賀前田百万石でさえ寝返りしかねない。そんな危うさを家康はわかっている。だが、勝つ見込みは持っていた。そうでなければ戦わない。

ただ、十万、二十万の大軍が集まれば何が起きるか誰も想像できない。ましてや、大坂城には十万人という浪人たちが入城して、関ヶ原の戦いをもう一度と待ち構えているという。

秀吉が難攻不落と豪語して築いた巨大惣構えの大坂城だ。籠城した兵力の十倍で攻めないと、城は落ちないといわれるほど攻城戦は厄介なのである。

そこで信長は火攻めを得意とし、秀吉は水攻めや兵糧攻めを得意とした。

家康は籠城戦や攻城戦より、用兵中心の野戦を得意とすると思われている。だが、実のところ家康は野戦も信玄や謙信のように強くはない。

家康は戦術より戦略の人である。

小牧《こまき》、長久手《ながくて》の戦いで、秀吉の大軍十万に対して家康は三万で戦い、五分以上に有利な状況で引き分けた。

また、関ヶ原ではほぼ互角の兵力だったがわずか一日で決着をつけた。

そういうことで野戦が強いと思われているだけだ。

だが、決して強くない。それがやがて証明される。

家康はそういうことをわかっていて、大坂城を落とすための策をだいぶ前から準備していた。

その一つは秀吉から聞いた大坂城の落とし方であり、もう一つは新兵器の大砲を秘かに堺の芝辻《しばつじ》家とイギリスやオランダに注文していたことだ。

大坂城は火縄銃や大筒では落とせないことを家康はわかっている。

惣構えの巨大な大坂城に火縄銃を何千丁揃えて、撃ち込んでも遥かに遠い本丸には届かない。

石山本願寺の跡地に築城された大坂城はまさに難攻不落だ。攻城戦の難しさは、信長がその石山本願寺を十年間包囲しても、落とせなかったことを家康は見てきた。

秀吉が築城した大坂城は天然の川と巨大な堀に守られている。石山本願寺より落とすのが厄介だと家康はわかっていた。落城させるには策が必要だった。

それを家康は考えてきている。

その家康が駿府城を出陣した翌日、十月十二日に大坂城から真木嶋昭光《まきしまあきみつ》が堺に向かって出陣した。

もう避けられない戦いに向かって双方が動き出している。

大坂と江戸のこの緊張が全国に広がって行く。

十月十三日には出羽山形で最上義光の三男、清水城主清水義親《よしちか》が大坂城の秀頼と通じていると、兄の山形城主家親が疑い、その嫌疑で家親が弟義親に猛攻撃を仕掛けて殺してしまう。義親は三十三歳だった。

最上家の没落を暗示するような内紛である。

その十日後の十月二十三日、いよいよ戦いの時とばかりに若返った家康が軍勢を率いて、堂々と上洛し二条城に入った。

同日、江戸城の将軍秀忠が六万の大軍を率いて出陣。

二条城に入った家康がまず最初にしたことは、京の東山にある高台院にいる北政所こと秀吉の正室お寧との面会だった。家康には秀頼を殺す前にどうしても確認したいことがある。

家康は百人足らずの護衛だけで、夜陰に紛れて二条城から秘かに出た。

慎重な家康にしては軽率な油断だ。本能寺で倒れた信長のような危ない振る舞いである。

こういう油断を家康はしないはずだ。京の周辺に敵はいないと見ている。

家康ほどの者が動く時は、近いところへ行くにも、少なくとも千人ぐらいの兵力を連れて動くものだ。

そんな危険を冒しても家康は東山に行かなければならない。

真田丸

夜の東山は真っ暗だ。

家康の訪問は知らされていて、到着すると高台院、東殿《ひがしどの》、孝蔵主《こうぞうす》、マグダレーナ和草《わくさ》らが大玄関に出て迎えた。

ルイス・フロイスが日本の女王とまで称えた、人格者の高台院はにこやかに家康を迎える。

高台院は家康がなぜ上洛したか、なぜ自分に会いに来たかすべてわかっている。

「高台院さまにはご壮健にて誠に重畳《ちょうじょう》、ご無沙汰は平にお許しを願います」

「大御所さまも一段とお元気にて、お忙しい中をお出でいただくなどまことに恐縮にございます」

互いに腹の中はわかっていて緊張に包まれていた。

高台院は関ヶ原の前、秀吉が亡くなるとすぐ石田三成の三女辰姫《たつひめ》七歳を養女にして、四年前に津軽信枚《つがるのぶひら》に十九歳で嫁入りさせた。

ところが、その津軽家にこの前年の慶長十八年に、家康が養女の満天姫《まてひめ》を嫁入りさせ、辰姫を正室から側室に格下げしている。高台院に対する家康の露骨な嫌がらせだ。嫌みというか意地悪というか、家康という男はこういうことを平気でする実に嫌な男なのだ。

満天姫は家康の異父弟の娘で、福島正則の嫡男正之《まさゆき》の正室だったが、正之は乱行の末、二十四歳で死去した。

そのため福島正則は懐妊していた満天姫を徳川家に返す。

その満天姫を津軽家にと勧めたのは、家康の側近、怪僧の天海《てんかい》で嫌な連中だ。三成の娘では仕方ないが辰姫が哀れだ。

側室に落とされた辰姫は、津軽家の飛び地である関東の上州大舘《おおたち》村に移された。

辰姫が津軽家に嫁いだのは、関ヶ原の戦いの時に信枚の兄津軽信建《のぶたけ》が、秀吉の小姓仲間である三成の次男重成《しげなり》と謀って、敗軍の将となった三成の娘辰姫を津軽に逃がしたからでもある。

満天姫は福島正之の子を産み、その子と一緒に津軽信枚に嫁いできた。

信枚は辰姫を愛していて、家康が亡くなると参勤の行き帰りに、上州大舘村の辰姫と過ごすことが多かったという。やがて辰姫は信枚の子を産み、津軽家はその子が相続することになる。

この時、高台院は湖月心尼《こげつしんに》という美しい名を持っていた。

家康がなかなか切り出さないのを見て、孝蔵主たち側近を人払いして家康と二人だけになる。

「失礼ながら高台院さまにお聞きしたいことがございます」

「何なりと……」

「大坂城の秀頼さまの出生のことでございます。世間では何かと姦《かしま》しく……」

「ホッホッホッ……」

高台院がやはりそのことかというように笑った。すでに家康の心を見抜いていた。

大坂城の秀頼を殺すに当たって、秀頼は太閤の子ではないという言質《げんち》が欲しい。さすがの家康も秀吉の実子を殺すのは辛いし寝覚めが悪い。

秀吉とは、秀頼を育てると約束しているのだ。

家康がここまで大きくなれたのは家康の精進でもあるが、七、八分は信長と秀吉のお陰だともいえる。

人によっては信長が捏《こ》ねて、秀吉が搗《つ》いた餅を家康が食っただけだという者すらいる。

そんなことは断じて認められない家康だ。

そのため、信長の業績も秀吉の業績も、この世から消し去ることに腐心してきた家康なのだ。

信長の存在すら認めない。秀吉の豊国神社も家康は潰してしまう。

再建された方広寺など黄金を使わせる口実でしかない。残しておく気などさらさらない。

そういう家康のやり口を高台院はすべてわかっていた。

「わらわは石女《うまずめ》でしたが、太閤殿下にはお胤《たね》はありました。長浜城で南殿《みなみどの》が産んだ石松丸《いしまつまる》さまも淀城の鶴松《つるまつ》さまも、大坂城の秀頼さまも殿下のお胤にございます」

「それは……」

「大御所さまにわらわが嘘を申し上げましょうや……」

家康は予想外で次の言葉が出なかった。高台院から秀頼が秀吉の子だと言われても信じられなかった。

高台院がなぜそういうのか、茶々姫に大坂城から追い出されたのにと思う。

ところが、高台院はそんなふうには思っていない。

高台院お寧は那古野城にいる頃から信長が大好きだった。信長に抱かれたいと思ったことも一度や二度ではない。秀吉の妻より信長の側室になりたいが、足軽大将の娘では無理なこと。

お寧の気持ちを知ってか知らずか、信長はお寧のいうことは何でも聞いてくれた。

そんな大好きな信長の血を引く茶々姫と秀頼に、秀吉と二人で築いた天下を差し上げるならうれしい。

狸親爺の家康なんかにやるより、できることなら秀頼に天下を渡したい。

秀吉の浮気を怒ったお寧が信長に訴えた時、お前ほどの女は禿鼠の秀吉には勿体ないのだと信長は褒めてくれた。

信長はお寧にやさしかったのである。

お寧は茶々姫が信長とお市姫の間にできた隠し子ではないかと思っている。秀頼は信長の孫かも知れないのだ。

それなら、天下は家康より秀頼にやりたい。そういう微妙な女心を家康は読み切れていない。

だが、そこは狡猾無比の家康だ。

この高台院との会見で、この女が動いたらとんでもないことになると感じた。

二条城に戻るとすぐ、家康は「高台院をして大坂城に至らしむべからず！」と厳命する。

高台院の甥の木下利房《としふさ》を呼んで、早急に高台院を警固し監視するよう命じた。

万一にも高台院に大坂城へ入られると、苦戦どころではなく家康は負けるかもしれない。

兵をまとめて江戸城に戻り作戦のやり直しになる。だが、高齢の家康にそんな猶予《ゆうよ》はもうない。

高台院と秀頼のいる大坂城を攻めようとする西国大名などいなくなる。

狡い家康ですら秀吉の異父弟豊臣小《こ》一郎秀長《いちろうひでなが》と、北政所お寧の高潔な人格を認めるしかなかった。秀長は亡くなったがお寧は健在である。

大坂城の高台院が相手ではとても戦いにはならないだろうと思う。

家康によって素早く高台院の動きは封じられた。

高台院の側近東殿は大谷吉継《おおたによしつぐ》の母、マグダレーナ和草は小西行長《こにしゆきなが》の母、孝蔵主は石田三成の縁者だった。

家康に恨みを持つ敵ともいえる。その動きをいち早く封じた。

十月二十五日に家康は藤堂高虎を二条城に呼び徳川軍の先鋒を命じる。最も危険な福島正則と黒田長政には、江戸城の留守居を命じて動けないようにしてある。家康の戦略に手落ちはないが、高台院が秀頼を秀吉の子と認めたことは当てが外れた。だが、高台院が大坂城に入ることだけは阻止する。

その家康は徳川軍の総兵力を二十万と考え、集結場所は瀬田、京の洛外、大坂の近郊に分散させた。

その頃、高野山麓の九度山にいた真田信繁が名を真田幸村と改める。

幸村は息子の大助や、父昌幸から引き継いだ家臣団を率いて、六文銭の旗を立て密かに大坂城に入ってきた。

秀頼が最も待っていた大将だ。

大坂城に六文銭の真田が入ったと聞いて、家康の手がブルブルと震え「父親か息子か？」と聞いたという。

「息子の真田信繁にございます！」

「本当だな？」

「はッ、間違いございません！」

それを聞いて家康の震えが止まったともいう。

家康は生きているかもしれない真田昌幸を最も恐れていたのだ。

ところが、家康はその真田幸村に執拗に命を狙われ、二度までも自慢の馬印を倒され命からがら逃げることになる。大将が馬印を倒されるとは敗北と同じだ。

年寄りの家康は大軍を頼り、晩年の秀吉のようにまったく戦いが下手になっている。端っから上手ではなかったのだが。

十一月に入ると後陽成上皇が家康に和睦を勧告、大坂城の豊臣家が滅ぶのではと心配された。

それに対して家康は聞く耳を持たない。

この頃、太閤秀吉の豊臣家を朝廷は摂関家と見ていた。だが、家康には豊臣家の関白など断じて認められない。

そんなものを残せば自分の死後に何が起きるかわからないからだ。

大坂城の秀頼をどうするかは朝廷には関係ないことである。断じて和睦などという朝廷の介入を許すわけにいかない。

家康は後陽成上皇の勧告を拒否した。朝廷には介入させないという強い姿勢を家康は示す。

十一月十日に将軍秀忠が六万の大軍を率いて伏見城に到着する。

この秀忠も戦が下手である。関ヶ原の時は四万の徳川本隊を率いながら遅参。真田昌幸に騙されて戦いに間に合わなかった。

大馬鹿者というしかない。

京から伏見、伏見から大坂と伝令の早馬がひっきりなしに駆け抜ける。

徳川の大軍を見て、大坂の秀頼がどうなるのか見物人は心配顔だ。京や伏見や大坂には豊臣贔屓の人が多かった。

余命が長くないと信ずる家康には曖昧な決着などあり得ない。

何がなんでもここで倒すか倒されるか、豊臣の天下か徳川の天下かをはっきりさせてやる。

大坂城でも真田幸村が家康との決戦を訴えていた。

幸村には家康が秀頼を殺しに来るのだとわかっていた。中途半端な和睦や和平など意味のないことだとわかっている。だが、大坂城にはまだなんとかなる、家康が秀頼を殺すはずがないという者たちがいる。幸村は家康がそんな温い男ではないと考えていた。

家康には江戸幕府を盤石にするための戦いだろう。

幸村と名を改めたのは家康を倒すという決意で、村の字は家康の嫌いな妖刀村正の村なのだ。

大坂城の兵の数は少ないが戦いは兵力差だけでは勝敗は決まらない。

幸村は秀頼が鎧を着て千成瓢箪の馬印を立てれば、家康との勝負はまだわからないと考えている。

千成瓢箪の馬印と一《いち》の谷《たに》馬藺《ばりん》後立付兜《うしろだてつきかぶと》は太閤秀吉そのものだ。

秀頼が鎧を着て前線に立てば豊臣恩顧の大名は鉄砲を撃てなくなるだろう。

そう幸村が訴えても茶々姫が、秀頼に鎧を着せて千成瓢箪の馬印を立てることに同意しない。

息子を戦場に出したくない母親なのだ。だが、すでに大坂城そのものが戦場なのだ。

御大将秀頼さまが白馬に乗り、黄金の千成瓢箪の馬印を立て、一の谷馬藺後立付兜をかぶって前線に姿を見せれば必ず銃声は止む。

戦いは逆転する。

もし、和睦になっても同等以上の条件で、和睦が可能になるだろうというのが幸村の考えだ。だが、どうしても茶々姫が納得しない。

幸村は父真田昌幸が、「そなたではわしの作戦はできない。それはそなたを信頼する武将が少ないからだ」といったのを思い出す。

真田昌幸のことは誰でも知っているが、真田信繁や幸村の名を知る者はほとんどいない。昌幸はそのことをいったのである。

幸村は仕方なく大坂城の弱点、東南の角を守る砦を築き真田丸とした。

惣構えの外に張り出して築かれた真田丸は、二重の柵と三段構えの堅牢な城のような造りだった。

十一月十五日に家康が京の二条城から出陣する。

奈良を経由して大坂城を包囲している徳川軍と合流。家康は何が何でも大坂城を落として秀頼を殺す決意をしていた。それしか江戸幕府を安泰にする方法はないと信じている。たとえ一万石でも若い秀頼を生き残らせては、いつの日か必ずや復活して江戸に進軍してくると思う。

家康は胃の具合が悪く大きな腫物ができているとわかっていた。

三要元佶から学んだ薬草学で、漢方の秘薬を手製で作って飲んでいる。その家康が気にしていたのは漆のように黒い便が出ることだ。

一日も早く秀頼を殺すしかない。

秀頼を大坂城に残したままでは死んでも死にきれない。

十一月十八日に家康は大坂城の南の茶臼山に着陣、将軍秀忠と合流するとすぐ軍議を開いた。

大坂城に籠城する豊臣軍九万、それを包囲する徳川軍二十万が対峙した。

太閤秀吉の小田原征伐に匹敵する大軍だ。

小田原征伐の軍勢は北条軍八万、太閤秀吉軍二十一万だった。その戦いを家康は秀吉の傍で見てきた。

いよいよ豊臣軍と徳川軍の激突が始まった。

この戦いこそ天下分け目の戦いになる。双方が負けられない。

十一月十九日に木津《きづ》川口で戦いが行われ、二十六日に鴫野《しぎの》、今福《いまふく》の戦い、二十九日には博労ヶ淵《ばくろうがふち》砦、野田、福島の戦い、尼崎《あまがさき》合戦と戦いが続いた。

この時、池田利隆に仕える田宮長勝は尼崎合戦に参陣している。

父親の田宮平兵衛から、神夢想流居合を伝授された長勝は田宮流居合を開き、戦場でもその強さは凄まじかった。

前後左右の敵を次々と斬り伏せ、二十数人までは数えたがそこから先は不明だ。

獅子奮迅の働きで四十人を斬ったとも、五十人を斬ったとも言われ、この緒戦での活躍が噂になった。

やがてその噂が家康の耳に届き、長勝は八百石、子の長家《ながいえ》は二百五十石で紀州徳川頼宣の家臣に迎えられる。

大坂城周辺の戦いは真田丸の攻防になった。

真田丸とその周辺には真田幸村軍を中心に、長宗我部盛親《ちょうそかべもりちか》軍、後藤基次《ごとうもとつぐ》軍、木村重成軍など二万五千人の大軍が集結して守備している。

その真田丸の正面には加賀百万石の前田軍がいた。

その周囲に松平忠直《ただなお》軍、井伊直孝軍、藤堂高虎軍三万三千人が陣を敷いて真田丸を警戒している。

前田軍には前年に隠居した名人越後こと富田重政がいた。

この時、重政が一万三千六百七十石を譲った息子の重家《しげいえ》も参戦している。

井伊直孝軍には神夢想流居合三代目、長野十郎左衛門が長野与惣兵衛と名乗って参陣していた。

その傍には弟子の一宮左太夫がいる。

十二月三日までにらみ合っていた前田軍を真田丸から真田軍が挑発する。

「加賀百万石の天下の前田家は、真田丸のような小城は不足と見えるわ！」

「百万石などこけおどしであろうよ！」

「張り子の虎ということかッ、ガッハッハッ！」

こういう戦場での罵《ののし》り合いは常のことだ。それにやり返して口合戦になる。

「うるさいぞッ、役立たずの六文銭がッ！」

「役に立つかたたぬか攻めてきやがれッ、加賀の腰抜けどもッ！」

「くそッ、眼にもの見せてくれるッ、行くぞッ！」

前田軍の奥村栄頼軍が真田丸の二重の柵に押し出して行った。

そこを待っていたとばかりに、真田丸から雨あられの銃撃が始まり奥村軍が立ち往生になる。

「皆殺しにされるぞッ！」

「奥村隊を助けろッ！」

前田軍から続々と横山長知《よこやまながちか》軍、本多《ほんだ》政重《まさしげ》軍、山崎長徳《やまざきながのり》軍、富田重政軍が助けに向かった。

凄まじい銃撃で柵に手も届かない。這々《ほうほう》の体《てい》で逃げ出すしかなかった。

この有り様に家康は東南の角の弱点を見抜いた幸村に一目置いた。大軍でも落とせないなんとも厄介な真田丸になった。

「真田の小童《こわっぱ》が小賢しいことをやりおるわ。小童の叔父、信尹《のぶただ》を呼んで来い……」

家康は幸村の叔父真田信尹を使者に、信濃から十万石を知行するので真田丸を開城しろと申し入れた。

幸村は柵の中に叔父の信尹を入れ、両軍から見えるところで会談する。

真田丸を開城する考えはないと断った。すると家康は信濃一国四十万石をと条件を吊り上げ開城を迫った。

家康は名もなき幸村を只者ではないと認めたのである。

「信繁、大御所さまは四十万石を提示したのだぞ。もう、乱世は終わりだ。これから先、何をしようとも四十万石など手に入れる機会は巡ってこない！」

「叔父上、それがしは幼少の頃より、太閤さまの近習に取り立てていただき、育てていただいたご恩は今しかお返しできないのです」

「それはわかる。わかるが、父親として大助のことも考えろ！」

「大助も六文銭の子です。覚悟はできています。叔父上、ここにお出でになるのはこれを最後に願います。双方の兵が見ております。次は叔父上の首を取らなければなりません……」

「信繁、考え直せ！」

「それはできません……」

きっぱり言って幸村が床几から立ち上がった。

「信之も心配している。考え直せ！」

「兄上にもよしなにお伝えください。大御所さまにも……」

幸村は信尹を柵の出口まで送って行った。家康による幸村の懐柔策は失敗する。

このような裏切りを誘う家康の働きかけはあちこちで行われていた。それに応じる豊臣軍の武将もいた。

織田有楽斎《うらくさい》のように逃げ出す者がやがて出てくる。

徳川軍は大きな見落としをしていた。

それは家康の油断でもあった。

家康は大坂城下や周辺には大量の米があり、二十万人の大軍でもまさか兵糧不足になるとは思っていなかった。

大坂城にそんな大量の米を買い占める黄金がまだあるとは思えない。浪人たちを雇うのに支払った黄金も莫大で、秀吉の黄金はそんなに残っていないはずだと思った。確かに大坂城の黄金は激減はしていた。

だが、使い切れずにかなり残っていて、家康のその目論見がはずれた。

秀頼は諸大名の蔵前を接収すると同時に、大坂城の米蔵に入りきらないほどの米を周辺から買い占めていた。

武器弾薬と兵糧さえあれば、大坂城はいつまでも戦えるという考えだ。

一方の徳川軍二十万人が食う兵糧は膨大だ。

この頃、兵は日に六合の米を食うとして勘定するのが常だった。

二十万人は日に千二百石を食う。十日で一万二千石を食い、一ヶ月で三万六千石を食う。

つまり九万俵の兵糧米を一ヶ月で食うことになる。

それも生米のままでは食えない。生米を食うと下痢をして、腹下しの兵などは使えない。

米を一旦炊いてから天日干しにして干飯にして兵糧にする。

少々厄介なのだ。

戦いの最中に飯炊きもできない。腹が減っては戦ができぬという。

小田原征伐の時は石田三成という天才がいて、兵糧を満載した船を小田原の海に何百艘も浮かべた。

兵が何人だから兵糧は何石で船で運ぶには何隻かと、三成のようにピピッと頭の切れる男がいないと大きな戦いなどできない。

大軍の長陣になると何はさておいても兵糧だ。戦う兵はすぐ飢えてしまう。

大坂城は海と川に囲まれた城で周辺国からいくらでも兵糧を運べる。それをしなかった家康は大坂城を見くびっていた。

家康は大坂に軍を進める数日前に、諸大名に対して兵糧船を堺に回すよう命じていたが、急な話で半月や一ヶ月ではいかんともしがたい。

兵糧は何ヶ月も前から支度をして蓄えておくものだ。

家康にしては稚拙な失敗で、秀頼を殺すことだけに気を取られ、家康の焦りがあらわれている。家康らしくない大失敗なのだ。

二十万の大軍は米がなければたちまち飢える。

豊臣軍に米を買い占められ、徳川軍は兵糧不足に陥った。飢える恐怖を家康は抱え込んだ。それを隠して家康は和平交渉に入ることにする。真田丸は落ちないし兵糧不足では継戦が無理、大坂城に兵糧不足を悟られる前に和睦しなければならない。

十二月四日には前日の失敗を取り戻すため、越前の松平忠直軍と加賀の前田利常《としつね》軍が真田丸に攻撃を仕掛けた。

だが、結果は前日と同じで苦戦を強いられる。簡単に引くわけにもいかず攻撃が続いた。

井伊直孝軍と藤堂高虎軍も駆けつけて前田軍は猛攻を繰り返す。

真田丸は幸村が考え抜いて築いた城で、防御だけでなく攻撃もできる城に作られている。

馬出しから飛び出した真田軍は、城外で大暴れするとサッと引き上げる。それを追った前田軍は柵の傍で銃撃に狙われバタバタと倒れた。

小城一つを落とせないのかと、徳川軍は意地になって猛攻を繰り返す。

引けと言っても引かない。遂に二千人を超える犠牲者が出ると、家康はそれを見かねて使者を走らせる。

「攻撃中止ッ、全軍引けッ！」

厄介な真田丸だ。

十二月九日頃から家康は作戦を変え、真田丸攻撃を中止して大坂城の惣構えの南側から、大筒、鉄砲などを集めて砲撃を開始する。

大軍に大声で喚声を上げさせて、城内の者を眠らせないという珍妙なことを始めた。

これは城内に茶々姫など大勢の女がいるのを見越しての作戦で、戦いに怯えている女たちに結構な効果があった。

神経の細い女たちは数日で猛烈な寝不足になる。

十二月十日には降伏を促す矢文を打ち込む念の入れようだ。

一方では兵糧不足になり和睦交渉をしながら、翌日には佐渡《さど》や甲斐から連れてきた金掘たちに、惣構えの南から石垣や土塁を破壊する穴を掘らせ始める。

ありとあらゆる方法でなんとか大坂城を落としたい。

家康は巧妙だがことのほか攻城戦は苦手だ。

二十万の大軍を擁しながら、真田丸のような小城一つ落とせない。幸村は信濃上田で関ヶ原に向かう徳川軍と戦い強くないと見抜いている。

二十万の大軍は腹をすかして飢え始め、真田丸を落とせないという体たらくなのだった。

その家康は苦しい戦いの中である新兵器を待っている。

十二月十五日に和睦交渉がまとまらず暗礁に乗り上げた。徳川軍が危ない。

茶々姫を江戸に差し出す代わりに、豊臣家のため籠城している浪人たちを仕官させてもらいたいという。

秀頼がなかなかの条件を出した。それを家康が拒否する。

そんなことはできない相談だ。茶々姫を江戸に差し出すなどという、中途半端な条件で和睦などできない。

なによりも浪人たちの仕官などもってのほかである。

そんなことで大坂城を残せば、その先に何が起きるか分からない。幕府がひっくり返される。

そのような危険な条件は飲めない。

十二月十六日に大坂城の北の備前島に大筒百門を集結させた。

南の天王寺口に芝辻理《り》右《え》衛門《もん》の一貫五百匁の砲弾を放つ大砲を据えて、南北から大坂城に砲撃を続けたが砲弾が本丸に届かない。

失敗続きで家康はもうだめかといらつき始めていた。

兵糧不足で徳川軍はおかしくなりかけている。もう半月も持たないかもしれない状況なのだ。

そんな時、家康が注文して待ちに待っていた新兵器が姿を現した。

イギリスから購入したカルバリン砲四門、セーカー砲一門、オランダ製五貫目半カノン砲十二門が到着する。

「すぐ備え付けて砲撃を開始しろ！」

家康の苦境を救う新兵器が、大坂城本丸に近い備前島に配備された。

それを迎え撃つ大坂城には火縄銃しかない。大砲対火縄銃という奇妙な砲撃戦になった。

「放てッ！」

「次々と放て！」

戦いの様相が一変する。ドーン、ドーンと三貫目、四貫目、五貫目の砲弾が淀川に浮かぶ備前島から大坂城内に打ち込まれた。

そんな砲撃が続けられた。だが、その砲弾でも大坂城本丸にはとどかないのだ。

家康の頼みの綱の大砲の弾が大坂城にとどかない。万事休す。家康の戦いが敗北で終わるかに思われた。

ところがその何発目かの砲弾が北からの風に乗って、大坂城の本丸御殿に到達、ドーン、バリバリッ、ビシッ、ガッシャンと砲弾が命中、本丸御殿の天井の一部が落下し茶々の目の前で侍女八人が即死した。

「キャーッ！」

「逃げろッ、逃げろッ！」

「戦は終わりだッ！」

「和睦だッ、話し合いだッ！」

砲弾一発で大坂城内は上を下への大騒ぎになり、その一発の砲弾の恐怖で茶々姫が和睦に応ずる決断をする。

女たちは恐怖にかられ怯え切った。そもそも女は戦いには向かないのだ。

この時、秀頼は徳川軍の実情をわかっていなかった。あと数日で徳川軍が兵糧不足のため撤退を余儀なくされるのに、情けない母の和睦希望を受け入れてしまう。

砲弾一発で和睦するぐらいなら戦いをしないことだ。

誰もが難攻不落と信じる大坂城に大砲が打ち込まれ、間もなく大坂城が落城するという絶望の噂が一気に京へ伝搬した。

翌十七日に慌てた後陽成上皇が広橋兼勝《ひろはしかねかつ》と三條西実条《さんじょうにしさねえだ》を派遣し、和睦を勧告するが家康はこれも拒否する。

朝廷の介入を許さない。家康主導で和睦交渉を進めるという考えに変わりがない。

何んとしても秀頼を殺す決心だ。ここで豊臣家を倒さないと逆に徳川家が危険になる。

大坂城を完全につぶす作戦が実行された。

一気に大坂城を攻めると、どれだけの犠牲が出るか分からない。一万や二万の犠牲が出ては困る。

秀吉が家康につぶやいたように、ここは一旦和睦して、近い将来に再攻撃をするという二段構えの作戦である。体調の良くない家康が兵糧不足の徳川軍を救うためギリギリの妥協をした。

十二月十九日京極高次《きょうごくたかつぐ》の陣所で、家康の代理人阿茶局《あちゃのつぼね》と秀頼の代理人茶々姫の妹、常高院《じょうこういん》お初《はつ》の間で和議の条件が話し合われ合意。

その内容は家康の満足するものだった。

翌二十日に誓書交換で和平が成立。砲撃が中止された。その和平条件は四つだった。

その一つ、大坂城は本丸を残し二の丸、三の丸を破壊、惣構えの南堀、西堀、東堀を埋めること。

その二つ、茶々の代わりに大野治長と織田有楽斎が人質を出すこと。

その三つ、秀頼の身の安全を保障し、豊臣家の本領を安堵すること。

その四つ、籠城した浪人については不問とすること。

この四つの中で家康が欲しかったのはその一つ、二の丸と三の丸の破壊、それより重要なのは惣構えの南、西、東の大堀を埋めることだ。

北の淀川はとても埋められない。

十二月二十三日から城の破却と埋め立てが始まった。

家康の狙いは、強引と言われようが何んと言われようが、大坂城の大堀を埋めることだけである。

というのも、こういう和睦の場合、堀の埋め立ては形式的なもので、堀の角の石を何個か崩して埋めたことにする。

本当に埋めてしまうと、掘り起こすのが非常に苦労だったからだ。

城を再利用せずに廃城にするという場合でも、本格的に堀を埋める労力は節約されることが多い。

秀頼を始め大坂城の人たちは、堀を埋めるといっても和睦したのだから、形式的なもので堀の一部の石を崩すだけだと思っていた。

ところが徳川軍は総がかりで、本格的に大坂城の堀を埋め始める。

土、石、木材、砂利など何でもかんでも、手当たり次第に堀へ投げ込んで、あっという間に大堀を埋めてしまう。

すると、その勢いで内堀まで埋め始めた。

どういうことだといって大坂城内は大騒ぎになったが、徳川軍に故障を言い立てる間もなく、大坂城は本丸だけの裸城にされてしまった。

和睦の条件を実行したまでだといわれると手も足も出ない。

家康の狙いは秀頼の命なのだ。まだ大坂城の人たちはそれに気づいていなかった。

天下一の難攻不落の城を完全に廃城にして、秀頼を葬った後に必要なら新たに築城すればいい。

秀吉の遺産とも言える大坂城は秀頼の命とともにこの地上から消す。

秀吉の大坂城は信長の安土《あづち》城と同じように、この世に存在してはならないと家康は考えている。

この世に残すべきものは江戸城であり、家康の命令で築いた天下普請の名古屋城や、彦根城など家康の権勢を示すものだけだ。

大坂城は丸裸にされ風前の灯火になってしまった。万事休す。

この頃、重信と氏心は吉野の西行庵から、奈良の興福寺宝蔵院に下りて来て大坂城の動きを見ていた。

家康の動きは早かった。

慶長二十年（一六一五）の年が明けると、大坂城の外堀も内堀も埋め終わって、家康を始め徳川軍が続々と引き始めた。

丸裸にした大坂城にもう大砲は必要ない。

年が明けた一月十一日に家康は次の戦いに使うため、大量の鉄砲を近江国友《くにとも》村に発注している。

こういう狡猾な家康を誰も知らない。あの巨漢の秀頼を殺したいだけであった。

秀頼を生かしておくための和睦ではない。この世から豊臣家を消滅させるための和睦なのだ。そうしないと江戸の秀忠が危ない。

大坂城に籠城はできなくなった。

次の戦いでは家康の好きなようにできる。野戦で必要なのは大砲ではなく使い勝手のいい鉄砲だ。

重信と氏心が奈良の宝蔵院から京に戻ろうとする。

だが、大坂、堺、京街道、伏見、京などには二十万の徳川軍が国元に帰る支度で残っていた。ようやく堺に荷揚げされた兵糧米が暮れから順次、各大名の軍に運ばれてごった返している。大坂の戦いが終わってから兵糧が届いた。そんな騒ぎが街道から消えるのを見て、重信と氏心が京に戻ってきた。

京の二条城には大御所家康がいて、その護衛の大軍が京に溢れかえっている。

「これで大坂と江戸は仲直りでしょうか？」

京の大路を歩きながら氏心が聞いた。

「どうであろう。二十万の大軍を動かしての戦いにしては尻すぼみだ。真田丸など部分的な戦いはあったようだが、大軍同士の全面対決はなかったようだから……」

「では、もう一度？」

「おそらく、いつ頃かはわからないがあり得るかも知れない。このような中途半端で終わらせる大御所さまではないと思う」

　重信は東西が大軍を集めて、大騒ぎの戦いにしてはおかしな戦いだと見ていた。まさか、徳川軍が兵糧切れを起こしていたとは、さすがの重信もまったく思いつかなかった。家康は巧妙に兵糧不足を隠すことに成功する。

「そうですか、外堀を埋められたということですから、大坂城の秀頼さまにもう勝ち目はないでしょうか？」

「それはどうかな。野戦になれば必ずしも大軍が強いとは限らない。むしろ、大軍は統率が難しい。一気に本陣を狙われると、大軍ゆえにもろくも崩れることがある」

「桶狭間のように？」

「さよう、そなたの父関口氏幸殿はそこにおられたのかな？」

「はい、松平元康《もとやす》軍と大高《おおだか》城に兵糧米を運んでいたと聞いております」

「そうであったか……」

「大御所さまは秀頼さまを殺すのでしょうか？」

「大坂城を残せばそれが火種になるだろう。大御所さまは自分の亡き後のことまで考えておられると思う。江戸幕府はまだ脆弱だ。大御所さまが江戸を支えておられるのだから……」

「そうですか、江戸幕府のため大坂城は残せない。だから潰すと？」

「そうできるのはこの機会しかない」

家康と同い年の重信には家康の考えが手に取るようにわかる。

七十四歳になり、死を目前にして何をしなければならないか、人は高齢になると二種類の人間に分かれる。

それは、死支度をする人間と、死支度のできない人間である。

重信は前者でありたいと考えている。家康も前者の種類の人間だと感じる。そのことを重信は氏心に話した。

「人は死が近づくと何をすべきか、何を残すべきかと死支度をする者と、うすぼんやりと死ぬのだなあと思うだけで、死支度のできない者とにわかれる。どっちがいいということではないが、それがしは死支度をしたい方でな。大御所さまも死支度をしたい方の人だと思う」

「死支度ですか？」

「さよう、信長さまは支度をする間もなく本能寺で亡くなられた。太閤さまは秀頼さまが幼いので、もう少し生きていたかったのであろう。徳川さまを潰しておくような支度のできない人だった。大御所さまはそこをわかっておられる。支度を間違うこともあるがな……」

重信が笠をかぶり、京の大路を歩きながらニッと小さく笑った。

〈『剣神　心を斬る』へ続く〉

本書は書き下ろしです。

中公文庫

剣神《けんしん》　水《みず》を斬《き》る

――神《しん》夢《む》想《そう》流《りゅう》 林崎《はやしざき》甚助《じんすけ》6

2023年 5 月25日　初版発行

著　者　岩《いわ》 室《むろ》　忍《しのぶ》

発行者　安部 順一

発行所　中央公論新社

〒100-8152　東京都千代田区大手町1-7-1

電話　販売 03-5299-1730　編集 03-5299-1890

URL https://www.chuko.co.jp/

ＤＴＰ　ハンズ・ミケ

印　刷　大日本印刷

製　本　大日本印刷

Published by CHUOKORON-SHINSHA, INC.
Printed in Japan　ISBN978-4-12-207363-0 C1193

い-132-3
戦国鬼譚 惨
伊東 潤
いま裏切れば、助かるのか？ 武田家滅亡期。すべてを失うかもしれない状況を前にした人間の本性を描く、五篇の衝撃作。〈巻末対談〉逢坂 剛×伊東 潤
207136-0

い-132-4
戦国無常 首獲り
伊東 潤
手柄を挙げろ。どんな手を使っても――。首級ひとつで人生が変わる。欲に囚われた下級武士たちのリアルを描く六つの悲喜劇。〈巻末対談〉乃至政彦×伊東潤
207164-3

う-28-8
新装版 御免状始末 闕所物奉行 裏帳合㈠
上田 秀人
遊郭打ち壊し事件を発端に水戸藩の思惑と幕府の陰謀が渦巻く中を、著者史上最もダークな主人公・榊扇太郎が剣を振るい、謎を解く！ 待望の新装版。
206138-6

う-28-9
新装版 蛮社始末 闕所物奉行 裏帳合㈡
上田 秀人
榊扇太郎は闕所となった蘭方医、高野長英の屋敷から、倒幕計画を示す書付を発見する。鳥居耀蔵の陰謀と幕府の思惑の狭間で真相究明に乗り出すが……。
206401-4

う-28-10
新装版 赤猫始末 闕所物奉行 裏帳合㈢
上田 秀人
武家屋敷連続焼失事件を検分した扇太郎は改易された出火元の隠し財産に驚愕。闕所の処分に大目付が介入、大御所死後を見据えた権力争いに巻き込まれる。
206486-7

う-28-11
新装版 旗本始末 闕所物奉行 裏帳合㈣
上田 秀人
失踪した旗本の行方を追う扇太郎は借金の形に娘を売る旗本が増えていることを知る。人身売買禁止を逆手にとり吉原乗っ取りを企む勢力との戦いが始まる。
206491-1

う-28-12
新装版 娘 始 末 闕所物奉行 裏帳合㈤
上田 秀人
借金の形に売られた旗本の娘が自害。扇太郎の預かりの身となった元遊女の朱鷺にも魔の手がのびる。江戸闇社会の掌握を狙う一太郎との対決も山場に！
206509-3

う-28-13
新装版 奉行始末 闕所物奉行 裏帳合㈥
上田 秀人
岡場所から一斉に火の手があがった。政権返り咲きを図る家斉派と江戸の闇の支配を企む一太郎が勝負に出たのだ。血みどろの最終決戦のゆくえは⁉
206561-1

各書目の下段の数字はISBNコードです。978－4－12が省略してあります。

う-28-15 **翻弄 盛親と秀忠** 上田秀人

偉大な父を持つ長宗我部盛親と徳川秀忠は、立場は違えどいずれも関ヶ原で屈辱を味わう。それから十余年、運命が二人を戦場に連れ戻す。〈解説〉本郷和人

206985-5

う-28-16 **新装版 孤闘 立花宗茂** 上田秀人

乱世に義を貫き、天下人に「剛勇鎮西一」と恐れられた猛将の、対島津から対徳川までの奮闘と懊悩を精緻に描いた、中山義秀文学賞受賞作。〈解説〉末國善己

207176-6

き-17-8 **絶海にあらず（上）** 北方謙三

京都・勧学院別曹の主、純友。赴任した伊予の地で、「藤原一族のはぐれ者」は己の生きる場所を海と定め、律令の世に牙を剝いた！ 渾身の歴史長篇。

205034-1

き-17-9 **絶海にあらず（下）** 北方謙三

海の上では、俺は負けん――承平・天慶の乱で将門とともにその名を知られる瀬戸内の「海賊」純友。夢を追い、心のままに生きた男の生涯を、大海原を舞台に描く！

205035-8

き-17-10 **魂の沃野（上）** 北方謙三

加賀の地に燃え拡がる一向一揆の炎。蓮如や守護・富樫政親との奇縁から、闘いに身を投じることになった地侍・小十郎の青春を描く血潮たぎる歴史巨篇開幕！

206781-3

き-17-11 **魂の沃野（下）** 北方謙三

蓮如の吉崎退去、小十郎の恋、そして守護・政親の強権。加賀の雪が、血に染まる時が近づいていた。一向一揆を生きた男たちそれぞれの明日。〈解説〉清水克行

206782-0

き-17-12 **悪党の裔《すえ》（上） 新装版** 北方謙三

目指すは京。悪党の誇りを胸に、倒幕を掲げた播磨の義軍は攻め上る！ 寡兵を率いて敗北を知らず、建武騒乱の行方を決した赤松円心則村の鮮烈な生涯。

207124-7

き-17-13 **悪党の裔（下） 新装版** 北方謙三

おのが手で天下を決したい――新政に倦み播磨に帰った円心に再び時が来た。尊氏を追う新田軍を食い止めるのだ！ 渾身の北方「太平記」。〈解説〉亀田俊和

207125-4

き-17-14

道誉なり（上）　新装版

北方謙三

毀すこと、それがばさら――。後醍醐帝との暗闘、実弟直義との対立で苦悩する将軍足利尊氏を常に支え南北朝動乱を勝ち抜いた、ばさら大名佐々木道誉とは。

207150-6

き-17-15

道誉なり（下）　新装版

北方謙三

足利尊氏・高師直派と尊氏の実弟直義派との抗争は一触即発の情勢に。熾烈極まる骨肉の争いに、将軍尊氏はなぜ佐々木道誉を欲したのか。〈解説〉大矢博子

207151-3

き-17-16

楠木正成（上）　新装版

北方謙三

乱世到来の情勢下、大志を胸に雌伏を続けた悪党・楠木正成は、倒幕の機熟するに及んで寡兵を率い強大な六波羅軍に戦いを挑む。北方「南北朝」の集大成。

207178-0

き-17-17

楠木正成（下）　新装版

北方謙三

巧みな用兵で大軍を翻弄。京を奪還し倒幕を果たした正成だが……。悲運の将の峻烈な生を迫力の筆致で描いた北方「南北朝」感涙の最終章。〈解説〉細谷正充

207170-7

し-15-10

新選組始末記　新選組三部作

子母澤寛

史実と巷談を現地踏査によって再構成した不朽の実録。新選組研究の古典として定評のある、子母澤寛作品の原点となった記念作。〈解説〉尾崎秀樹

202758-9

し-15-11

新選組遺聞　新選組三部作

子母澤寛

新選組三部作の第二作。永倉新八・八木為三郎・近藤勇五郎など、ゆかりの古老たちの生々しい見聞や日記で綴った、新選組逸聞集。〈解説〉尾崎秀樹

202782-4

し-15-12

新選組物語　新選組三部作

子母澤寛

「人斬り鍬次郎」「隊中美男五人衆」など隊士の実相を綴った表題作の他、近藤の最期を描いた「流山の朝」を収載。新選組三部作完結。〈解説〉尾崎秀樹

202795-4

た-58-21

さむらい道《みち》（上）　最上義光《よしあき》　表の合戦・奥の合戦

高橋義夫

山形の大守・最上義守の子として生まれ、父との確執、天童・白鳥・伊達氏らとの峻烈な内憂外患を乗り越え、名藩主として君臨した最上義光の実像に迫る！

206834-6

各書目の下段の数字はISBNコードです。978－4－12が省略してあります。

た-58-22
さむらい道(下) 最上義光 もうひとつの関ヶ原
高橋 義夫
甥の伊達政宗との確執から、天下分け目の戦における上杉軍との死闘までを克明に描き、義光が追求した「さむらい道」の真髄に迫る著者渾身の歴史巨篇！
206835-3

と-26-26
早雲の軍配者(上)
富樫倫太郎
北条早雲に見出された風間小太郎。軍配者となるべく送り込まれた足利学校では、互いを認め合う友に出会い――。新時代の戦国青春エンターテインメント！
205874-3

と-26-27
早雲の軍配者(下)
富樫倫太郎
互いを認め合う小太郎と勘助、冬之助は、いつか敵味方にわかれて戦おうと誓い合う。扇谷上杉軍へ攻め込む北条軍に同行する小太郎が、戦場で出会うのは――。
205875-0

と-26-28
信玄の軍配者(上)
富樫倫太郎
駿河国で囚われの身となったまま齢四十を超えた山本勘助。焦燥ばかりを募らせていた折、武田信虎による実子暗殺計画に荷担させられることとなり――。
205902-3

と-26-29
信玄の軍配者(下)
富樫倫太郎
武田晴信に仕え始めた山本勘助は、武田軍を常勝軍団へと導いていく。戦場で相見えようと誓い合った友たちとの再会を経て、「あの男」がいよいよ歴史の表舞台へ！
205903-0

と-26-30
謙信の軍配者(上)
富樫倫太郎
越後の竜・長尾景虎のもとで軍配者となった曾我(宇佐美)冬之助。自らを毘沙門天の化身と称する景虎の前で、いま軍配者としての素質が問われる！
205954-2

と-26-31
謙信の軍配者(下)
富樫倫太郎
冬之助は景虎のもと、好敵手・山本勘助率いる武田軍を前に自らの軍配を振るい、見事打ち破ることができるのか⁉ 「軍配者」シリーズ、ここに完結！
205955-9

と-26-40
北条早雲1 青雲飛翔篇
富樫倫太郎
一代にして伊豆・相模を領する大名にのし上がる風雲児の、知られざる物語が幕を開ける！ 備中での幼少期から、幕府の役人となり駿河での密命を果すまで。
206838-4

と-26-41
北条早雲2　悪人覚醒篇
富樫倫太郎
再び紛糾する今川家の家督問題を解決するため、後の「北条早雲」こと伊勢新九郎は、駿河への下向を決意する。型破りな戦国大名の原点がここに！
206854-4

と-26-42
北条早雲3　相模侵攻篇
富樫倫太郎
この世の地獄を減らすため、相模と武蔵も自分が支配するべきではないか――僧になった〝悪党〟が、途方もない夢に向かい、小田原城奪取に動く緊迫の展開！
200073 5

と-26-43
北条早雲4　明鏡止水篇
富樫倫太郎
宿敵・足利茶々丸との血みどろの最終戦と悲願の伊豆統一、再びの小田原城攻め……己の理想のため鬼と化した男にもはや安息はない。屍が導く関東への道！
206882-7

と-26-44
北条早雲5　疾風怒濤篇
富樫倫太郎
相模統一に足踏みする伊勢宗瑞が、苦悩の末に選んだ最終手段。三浦氏との凄惨な決戦は、極悪人にして名君の悲願を叶えるか。人気シリーズ、ついに完結！
206900-8

な-65-1
うつけの采配（上）
中路啓太
関ヶ原の合戦前夜――。誰もが己の利を求める中、ただ一人、毛利百二十万石の存続のため奔走した男・吉川広家の苦悩と葛藤を描いた傑作歴史小説！
206019-7

な-65-2
うつけの采配（下）
中路啓太
小早川隆景の遺言とは正反対に、安国寺恵瓊の主導により天下取りを狙い始めた毛利本家。はたして吉川広家は家を守り抜くことができるのか？〈解説〉本郷和人
206020-3

な-65-3
獅子は死せず（上）
中路啓太
加藤清正ら名だたる武将にその武勇を賞賛された武将・毛利勝永。関ヶ原の合戦で西軍についたため、領地没収をされた男が、大坂の陣で最後の戦いに賭ける！
206192-7

な-65-4
獅子は死せず（下）
中路啓太
誰より理知的で、かつ自らも抑えきれない生命力を有し、家族や家臣への深い愛情を宿した戦国最後の猛将の生涯。『うつけの采配』の著者によるもう一つの傑作。
206193-4

各書目の下段の数字はISBNコードです。978－4－12が省略してあります。

な-65-5
三日月の花 渡り奉公人 渡辺勘兵衛 中路啓太
時は関ヶ原の合戦直後。『もののふ莫迦』で「本屋が選ぶ時代小説大賞2015」に輝いた著者が描く、反骨の武将・渡辺勘兵衛の誇り高き生涯！
206299-3

な-65-6
もののふ莫迦 中路啓太
豊臣に故郷・肥後を踏みにじられた軍人・岡本越後守と、豊臣に忠節を尽くす猛将・加藤清正が、朝鮮の戦場で激突する！「本屋が選ぶ時代小説大賞」受賞作。
206412-6

な-65-7
裏切り涼山 中路啓太
羽柴秀吉が包囲する播磨の三木城。その壮絶な籠城戦を舞台に、かつて主家を裏切って滅亡させた男・涼山が、唯一の肉親を助けるために、再び立ち上がる！
206855-1

い-138-1
剣神 神を斬る 神夢想流 林崎甚助1 岩室忍
出羽楯岡城下で闇討ち事件が起こった。父を殺された六歳の民治丸は仇討を神に誓う。居合の始祖・林崎甚助の生涯を描く大河シリーズ始動！ 文庫書き下ろし。
207226-8

い-138-2
剣神 炎を斬る 神夢想流 林崎甚助2 岩室忍
仇討を果たした甚助を待ち受けていたのは、荒ぶる神の怒りであった。神の真意を悟った甚助は、廻国修行に身を投じ、剣豪塚原卜伝を訪ねる。文庫書き下ろし。
207256-5

い-138-3
剣神 鬼を斬る 神夢想流 林崎甚助3 岩室忍
信長の天下が近い。甚助は神夢想流居合を広めながら、出羽に不穏な軋みを見ていた。その軋みはやがて甚助の故郷楯岡城を巻き込んでいく。文庫書き下ろし。
207278-7

い-138-4
剣神 風を斬る 神夢想流 林崎甚助4 岩室忍
関ヶ原の戦い、始まる。甚助はその時、薩摩の島津が睨みを利かせ、加藤清正、黒田如水、立花宗茂ら猛将智将がしのぎを削る九州にいた。文庫書き下ろし。
207303-6

い-138-5
剣神 竜を斬る 神夢想流 林崎甚助5 岩室忍
蜻蛉切、唸る！ 家康が豊臣秀頼を警戒する慶長十二年、重信は猛将本多平八郎と対峙していた。戦国を戦い抜いた男たちの生き様を見よ。文庫書き下ろし。
207335-7